社会万花筒之中国好故事系列丛书

缤纷人世间·精彩好故事

逆转人生

黄胜 著

中国书籍出版社
China Book Press

图书在版编目（CIP）数据

逆转人生 / 黄胜著. —北京：中国书籍出版社，2016.8
ISBN 978-7-5068-5797-0

Ⅰ. ①逆… Ⅱ. ①黄… Ⅲ. ①故事—作品集—中国—当代 Ⅳ. ①I247.81

中国版本图书馆CIP数据核字（2016）第211096号

逆转人生

黄胜 著

丛书策划	尚东海　牛　超
责任编辑	牛　超
责任印制	孙马飞　马　芝
封面设计	越朗工作室
出版发行	中国书籍出版社
地　　址	北京市丰台区三路居路97号（邮编：100073）
电　　话	（010）52257143（总编室）　（010）52257140（发行部）
电子邮箱	eo@chinabp.com.cn
经　　销	全国新华书店
印　　刷	北京一鑫印务有限责任公司
开　　本	787毫米×1092毫米　1/32
字　　数	220千字
印　　张	9.25
版　　次	2017年1月第1版　2017年1月第1次印刷
书　　号	ISBN 978-7-5068-5797-0
定　　价	24.80元

版权所有　翻印必究

总　序

　　《社会万花筒之中国好故事系列丛书》是当代一流故事作家的精选作品集。其中，部分作家曾获"中国民间文艺山花奖·民间文学奖"（中国民间文学最高奖）和其他故事界全国性大奖；所选作品，是作者本人从《故事会》《新故事》《百花悬念故事》《上海故事》《今古传奇》等畅销故事杂志选粹而来的，并被《读者》《意林》《青年文摘》《特别关注》等杂志反复转载，还有些作品入选进中小学语文阅读教材。

　　故事是常见的文学体裁，它以叙述曲折、有趣的事件为主，强调情节的生动性和连贯性，语言通俗、活泼，较适于口头讲述，深受大众喜爱。故事以反映社会现实、映照大众心理见长，通过那些精彩、动人的故事，我们可以了解丰富多彩的大千世界，见识光怪陆离的人情百态，学习历久弥新的人生智慧。

《社会万花筒之中国好故事系列丛书》所选故事作品的主要特色，一是具有超强的可读性。该丛书所选作品，大部分选粹于《故事会》等国内畅销的故事杂志，情节跌宕起伏、扣人心弦，让人欲罢不能。二是取材广泛，通过生活中偶发的、片断的事象，展现比它本身广阔得多、复杂得多的生活，在绘声绘色的叙述中让读者受到教益。三是语言风格通俗平易，适于口耳相传。故事作品往往通过通俗的语言来传递某种知识或价值取向，让读者不但乐意接受、容易接受，而且记得住、传得开。

而本丛书的上述主要特色，正是中小学素质教育中不可或缺的：

这套具有纯正中国民间"血统"、独具民族特色的故事丛书，植根于中华民族深厚的人文土壤，有益于增进青少年对国家、民族和传统文化的热爱，增进文化底蕴和艺术修养；

这套丛书内容涉及的时间跨度大——纵览古今，展现的生活领域广——横跨三百六十行，有益于青少年开阔视野、丰富阅历、辨别善恶、启迪智慧、砥砺意志，提高社会适应能力和观察分析能力；

这套丛书富含亲情、感恩、博爱、友善、求知、敢于担当、进取向上等正能量元素，崇尚优秀道德情操，弘扬人间正道，这有益于启迪青少年的人性自觉、心灵自悟和灵魂陶冶，引导其追求崇高的理想，向往和塑造健全完美的人格……

与课堂上"素质教育"不同的是,上述教益,不是通过干巴巴的说教,而是从富于知识性和哲理性的故事情节中传递出来的。对于社会生活经验不足,思想和行为可塑性强,易于被感染的青少年而言,可以在兴趣盎然的阅读中潜移默化地得到精神陶冶,进而塑造和形成正确的人生观和价值观,成长为中华民族伟大复兴的有用之才。

编　者

内容提要

　　《逆转人生》是著名故事作家黄胜的中短篇故事精选集，选取了作者十年来在《故事会》《今古传奇》《山海经》等畅销刊物发表的中短篇故事作品。所选作品内容丰富多样，涵盖了惊险传奇、世情人心、亲情友情、悬疑探案等题材。全书强调情感与人文格调，在故事讲述的基础上，大力弘扬正气，带给读者蓬勃向上的启迪。

目　录

致命快递	1
生死军纪	27
咱们的"老大哥"	51
逆转人生	77
危险旅行	106
生命线	131
铁血传奇	161
斯诺克风云	189
家有贤妻	215
开弓没有回头箭	241
不义之财	262

逆转人生

致命快递

倒霉的快递员

进入腊月，快递业务特别多，快递员刘二喜的业务量增加了一倍还不止，每天从早忙到晚，没一刻清闲。不过呢，收入也水涨船高，用刘二喜的话说：累，但快乐着。

腊月初八下午，天都快黑了，还有七个快件没有送达，刘二喜已经疲惫不堪，但他不想拖到明天再送，为了尽快干完收工，他驾车就风驰电掣，行路则一溜小跑。

五点一刻，刘二喜驾着三轮摩托车进入向阳小区，在三号楼二单元门前停下，跳下车取了包裹就跑上了五楼，敲门，客户签字，交货，然后掉头飞奔下楼。

出了楼门，刘二喜却傻了眼——门前空空的，他的摩托车，连同剩下的六件货，均无影无踪。

向阳小区是个老旧小区，开放式的，出入口多，虽然有物业，但物业只管收钱，不管安全，小区内连摄像头都没有装。

刘二喜没头苍蝇一样四下找了一圈，一无所获，只能打110报案。

警察很快就到了，询问了经过和损失情况，登记在册，然后就让刘二喜回去等消息。

刘二喜问警察什么时候能抓到小偷，现在的快递业务基本上都是网购，买家还都在等着收货呢，要尽快把丢失的快件找回来才行。

警察说不一定，这不算大案要案，快的话明天就能抓到，慢的话就不好说了，小区内既无监控，又找不到目击者，肯定不太好查。警察接着就批评刘二喜，说你怎么能这么大意，连车都不锁？同志，这是教训啊——

刘二喜也是懊恼不已，但此时后悔已晚，警察的意思他也听出来了，案值不高，所以不会下大精力去抓这个小偷，只能寄希望于该小偷以后再犯案，抓住的话才能顺带把这个案子给破了。

警察离开后，刘二喜心存侥幸，又在小区周围找寻了一番，自然是徒劳无功，他再无办法，只能自认倒霉：摩托车是旧的，不值几个钱，但那六个快件就不好说了，按照公司的规定，只能由自己来赔偿客户。

当晚，刘二喜回到公司，查了那六个运单号，还好，这六个快件都没有保价，这才稍微松了一口气，看来都不是太贵重。运单上也都没写运送的是什么货，刘二喜仔细回想了一下，从外包装来看，大多应该是衣服、鞋子之类，价值也就在一二百块钱，不过，他记得其中有件货挺沉的，凭感觉里面装的应该是两瓶酒。如果是一般的酒也就罢了，要是茅台、五粮液，那可就不是小钱了。

接下来，刘二喜就按照运单上的号码，一一给发货人打电话，先道歉，然后说明原因，核实所送货物，最后请对方按原地址重新发一次货。他还恳请对方向收货人说明情况，告诉他们收不到货不要着急，再多等几天。

当然，所需费用全部由他出。

发货方都很通情达理，痛快地答应了，并对他负责任的态度大加赞赏。

电话打完，已是半夜。

刘二喜核实了一下总损失，还不算太大，加起来不到三千块钱。不出所料，那两瓶酒果然是茅台，将近两千块，占了损失的一大半。

本来，按快递的行规，如果商品没有保价，可以不必照价赔偿的。得知是茅台后。刘二喜也犹豫了一会儿，但最终还是把钱一分不少地打了过去。

他觉着，是自己的责任就该自己承担，何必让别人来买单呢？再说了，如果警察能尽快抓住小偷，说不定损失还能补回来，尤其是茅台酒，一般人拿到手，估计是不会舍得马上喝的，除非碰上嘴馋的酒鬼。

希望偷车贼千万别是酒鬼啊。

老高的副业

老高虽然是酒鬼，但茅台酒他可不舍得喝，他喝的都是三块钱一瓶的老白干。

老高的主业是收破烂，另外他还搞点副业，那就是顺水摸鱼，或者叫不告而取。白天，他蹬着三轮车进出于各居民小区，收破烂的同时，若发现楼洞内有便于取走的自行车、旧电器之类，就会记在心里，伺机返回不告而取，送到收购站，卖个三五十的。

初八傍晚，他去向阳小区，目标本来是停放在四号楼三单元门洞内的一辆旧自行车，那车虽然上着锁，但那种老式车锁对老高来说不是问题，一把螺丝刀就能轻松撬开。不料，当他走进三单元后，却发现那辆自行车不见了。

老高无功而返，悻悻地走出三单元。就在这时，一辆送快递的三轮摩托车自他身边飞驰而过，"嘎"的一声停在隔壁三号楼下，只见快递员跳下车，连锁都不锁，拿起包裹急匆匆就上了楼。

老高心中一动，环顾周围，并无一人，就快步走到摩托车旁，他本想顺手牵羊从车斗里拿两个快件就算了，没想到一眼就看到车钥匙明晃晃地插在锁眼里。他心中大乐，看来那快递员是忙糊涂了，这分明是在无视我么。自然不会客气，跨上车，拧开钥匙，一脚蹬开，飞驰而去。

回到住处，老高喜滋滋地清点战果，收获不小：摩托车一辆，快件六件。打开，里面有衬衣、有皮鞋、有裤子，另外，还有两瓶茅台酒。

老高喜出望外，他从没喝过茅台酒，本想马上打开一瓶慰劳一下自己，一转念，一瓶酒近千块，买老白干够自己喝小半年了，觉着实在是太奢侈，就改变了主意。

他饭都顾不得吃，把茅台酒用一个黑塑料兜装了，挂到车把上，连夜骑着摩托车去了东郊的一个废品收购站。

收购站大院的铁门上着锁，办公室兼宿舍内，老板赵歪嘴正自个儿坐在小桌前喝酒。他听见铁门响，出来一看，却是老高送货来了，就过去打开了门。

老高将三轮摩托车推进院，问成色怎么样。

赵歪嘴围着摩托车转了一圈，歪嘴一乐，表扬说你今天收获不小啊。随即伸出两个手指头，说二百块。

老高嫌少，"才二百？"

赵歪嘴说不少了，现在风紧，又傍年靠节的，不知道什么时候才出得了手呢。

老高也就不再啰嗦，随赵歪嘴进屋，收了二百块后，问："赵老板，酒要不要？"

赵歪嘴问："什么酒？"

"茅台。"

赵歪嘴的俩小眼睛顿时放光，"拿来看看，不会是假的吧？"

老高将手里的塑料兜往桌面上一放，打开口，"谁大老远寄两瓶假酒啊？你看这包装，肯定是真的。"

赵歪嘴拿出一瓶酒左看右看，没看出什么可疑之处，就问，你想多少钱卖？

老高沉吟一下，说两瓶一千。

赵歪嘴立马摆手，"你卖给别人去吧。老弟，你还真敢开口啊，不说不知真假，就是真的，这可是赃物啊，不会有人出这个价，不信你到别处打听打听。"

老高合计了一下，除了赵歪嘴，他还真不认识别人，要是卖给陌生人，说不定有风险，人家要是看出来路不正，报了警，那自己就自投罗网了，问："你能给多少？"

赵歪嘴伸出三根手指头，"两瓶三百，多一分我都不要。"

才三百啊，老高大失所望。

赵歪嘴见他犹豫不舍，一指饭桌上的酒菜，"你还没吃饭吧？这样吧，我请客，再请你喝顿酒。"

赵歪嘴忙了一晚上，正饿着呢，心说三百块也是白捡的，能买一百瓶老白干呢，现在还能赚一顿小酒喝，可以了。便说："行，三百就三百，不过我有个条件。"他一指桌上的茅台酒，"我想尝尝这个。"

赵歪嘴嘴巴一歪，豪气地说，"没问题，老子也正想尝尝呢，咱们今晚上就干掉一瓶。另一瓶呢，留着我过年带回去孝敬老丈人。"说着，点出三张百元大钞，拍在桌子上，"你收好，这是酒钱。"

老高收好钱，怕赵歪嘴反悔，一伸手，拿起一瓶茅台酒，迫不及待地就要打开。

赵歪嘴忙拦住他,"你先别急啊,这可是茅台,好酒要配好菜。你等我再弄两个小菜,别喝可惜了。"

当下,赵歪嘴去弄菜,老高把玩着手里的茅台,几次动念先打开尝上一口,却又怕赵歪嘴翻脸。

茅台危机

后半夜,快递员刘二喜才疲惫不堪地回到家。

今天损失惨重,上床以后,他怎么也睡不着,懊悔、气恼、自责……各种情绪交织,直到天将亮,才迷糊过去,但很快,他就被手机铃声给吵醒了。

来电话的是寄送茅台酒的那位客户,他说有了新情况,刚发现没有存货了,所以不可能重寄,让刘二喜务必尽快找到小偷,把丢失的酒找回来。

刘二喜一听,说暂时不可能抓到小偷,如果没货重寄,那我只能照价赔偿了。

对方语气很重,说我不要赔偿,你必须想办法把酒原封不动地找回来,否则,我就向上面投诉。

刘二喜无可奈何地说:"抓小偷是警察的事情,我是无能为力。你如果不接受赔偿,那我也没办法,你想投诉就投诉吧。"

对方吞吞吐吐,犹豫了一下才说:"我……跟你说实话吧,其实,那不是茅台酒,里面装的是化学品,若是人喝了,会出人命的。到时候出了人命,你可要负责。"

社会万花筒之中国好故事系列丛书

刘二喜吓了一跳,这事他以前听说过,快递业务中有不少禁止运输的危险品,但有些客户图省事、省钱,常常在快递包裹里夹带禁运品,公司对此虽然查得很严,但防不胜防,像这一次,对方将禁运品装在茅台酒瓶中,谁也不可能把酒打开检查呀。

但现在不是追究对方责任的时候,如果真出了人命,事情就大了。

刘二喜吓出一身冷汗,不敢怠慢,马上打电话联系昨天出警的警察,说明情况。对方也很重视,赶紧向上级汇报,很快,一个姓张的警察开着警车来找刘二喜,说自己负责这个案子,让刘二喜马上联系发货方。

电话打通后,张警察接过电话,自我介绍后,问对方酒瓶里到底装的是什么化学品,有什么危险性。

发货方迟疑了片刻,才说装的是高纯度甲醇,误喝的话会致命,请你们尽快抓住小偷,把东西找回来。

张警察听说是甲醇,略微松了一口气,因为他知道甲醇被不少人用来造假酒,既然是高纯度甲醇,那气味肯定很大,如果有人打开瓶盖,发现气味那么浓,一般就会警惕起来,应该不会喝的,而只要不入口,那就没有什么危险性。

于是便说,"知道了,我们会尽力的。"

刚要挂电话,就听对方央求道:"警察同志,请务必、务必尽快找回来,要是出了问题,我们……我们可承担不起。"

张警察训斥道:"你们既然知道危险,为什么还要用快递运送?"

"我……我以为不会出问题。警察同志,拜托您了!"

张警察哼了一声,"我们现在手里没有任何小偷的线索,抓他就跟大海捞针一样,你着急也没用,等消息吧。"

对方从他的语气里听出来并不如何重视,急了,"警察同志,您先别挂……您听我说,这事真的非常、非常严重,一分钟都拖不得。还有,酒找回来后,千万不要打开。"

张警察心中一动,警惕起来,感觉里面还有隐情,对方好像并没完全说实话,难道……会是毒品?会不会是毒贩把毒品藏在茅台酒瓶里贩运?一念至此,提高声音,厉声问:"你给我说实话,里面装的不是甲醇吧?到底是什么东西?"

对方没有马上回答,过了片刻,才怯怯地说:"是……是氟乙酸甲酯。"

"氟乙酸甲酯?是什么玩意儿?"

对方不敢隐瞒,说:"是一种剧毒化学品,容易挥发,人如果吸入的话,就会中毒,严重者可能致命。"

张警察立刻紧张起来,"你是说,打开瓶盖,即使不喝,也可能中毒?"

"理论上……是这样的。"

张警察脑中立刻出现这样一幅画面:某宴席上,高朋满座,一人兴冲冲地拿出一瓶茅台酒,瓶盖打开,毒气散发,十几人相继倒地……顿时不寒而栗,忍不住骂道:"混账!你怎么不早说?要是出了事,让你吃不了兜着走!"

张警察立即向上级汇报,上级又向自己的上级汇报,经过层层上报,市局领导得知情况,感到情况紧急,不敢疏忽，立马抽调警力成立专案组，下令即使大海捞针，也要把这个偷车贼尽快找出来。

而且必须争分夺秒，否则，后果不堪设想。

此时距盗车案发生已经一夜，局领导担心，经过这一夜，假酒极有可能已经被打开，中毒事件已然发生。

市局紧急下发通知，要求各分局、派出所，一旦发现中毒事件立即上报。

小偷遇强盗

时间倒回到昨天夜里。

收购站内。

赵歪嘴已经整出了一荤一素两个下酒菜，摆到桌上，然后，自己也坐了下来。

老高早就等急了，见他坐下，迫不及待地问："可以开酒了吧？"

赵歪嘴说行，我们开始。

老高拿起茅台酒开始下手，不过，头一次喝，却不知道怎么打开瓶盖。赵歪嘴说真是笨，伸手要过来，正要打开。

就在这时，外面突然传来敲铁门的声音。

两人吓了一跳，面面相觑，均想起只顾着茅台酒了，忘了三轮摩托车还停在院子里，可千万别把警察招来。

外面的人喊道："歪嘴，赶快给老子开门。"

赵歪嘴松了一口气，说不是警察，是虎子。但随即又不安起来，恨恨地说，没招来狼，也招来了虎，这小子半夜叫门，准没好事。

原来，虎子是这条街上的混混，赵歪嘴在这里做生意，没少被他骚扰，特别是前不久虎子知道了赵歪嘴兼买卖赃物的业务后，来得就更勤了，走的时候从不空手。

赵歪嘴虽说被他勒索怕了，但也不敢不理他，开门走到院中，隔着铁门，陪笑道："虎哥，这么晚了，有事儿？"

虎子说："没什么事，就是过来看看你，最近有没有人找你的麻烦？"

赵歪嘴心说只要你不来，就没别人，嘴上还得恭恭敬敬，"没有，有虎哥您罩着，没人敢来。"

虎子说："这就好。"笑了笑，伸手一指角落那辆三轮摩托，说，"这辆三轮车不错呀，你刚买的吧？"

赵歪嘴心里叫苦，看来还是这辆车把他招来了，自己今天破财是难免了。

虎子不耐烦地用脚踢门，"快开门，我进去跟你说点事。"

"虎哥，这么晚了，要不……明天再说吧。"

虎子一瞪眼，喝道："快打开！"

赵歪嘴一哆嗦，不敢违抗，乖乖地开锁，拉门。

虎子大步走进院子，来到赵歪嘴的办公室兼宿舍前，抬脚"咣当"又是一脚，差点没把房门给踹下来。

屋里的老高也认得虎子，慌忙站起来招呼："虎哥。"

虎子看了他一眼，问赵歪嘴，这谁啊？

赵歪嘴说,这是一个来送货的朋友,我俩刚要一起喝两盅。

虎子瞟了眼饭桌,看到那瓶茅台,双目顿时放光,"嘿,档次不低嘛,都喝上茅台了,偷来的吧?"

赵歪嘴嘿嘿一乐,"虎哥,您来得正好,快请坐,一起喝一杯怎么样?"

虎子摆摆手,"我待会儿还有大事要办,不喝了。"抬头四下一打量,发现了旁边黑塑料兜里的另一瓶茅台,伸手拎起,又拿起桌上那一瓶,也装进兜里,说,"这酒你们俩喝可惜了。歪嘴,今晚上我有喜事要庆祝一下,这两瓶酒……算我借你的,行不行啊?"

赵歪嘴明知有借无还,但不敢说个不字,打落牙齿和血吞,只好说:"没问题,虎哥,其实,那一瓶我留着就是想明儿送给您的。"

旁边的老高闻听差点笑出声来,刚才赵歪嘴分明说这瓶酒是留着孝敬老丈人的,嘿,这老丈人原来是虎子啊。

虎子满意地拍拍赵歪嘴的肩膀,"行,够朋友,以后有事打我电话啊。告辞。"

说完,拎着塑料兜就往外走。

赵歪嘴送他出去,没话找话地问:"虎哥,您有什么喜事啊?"

虎子一脸得意,"老子今晚有笔大生意要做,要是成了,嘿嘿……"却不说了。

送走虎子,赵歪嘴返回,恨恨地对老高说:"妈的,这王八蛋简直就是强盗,惹急了老子,哪天非拿刀劈了他不可。"

逆转人生

这还真是小偷遇到了强盗,到嘴边的茅台眼睁睁又没了。

老高还好,他已经将钱揣进兜里,损失都是赵歪嘴的。不过,他担心赵歪嘴会跟自己再把那三百块钱要回去,三十六计走为上,起身也要告辞。

赵歪嘴伸手一拦,"走什么走?我菜都做好了,来,坐下,陪我喝两杯。"

说着,从床底下摸出一瓶劣质白酒,张嘴咬开瓶盖,边往杯里倒酒嘴里边诅咒,妈的,那两瓶茅台最好是假酒,喝死那个畜生。

老高凑趣,"对,肯定是假酒,喝死他!"

赵歪嘴举杯,嘴里念念有词:"来,干一杯,希望虎子那王八蛋喝了茅台,一命呜呼!"

虎子的大生意

虎子从收购站出来,兴冲冲地拎着茅台酒往回走。

他心情不错。

刚才,他在家里等自己的生意客户上门,因为约好是在十二点交易,时间尚早,他等得实在是心焦,就出门溜达一圈,一是消磨时间,二是想弄点好酒、好菜,待交易成功后隆重庆祝一番。在经过赵歪嘴的收购站时,他看到院子内停了一辆三轮摩托车,车身上还写着快递公司的名号,心中一动,料想一定是赵歪嘴刚收的赃物,于是敲门进去,打算敲他个百儿八十的,不料竟意外收获了两瓶茅台酒。真是瞌睡送来枕头，自己正想买酒呢，看来，今晚的交易一定会很顺利。

回到家，客人仍未到。

他把酒放到茶几上，找来杯子，刚想打开先喝上一杯解解馋，一转念，怕自己喝了酒犯迷糊，待会儿做生意的时候出差错，遂强自忍住。

看看表，距离十二点还有一个小时。

虎子便利用这点时间，把自己的生意过程从头到尾回想了一遍，检查一下其中有无漏洞、有没有可能出问题，毕竟是犯法的勾当，还是小心些为好。

他的生意始于三个月前。

那一段时间，网络上接连曝出某地法官的嫖娼门、某某局长的开房门等热点事件，当事人均身败名裂，轻则被免职，重则牵出其他腐败问题，锒铛入狱。这些事件的起因，都是有人将他们去酒店开房的视频发布到了网上。

一般人关注这类事件只是看热闹，或拍手叫好，或幸灾乐祸，但在鸿运大酒店当保安的虎子却从中发现了一条生财之路。

这几年，虎子虽然没少敲诈勒索，但都是小打小闹，温饱倒是能解决，但距离发财差距甚远，他一直在找机会做一次大的，狠狠捞上一笔，然后收手过安分日子，一劳永逸。当然，前提是被敲诈的人不会报案。

"开房门"事件的频繁曝出，提醒了虎子：这类事件在每一家酒店都会发生，自己以往也没少看到有些男女来鸿运大酒店开房，鬼鬼祟祟、遮遮掩掩，有的进酒店时还欲盖弥彰地故意拉开距离，但明眼人一看就知道他们是什么关系。他想，自己恰好有当保安的便利条件，轻而易举地就能搞到这类视频录像，如果自己从中发现一个有身份有地位的大人物，会不会钓到一条大鱼呢？

于是，虎子就留上了心，每天上班都会注意观察来酒店开房的客人，功夫不负有心人，不久之后，他就有了收获。那天中午，一辆宝马车停在门前，下来一位年轻美女，独身一人走进酒店，就在她在前台登记开房的时候，一个秃头的中年男人走进酒店，却并不去登记，而是坐在大堂的沙发上心不在焉地翻看报纸，不时看表，像是在等人。虎子觉着这男人很面熟，以前应该不止一次来过酒店。

美女登记完毕，走向电梯，临走时扭头看了一眼中年男子。等美女拐过弯，那名中年男子随即起身，也向电梯走去。

这一切都落在虎子眼里，他心里就有数了。等他们上了电梯后，虎子就去前台查了一下该美女的登记信息，查出该女子是本店的常客，今年已经数次来酒店开房，每次只有两个小时。

虎子把她每次开房的时间、房间号码都记下来，然后去监控室调出当时的监控录像查看，不出意外，每一次，都能发现那个中年男子的身影，两人进的是同一个房间。

虎子把有关视频全部复制下来。下一步，就是查清他们的身份了。根据登记信息，年轻美女的身份很容易就查清楚了，是市电视台的一名实习主持人，入职不久，但居行奢侈，出手大方，收入来源成谜。中年男子的身份查起来虽然颇费了一番工夫，但结果让虎子兴奋不已，该男子名叫董建国，是一家银行的行长。

接下来的事情就非常顺利了。虎子先给董行长打了电话，说送他件礼物，然后就把载有部分视频内容的U盘快递给他。

董行长很识趣，马上联系虎子，商量购买视频，经讨价还价，最后以五十万成交，约定腊月初八晚上，于夜深人静时他会派人到虎子家送钱交易，到时候一手交钱，一手交载有全部监控视频的U盘。

到虎子家交易是董行长提出的，理由是必须知道虎子住在哪儿，以后一旦发现他还留有视频备份的话就会找他算账。一开始，虎子也不想在自己家交易，怕对方将来报复，后来一想，反正房子是租来的，钱到手后自己马上就另找住处，于是同意了。

时间渐近十二点。

虎子把全部经过在脑中过了一遍后，没有发现什么破绽和漏洞，堪称完美。他心中合计，如果这笔生意能顺利成功，那就说明这是一条绝佳的生财之路，自己要不要接着干下去呢？像董行长这种人太多了，应该不愁找不到下一个猎物。

十二点到了。

门外还是没有动静。

又过了十分钟，虎子等得心焦，打算喝口酒提提神，一伸手，再次拿起了茅台，就在这时，有人敲门。

虎子一跃而起，冲过去打开门。外面的人手里提着一只

逆转人生

箱子，正是他要等的客人。他将客人让进屋，关好门，问："钱带来了吗？"

对方将箱子放到茶几上，打开，里面装满百元大钞。虎子双目放光，伸手刚要拿，对方一拦，问："东西呢？"

虎子掏出一个U盘，交给对方，"所有视频全在里面了。"

对方怀疑地看着他，"你有没有留了一手，还有备份？"

虎子一拍胸脯，"绝对没有！你们就放心吧，盗亦有道，我这人最讲信用，拿人钱财替人消灾，只要钱到位，此事就到此为止，绝无后患。"

对方又盯了虎子一会儿，相信了，脸色放松下来，说那就好，希望你说的都是真的。收好U盘，把密码箱推到虎子跟前，"这是你的了，点一下吧。"

虎子一摆手，豪爽地说："用不着，我相信你们，你们开银行的，肯定错不了。来，合作愉快，咱们喝一杯怎么样？"伸手拿起一瓶茅台酒。

对方看了看酒，说："酒不错啊，不过，你还是先点一下钱，再给我写个收据，回去我好跟我老板交差。"说着，掏出纸、笔，放到虎子面前，"写完收据咱们再喝酒庆祝。"

虎子就把酒递给对方，"那行，你先把酒打开，我给你写收据。"

对方接过了酒，动手开始启瓶盖。

虎子埋头写收据。

17

假酒哪去了

初九上午。

刘二喜刚到公司，就接到张警察的电话，让他马上去市公安局监控中心。

刘二喜赶到后，张警察带他进入监控大厅，让人调出昨晚事发后向阳小区四周路口的监控录像，让刘二喜挨个仔细筛查，看有没有人骑着他失窃的那辆摩托车经过。

刘二喜不错眼珠地看了将近一个小时，终于有了收获，从一段监控中看到了小偷骑着自己的三轮摩托车飞驰的画面，可惜，因录像模糊，根本看不清小偷的面目。

张警察却说这就够了，每个路口都有监控，只要知道他的行进方向、时间，我们就能追踪找到他。

果然，接下来按顺序一路调看各路口监控，发现偷车贼一路向南，经过多个路口，最后穿过和平村路口后，消失了踪影。

警方判断偷车贼就住在和平村一带。

和平村属于城中村，许多外来务工者在这里租房居住，龙蛇混杂。

警方立刻组织警力赶到和平村，除走访调查外，还调看了村中一些商户和个人安装的监控录像，不久后，好消息传来，一组警察有了重大发现：一家小超市安装在门口的探头拍摄到了偷车贼的身影，偷车贼骑着摩托车经过该超市后，拐进了临近的一条胡同。

随即,张警察带人对该胡同挨家挨户进行排查,将正在睡懒觉的老高抓获。

抓住老高,张警察第一句话就问:"那两瓶茅台呢?"

一开始,老高还想装糊涂抵赖,当听说茅台酒瓶里装的东西能致人死亡后,差点没吓出尿来,心想自己原来昨晚已在鬼门关走了一遭,幸亏没在赵歪嘴那里将瓶子打开,否则,自己现在可能就是死人了。他怕摊上人命官司,哪里还敢隐瞒,来了个竹筒倒豆子,一五一十把经过说了一遍,交代说被虎子拿走了。

前来抓捕的警察中有人识得虎子,当即带领张警察前去虎子家。

到了虎子家,房门紧闭,敲了半天门,里面也没人应声。张警察心里突然有一种不祥的预感,怕虎子已经中毒遭遇不测,遂强行破门。

门打开后,为防万一,两个戴着防毒面具的警察先进去查看。

真的出事了!屋内,一名男子仰面朝天躺在客厅的地上,一动不动,已无呼吸。

经查,死者正是虎子。现场却没有发现茅台酒瓶,室内也没有可疑气味,但有被人翻动过的迹象。

张警察仔细查验尸体,尸身僵硬,已死去多时。在死者的脖颈上,他发现了一条明显的勒痕,后脑上,还有被钝器击打过的痕迹。

显然，虎子并非中毒，而是他杀。

张警察最关心的还是那两瓶假茅台，但翻遍虎子的家，都没有找到。

是他送了人，还是被杀他的人顺手牵羊，带走了呢？

张警察分析：送人的话，并没时间，因为据偷车贼老高交代，昨天虎子离开赵歪嘴的收购站时，已过十点，都那么晚了，一般是不会到别人家送礼的。而从尸体的状况来看，死亡时间应该也在是昨晚，天亮后虎子不可能出门。

由此推断，那两瓶假茅台极有可能是被凶手带走了。

只要找到凶手，就能找回那两瓶假茅台。

或者说，只要找到假茅台，就能找到凶手。

可谁是凶手呢？茅台又在哪儿呢？

虎子人高马大，但从杀人现场的状况来看，并无明显的搏斗痕迹，凶手很可能是趁其不备突然下的手，另外，能在深夜叫开门进屋，即便跟虎子不是熟人，起码也认识。

接下来，张警察安排一组人员前去调看附近的监控，希望能从中发现可疑人员，自己则带人立即前往赵歪嘴的收购站，以收赃销赃的名义抓捕赵歪嘴。因为赵歪嘴和虎子认识，曾多次被虎子敲诈勒索，昨晚又被抢走两瓶茅台，具有报复杀人的动机。

赵歪嘴归案后，警察将收购站翻了个底朝天，也没有找到那两瓶茅台。

赵歪嘴听说老高已被抓，知道隐瞒不过去，很快承认了收赃、销赃牟利的行为，但对于杀人罪行，却拒不承认，坚

逆转人生

称自己昨晚跟老高喝酒一直喝到十一点,喝高了,后来就一觉睡到大天亮,根本没有出门,不具备作案时间。

张警察说:"你别狡辩了,老高已经交代,昨晚你和他喝酒的时候,多次说过要弄死虎子!"

赵歪嘴大呼冤枉,说我是说过这话,可那是说着玩的,警察同志,不光是我,这条街上很多被虎子欺负过的人都说过这种话呀,就是发泄一下罢了,图个嘴巴痛快。我虽然不是大款,但两瓶酒也不会看在眼里,怎么会为了两瓶酒杀人呢?

张警察察言观色,感觉赵歪嘴不像是在撒谎,就问:"都谁说过要弄死虎子的话?"

赵歪嘴为摆脱嫌疑,张三李四地念出了一大串名字,都是这条街上的商户。

就在此时,到虎子家附近商家查看监控录像的警察有了发现,他们在一家网吧的监控里找到线索:昨晚十一点五十一分,一个身穿羽绒服的男人提一皮箱经过,半小时后,此人返回,手里除了皮箱,还多了一个黑塑料兜,从外形来看,里面装着的好像是两瓶酒。

张警察立刻带着赵歪嘴前去查看录像。

可惜由于是后半夜,光线太暗,加上此人低着头,头上又扣着羽绒服的帽子,遮住了半张脸,所以根本没法看清面目。不过,从身形来看,并非赵歪嘴。

赵歪嘴认出他手里的黑色塑料兜,交代说那两瓶茅台酒就是装在这种黑塑料兜里的。

张警察大喜，虽然看不出此人面目，但他从死者那里带走了茅台酒，应该就是凶手。

致命的"茅台"

本来，张警察以为接下来可以像找老高一样，通过其他监控探头追寻到此人身影，但是，一番查找后，却一无所获，无论是商家安装的监控，还是马路上的治安监控，此人再也没有出现过。

有两种可能，一是此人的家就在附近；二是他可能上了汽车离开。

其他再无线索。

警方只能使用笨办法，安排警员过筛子一样筛查周围的居民，希望能从中发现可疑人员。

张警察则来到虎子供职的鸿运大酒店，找到保安经理，问他虎子最近有无异常，有没有得罪什么人。

经理听说虎子被人杀害，吃了一惊，略微回忆了一下，说："虎子这种混混得罪的人肯定不少，但都不至于要他的命啊。异常嘛，倒是有一些。"

"什么异常？"

"前些日子，他一改吊儿郎当的毛病，天天按时按点来上班，来了就钻进监控室鼓捣。"

张警察心中一动，问知不知道他都鼓捣什么？

经理说："好像在查看以前的监控视频，我问他查这些干什么,他说干大事。对了,我听服务员说,他曾经到前台查看以前的开房记录。"

张警察心念急转:他查视频、查开房记录做什么呢?他查的是谁呢?难道他跟赵歪嘴说的生意,跟这个有关?他的死会不会跟这笔生意有关?

一个又一个疑问浮上心头,职业的敏感让张警察隐隐约约有了一些感觉:虎子有敲诈勒索的前科,这次会不会犯了老毛病,向人敲诈不成,反而惹祸上身?

但这只是猜想,破案是需要证据的。

转眼又过去两天。

追查凶手的事毫无进展,两瓶假茅台自然也是无影无踪,唯一值得庆幸的是,本市范围内,这两天并没发生化学品中毒事件。

但现在没发生并不代表下一分钟不会发生,那就像一颗定时炸弹,随时都可能被引爆。专案组所有民警均感压力巨大,也有人抱侥幸心理,说反正假茅台在凶手手里,他自己打开中毒是咎由自取,别牵连到别人就行。

还有人提议,说咱们干脆颁布个禁令,在这两瓶假酒没有找回来之前,不许任何人喝茅台。

张警察细想,此法倒是个不是办法的办法,虽说会造成恐慌,但人命关天,如果短时间内再找不回假酒,说不定还真得出此下策了。

就在这时,事情忽然有了转机。

腊月十一上午,张警察坐在桌前,眼睛盯着虎子的照片，脑中把所有线索重新梳理了一遍，却还是找不到突破口。他认为，虎子查监控视频和客人登记信息，显然是有目的的，只要找到他要查的人是谁，就可能找到突破口。可是，鸿运大酒店一天登记的客人就有上百人，一个月数千人，一年数万人，去查谁啊？

正没头绪，忽听到有人喊他，"张警察。"

抬头一看，却是快递员刘二喜。

刘二喜是来找他办摩托车认领手续的。在张警察签字的时候，刘二喜看到桌面上虎子的照片，好奇地说："这人挺面熟的，谁啊？"

张警察随口问："你认识他？"

刘二喜回想了一下，"记起来了，这是不是鸿运大酒店的那个保安啊？前些日子他找我发过快递。没错，就是他。"

张警察说："这人已经死了，那两瓶假茅台最后就是从他手里失踪的。"

刘二喜"啊"了一声，"原来死的那个人就是他呀，这人挺凶的，当时我还跟他吵了几句，所以对他印象特别深，感觉不像是善类。"

"是吗？为什么？"

"他当时发一个快件，好像是U盘之类的小东西，因为收件人也在本市，他就非让我给他便宜点，说东西大小、送的远近不一样，价钱就不能一样。我说既然不远，那你自己去送好了，何必让我送呢。结果他听了就要揍我。"

逆转人生

张警察心中一动,脑中像突然打开了一扇窗口,有亮光透了进来,急忙问:"你是说他让你送一个U盘?收件人也在本市?"

刘二喜肯定地说:"收件人肯定是本市的,这个我可以确定。"迟疑一下,"但是不是U盘我不确定,东西是包在纸里的,我当时捏了一下,凭感觉应该是U盘、读卡器之类的小东西。"

张警察追问道:"你还记不记得收件人的详细地址?名字叫什么?"

刘二喜仔细回忆了一下,说:"好像是一家银行,我记不太清了,不过不要紧,我回去一查就能查出来,有记录的。"

张警察大喜,一跃而起,"走,马上就去查!刘二喜,你可能立大功了!"

就这样,一个叫董建国的人进入了警方的视野。

随后,张警察又在鸿运大酒店的监控录像中查到了董建国的有关视频,断定,虎子要查的人就是他,虎子之死可能跟他有关。

董建国是一家银行的行长。

不过,董建国并非杀死虎子的凶手,因为那个穿羽绒服的凶手比董建国要高、要年轻。

张警察推断,有可能是雇凶杀人,如果是雇凶,那案发当天董建国一定会跟凶手联系的。他随即前往通信公司,调出董建国三个手机号码的全部通话记录,通过细致认真地比对、排除，最后锁定了一个电话号码，该号码在案发当天及第二天早上曾多次跟他通过话。

该号码的主人叫董飞，是该银行的保卫科副科长，也是董建国的亲侄子。

在董飞的床下，警方搜出了两瓶茅台酒。正是警方千辛万苦正在追寻的两瓶假酒。

所幸并没打开。

据董飞交代，为杜绝后患，叔叔起了灭口之心，让他在交易的时候干掉虎子。于是，当晚他佯装开酒，趁虎子低头写收据的时候，抽出铁锤砸在虎子的后脑上，然后用绳子将其勒死。得手后，他将屋里和虎子身上仔细检查一遍，未发现视频备份，遂整理现场，擦掉指纹、脚印，不留下任何蛛丝马迹。

但百密一疏，千不该万不该，他不该在离开杀人现场时，将那两瓶价值不菲的"茅台"酒顺手牵羊，本打算过年时带回老家，宴请亲朋好友的时候显摆一下，却……

这两瓶剧毒假酒，虽没有直接要了他的命，却成了他杀人的直接证据，足以致命。

生死军纪

借 驴

1939年冬天，日寇进攻登州，八路军某部和登州的国民党守军配合，在凤凰山一带阻击日寇。中国军队血战两昼夜后，抵挡不住日军的进攻，开始撤退。

这天夜里，远处的枪炮声响了一夜，刘家庄的刘瘸子心惊胆战，一夜未曾合眼。几天前，得知日本人马上就要打过来了，不少乡亲抛家舍业，外出避难。刘瘸子腿脚不方便，又舍不得扔下苦苦挣下的家业，竟不顾危险，让家人外出避难，自己留下来看家。

天亮后，刘瘸子开门出屋，远处的枪炮声仍时断时续，空气中弥漫着一股呛人的火药味儿。他先到牲口棚，给牲口加了草料，然后，就站在一旁，爱惜地看着它们吃草，心里头惴惴不安地猜测着它们跟自己今后的命运。这两匹马，再加上旁边圈里的那头小黑驴，都是刘瘸子的心肝宝贝。两匹马是用来驮货的，刘瘸子的家业大都是靠它俩给挣下的。那头小黑驴是刘瘸子的坐骑，刘瘸子瘸了一条腿，这驴就相当于是他的腿。一人一驴，感情深厚着呢。

刚喂完牲口，墙外传来一阵急促的脚步声，接着门板被"咚咚"擂响，有人在大声吆喝："开门，开门！"

刘瘸子的心就提到了半空中，他不敢出声，一步步挨近门口，凑到门缝往外看。只见门口站着两个背着枪的国民党大兵，满脸凶气。

"老子知道里面有人，快开门！再不开就开枪了！"见里面没反应，两个大兵"咣咣"用脚踹门，又"哗哗"拉动枪栓。

刘瘸子见躲不过去，只得卸下门闩。"嘭"的一声，门被撞开了，两个大兵冲进院子，瞪着眼四下打量，看到牲口棚的两匹高头大马后，两人欢呼一声，径直奔过去，跟牵自家牲口似的，伸手就去解缰绳。

刘瘸子心知不妙，慌忙抢上去拦住他们，满脸堆笑，央求道："两位老总，行行好，我还靠它们过日子呢。"

一个大兵横了他一眼，眉毛一竖，喝道："让开，国军要征用你的马。"

刘瘸子急了："你们不能硬抢啊，行行好……"说话间，腿上就挨了一脚。一个大兵骂骂咧咧："老子打鬼子连命都不要了，你他妈的连匹马都舍不得，是不是想留给日本人啊？哼，要不是看你是个瘸子，老子一枪崩了你，快滚开！"

逆转人生

说着,手上一使劲,将刘瘸子推到一旁。两人牵着马,扬长而去。

刘瘸子哪里甘心,一瘸一拐地紧跟在后面,一直追到村口。大路上挤满了从前线撤下来的国民党残兵。那两个抢马的大兵把马分别牵到两个当官的身前,两个当官的一见,喜出望外,赶紧骑上马,指挥着队伍:"撤,跑步前进!"带领着残兵败将,匆匆向南去了。

刘瘸子眼睁睁地看着自己的两匹马不见了踪影,心疼得眼泪都流下来了。

整整一天,村口的大路上不断有撤下来的部队经过。先是穿黄军服的国民党官兵,后来又是穿灰军服的八路军将士。

刘瘸子怕小黑驴也被抢走,干脆把它从棚里牵到正房里,怕它叫唤,又给它戴上了笼头。

傍晚时分,枪炮声虽然渐渐稀落下来,却越来越清晰。显然,鬼子越来越近了。

刘瘸子正心神不定时,突然,院门又被敲响了,有人喊:"哥,快开门,是我。"刘瘸子先是一喜,而后一惊,心想:前几天就让弟弟二贵出门避难了,他又回来干什么?

刘瘸子出去打开了门,一怔,二贵的身边还有两个人,一个伏在另一个的背上。

二贵对那人说:"小张,你先把赵团长放下,在这儿稍等一会儿。"然后他就进了院子,一看牲口棚里空荡荡的,就焦急地问:"哥,咱家牲口呢?"

刘瘸子恨恨地说:"被国民党兵抢走了。二贵,你咋又回来了？"

二贵说："我根本没走，这两天跟着八路军打鬼子呢。哥，一头牲口也没剩下？"

刘瘸子想到门外的那两个人，留了个心眼，问道："你找牲口干什么？"

二贵伸手指指门口，说："受伤的是八路军的赵团长，走不得路，警卫员好不容易才背着他突围出来，他们想找匹马骑着去追赶部队。"

刘瘸子心中一沉，果然是打自己牲口的主意，赶紧说："让他们上别家去找吧，咱家没牲口了。"

二贵刚要转身出去，就在这时，正房里传来一声响。二贵停下脚步，狐疑地问："谁在里面？"

刘瘸子慌忙掩饰道："没人，也许是猫吧。"

二贵看了哥一眼，突然两大步跨过去，推门进了正屋。看到小黑后，他欢喜地说："哥，这不是还有头驴吗？"说着，牵着驴就往外走。

刘瘸子急了，一把拽住缰绳："不行，咱家就剩下这一头牲口了，以后还得靠它干活呢，你不能牵走它。"

二贵说："顾不得那么多了，鬼子很快就追上来了，赵团长再不走，就会落在鬼子手里，现在救命要紧！"

刘瘸子堵住门，高低不让二贵出去："二贵，哥以后就指望它了，你就留下它吧……"

外面的八路小张听到里面争吵，进来一看这场面，马上就明白了，他抱歉地对刘瘸子说："老乡，事情紧急,我们现在确实需要这头驴,这样吧,我们买下它,不过……"他顿了顿,窘迫地说,"我身上现在没带钱,等以后给你行不行?"

刘瘸子坚决地说:"我不卖!"心想:别说你没钱,就是有钱我也不卖,我这驴又聪明又听话,我上哪儿再找去?他看了一眼这个八路,见他也就十七八岁的光景,满脸的灰尘掩盖不住稚嫩之气。

小张又恳求道:"这样吧,算是我们八路军借你的,将来还你行不行?"

"不行!"刘瘸子紧紧握着缰绳不撒手,心说:借?说得倒好听,肯定是有借无还,这跟抢有什么两样?

二贵见状,急了,上前从大哥手里一把夺下缰绳,塞到小张手里,说:"小张,你们快走吧,再迟就来不及了,这儿你就甭管了。"

刘瘸子慌忙去抢缰绳,身子却被二贵一把给抱住了。他拼命挣扎,吼道:"二贵,快放开我,你这吃里扒外……"二贵抬起右手,把他的嘴也捂住了。

枪声越来越近,小张见情况紧急,容不得再多说了,便满怀歉意地说:"大哥,实在对不住了,我向你保证,这驴我以后一定亲手还给你。"

刘瘸子受制于二贵,说不出话来,愤怒之下,脸也涨得有点歪了。

小张知道这头驴在对方心中的分量,他心中歉疚,冲着刘瘸子深鞠一躬,郑重地说:"大哥,我们八路军有纪律,借了东西一定要归还。我叫张多福,你记住了,我一定会回来还驴的!"

说完,他牵着驴就往外走,"得、得、得……"蹄声渐渐远去了。

二贵松开手,刘瘸子回转身,一拳打在弟弟的胸脯上,骂道:"你滚!我没有你这样的弟弟!"

二贵被打得一趔趄,他站直身子,劝说道:"哥,都这时候了,身外之物再重要,也不如人的命重要。鬼子马上就来了,你快收拾东西,出去躲一躲吧。"

刘瘸子怒气冲冲:"我不躲!啥都没了,就剩烂命一条,我还怕谁?"

二贵见他主意已定,只得挥泪告别,也追赶队伍去了。

一天后,日寇途径刘家庄,疯狂抢掠之后,一把火烧了刘家庄,刘瘸子的院子化为灰烬。

刘瘸子变得一无所有,他在废墟中一瘸一拐兜了半晌,猛地,他用手中的拐棍狠狠地在地上一捣,头也不回地上了山间的小道。

护 驴

八路军部队一直在转移。

张多福牵着毛驴小黑,疲惫不堪地走着。伏在驴背上的已经不是赵团长,而是一个断了腿的战士。

此时,距登州阻击战已经一个多月,赵团长的伤已经好了。张多福想起那天借驴的情形，心中一直不安。他心里清楚，说是"借"，其实跟"抢"差不多。所以，等赵团长伤一好，行军赶路不再需要骑毛驴了，他就跟团长提出，要将毛驴送还回去。

团长听他说完那天借驴的经过，沉吟了一下，说："按道理是应该马上归还，不过，多福，现在咱们距离登州已这么远，中间又全是敌占区，想送回去也不是件简单的事情。再说，咱们还有不少伤员行动不便，目前留着这头驴还有用。"

张多福觉得团长说的也有道理，现在部队伤病员很多，这头驴真的能起很大的作用。他犹犹豫豫地说："可是我们有纪律，借的东西一定要归还……""

团长笑了，说："纪律当然要遵守。咱们不是不还，只是要过一段时间再还，我相信，咱们总有一天会赶走日本鬼子，打回登州的，到时候，再把驴还给人家，好好补偿他一下，你看怎么样？"

张多福想了一下，认真地说："反正我答应人家要亲手把驴还给他！团长，这驴得有人饲养照顾，交给别人我不放心，这一个多月来我也跟它熟识了，以后还是由我照顾吧。"

团长自然一口答应。

从那以后，无论是行军、打仗，还是休息，张多福跟小黑都是形影不离。

此时，抗日战争已经到了最艰苦的阶段，形势越来越严峻。根据八路军总部的命令，张多福所在的部队奉命转入敌后，化整为零，开展敌后游击战。张多福依然把小黑带在身边。

这天，张多福所在的游击分队正在一个叫卧虎沟的山村休整，不知怎么走漏了消息，鬼子纠集人马，气势汹汹地向卧虎沟杀来。

发现敌情后，老百姓和游击队迅速撤离，下地道的下地道，进山的进山。游击队的战士们则全部藏进了半山腰的一个山洞中。

这个山洞是村里的民兵队长进山采药时偶尔发现的，由于所处位置地势陡峭，洞口又被杂草、巨石遮挡着，非常隐蔽，连不少本地人都不知道这儿有这么个山洞。

鬼子进村扑了个空，便开始大规模地搜山。可是搜了个遍，也没发现游击队的踪迹。鬼子不甘心，丧心病狂地放火烧山。

大火从山脚开始烧起，不久后，就烧到了半山腰，火势熊熊，山上的飞禽走兽东奔西窜，大多葬身火海。鬼子们守住下山的道路，观望着冲天大火，嘻嘻哈哈地说笑着。

幸亏游击队藏身的洞口周围多是岩石，可燃之物并不多。大火虽然烧不到洞内，但洞内热浪灼人。战士们大汗淋漓，都光了膀子，尽量躲到山洞深处。可是，浓烟还是从洞口的石缝间蹿入洞内，呛得人止不住要咳嗽。战士们便用尿液浸湿衣襟，捂在口鼻之上，尽量克制忍耐，不敢发出一点动静。

但人咬紧牙关可以忍耐，张多福身边的毛驴小黑却渐渐暴躁起来，开始尥蹶子打喷嚏，要不是套着笼头，早"咴儿咴儿"叫起来了。

见此情景，大家的脸色都变了。鬼子就在洞外不远处，虽然隔着一道火墙，看不到影子，但鬼子的说话声依稀可闻，要是被他们听到这里有动静，后果不堪设想。

小分队的队长姓梁，他见势不妙，当机立断，左臂抱住驴的脖子，右手拔出匕首，一挥，向小黑的脖子抹去。

张多福来不及多想，低呼一声："不要！"扑过去，抱住了梁队长的手腕。

梁队长低声喝道："松开手，不杀它，就把咱们暴露了！"

张多福自然明白这个道理，此时此刻，除了杀掉小黑，别无良策。情急之下，他搂紧小黑的脖子，一咬牙，说："队长，你先不要杀小黑。我这就出去把鬼子引到对面山上去。"说罢，提着枪就要钻出洞去。

梁队长一把拉住他，沉着脸道："你不要命了？漫山遍野全是鬼子，你出去只有死路一条。再说，你现在出去，把洞口也就给暴露了。"

张多福的眼泪流了出来："要不咋办呀？小黑不能死，我答应过它的主人，一定亲手把驴交还给他的呀。"

梁队长皱紧眉头："你怎么这么死心眼？到时候赔钱给他就行了，要不就另买一头驴给他。"

张多福摇摇头，说："借驴的时候，我跟他说咱们八路军有纪律，借的东西一定要归还，如果不还回去，人家会说咱八路军不讲信用的。队长，再等一下吧。"

梁队长看着张多福，又看看其他战士，见大家眼里都有不忍之色，叹口气，说："只能拼一拼了。多福，你抱紧驴嘴，别让它叫唤。"又吩咐大家，"来，大家都过来，按着它，千万别让它弄出动静。"

大伙一拥而上，按身子的按身子，抓腿的抓腿，抱脖子的抱脖子，将小黑牢牢按在地上。小黑自然不肯就范，拼命挣扎，闹出了一连串动静，声音虽然不大，但听在众人耳里，仍是惊心动魄。情急之下，张多福跪在地上，将嘴唇贴在小黑的额头上，轻轻地摩擦着。奇迹出现了，小黑的眼里滚出一滴泪，似乎明白了主人的心意，竟然渐渐地安静下来。

梁队长这才松了一口气，他担心大火熄灭后，鬼子还要上来搜山，就将匕首交到一个战士手里，自己趴在洞口，密切观察外面的动静。他心里打定主意，如果鬼子搜山，就必须杀掉小黑，除掉隐患。

大火过后，鬼子果然散开队形，踏着灰烬，开始往上搜索起来，眼看一步步接近洞口了。

梁队长的心提了起来。小黑的四肢虽然不能动弹，但粗重的喘息声却难遮挡。事不宜迟，必须马上动手了。他不敢再犹豫，冲身后做了个手势，立刻，持匕首的战士举起了匕首。

张多福紧紧闭上了眼睛，大颗大颗的泪水滑落。这一次，他没有阻拦，毕竟，一头驴即使再重要，和躲在洞里的十几条人命相比，也是微不足道的。

就在这时，"叭，叭"对面山上突然传来两声枪响。

众人一震，那柄匕首也停在了半空。

接着，外面的枪声响成一片，鬼子们在兴奋地喊着：

"八路，八路游击队在对面山上。"纷纷掉转头，一窝蜂地冲下山，向对面山上跑去。

事后得知，是卧虎沟的民兵队长带着两个民兵躲在对面山上，他们远远看到鬼子在一步步接近游击队藏身的山洞，危急关头，他们不顾自身安危，开枪将鬼子吸引了过去。

送 驴

游击队脱险后，梁队长考虑到此时小黑留在队伍里不但没有什么作用，反而成了累赘，于是，他就建议张多福暂时将小黑寄养到老百姓家里，等形势好转后，再把它领回来。

张多福舍不得，但心里明白，梁队长的决定是正确的。只得同意将小黑暂时寄养在老百姓家里。

小黑不在身边，张多福怕它出什么意外，天天为它担心。小黑一日不还回去，他的心就像压着一块巨大的石头，一日不得轻松。张多福连做梦都想尽早把小黑归还给刘瘸子，实现自己的诺言。

机会来了。这天，游击队接到上级命令，北上到大青山一带跟另一支游击队会合作战。大青山是张多福的老家，那里距离登州不过二百公里路程。

出发时，张多福到老乡家里领回小黑，老乡告诉他一件好事：小黑已经怀孕了，有三个多月了呢。这个喜讯着实让张多福高兴了好一阵，也使他更细心照料小黑了。

部队北上。到达大青山后，张多福找到梁队长，再次请求前往登州还驴。张多福很有把握地说:"梁队长,我是本地人,我知道一条小路,可以绕过鬼子的封锁线。"

梁队长听他仔细一说,觉得可行,就同意他快去快回。临行前,梁队长特意嘱咐:"说一千道一万,驴的命再要紧,也不如你自己的命要紧。要是碰到什么危险情况,人第一,驴第二,你明不明白?"他补充道,"这是命令,你小子必须记在心里。"

张多福点头答应。第二天,他便装扮成一个贩运药材的小贩,牵着驴上路了。

张多福不敢走大路,一路翻山越岭,尽量避开城镇,避开鬼子的据点、岗楼。

一天中午时分,张多福经过顺河县城。此地盛产煤炭,鬼子在这里驻扎重兵,大肆掠夺。张多福不敢穿城过去,顺着小路绕城而行,不料,翻过一道土坡后,他忽然发现前面一个小小的三岔路口处,竟然有日本兵在设卡检查。他注意到,鬼子已经抓了不少人,集中在旁边的一块空地上。

张多福见形势不妙,赶紧牵着驴拐入路边的庄稼地中。不料,已经迟了,一个鬼子发现了他,吆喝一声,几个伪军就端着枪追过来,边追边喊:"站住,再跑就开枪了。"

"啪!"一颗子弹贴着张多福的头皮飞过去,张多福见跑不脱了,佯装害怕,"哎唷"一声蹲在地上,抱着头瑟瑟发抖。

伪军冲过来,盘问道:"干什么的?想跑?是不是八路的探子?"

逆转人生

张多福双手乱摆，结结巴巴地道："老、老……老总，我是来收药材的，看到日本人，怕他们没收我的药材，所以想躲一躲。老总，饶命啊……"

伪军乐了："看你这个熊样，也不像是八路的探子，好了，起来，跟我们走。"

伪军将张多福押到哨卡，向鬼子报告道："太君，抓到一个壮劳力，还有一头毛驴，这毛驴能顶好几个壮劳力呢。"

"幺西。"鬼子看了看张多福，又看看驴，点点头，将手一摆，那伪军立马一推张多福："去，牵着你的驴到那边集合去，老老实实等着。"

张多福赔着笑脸，问："老总，日本人要那么多人干什么？"

那伪军看了他一眼，"嘿嘿"笑道："当矿工，下煤窑挖煤。"

张多福的心顿时沉了下去，看来，自己是被鬼子抓差了。幸好毛驴还在身边，现在只能走一步是一步了，以后再找机会逃吧。

但是，等到了煤矿，张多福看到围在四周的层层电网，以及高高的炮楼，还有炮楼上荷枪实弹的鬼子兵，他才明白，鬼子的这座煤矿竟然比监狱的戒备还要森严！

张多福后来知道，鬼子之所以管理得这么严格，是因为矿工中除了被抓来的民工外，还有许多战俘。日本兵将煤矿改建成战俘集中营，逼迫战俘们下井挖煤，充当劳工。

另外，最近日寇的侵略战线拉长，物资紧张，为此新增加了不少煤窑。为了解决劳工短缺的问题，他们就采用抓捕手段，将普通百姓弄到煤矿充当廉价劳工。张多福就是碰上鬼子设卡抓劳工，不幸被抓了进来。

张多福沾了小黑的光，没有做最苦最累的采煤的活儿，他负责牵着小黑，将煤从井下驮运到地面。

在这里，张多福遇到了一个熟人，就是当初跟他一起借驴的刘二贵。刘二贵是一名八路军战俘，已在这里关了一年多时间。

这天在井下，张多福正好去刘二贵挖煤的坑洞里装煤，四下无人，两人就互诉别来之情。

刘二贵听说张多福此次回登州只是为了还驴，惊讶得张大嘴巴，半天没有合上。他听张多福说完经过，连连摇头："你太冲动了，一头小毛驴，不值得你冒这么大的险。"虽然他从心里不赞成张多福的做法，但对他重信守诺的行为，却不能不佩服。

刘二贵告诉他说："这里说是煤矿，其实就是监狱，鬼子对我这样的战俘，看管得极严，而对你们这些抓来的劳工，相对宽松一些，你不暴露你的身份，行动可以方便一点。"

张多福从被抓起，就天天想着如何逃出去，他问二贵："难道我们只能在这里老老实实等死吗？你们在这里关了这么长时间，就没想过逃出去？"

二贵苦笑了一下，说："鬼子看管得太严了，你也看到了，煤矿四周围了三层电网，鬼子的巡逻队不分昼夜地巡逻，连只苍蝇也别想飞出去。"

张多福问："那能不能在井下挖地道逃出去？"

二贵摇摇头，说："鬼子早有防备，井下一天二十四小时都有监工巡查监视，稍有异常，就会被他们发现。"

张多福想了半天，说："要是上下井鬼子不点人数就好了，咱就可以留一个人在地下，藏在监工看不到的地方，偷偷挖地道。"

二贵说："其实这个方案我们也想过。上个月，左面那条巷道出煤不多，鬼子废弃不用了。当时我们算计过，从这条巷道的尽头斜着往上挖一条地道，出口就会在鬼子的封锁范围之外。于是，我们就打算在这条巷道伪装一起塌方事故，将两个战友藏在里面，让他俩秘密挖地道。"

张多福一吓："那会不会憋死呀？"

二贵说："当然不会，我们会提前留好通气口。"

张多福很是兴奋，问："好主意啊，那你们为什么不做？是怕鬼子发现他俩吗？"

二贵说："那倒不是，鬼子肯定会以为他俩死在里面了。鬼子的眼里只有煤，根本不把矿工的安全当回事，几乎每天都有事故发生。塌方埋掉几个矿工，在鬼子眼里稀松平常，不会怀疑。"

张多福接了句："那就照这法子干呀。"

二贵接着说："但是，最难以解决的就是食物和水，挖这条地道多则一月，少也得一二十天，两个人藏在里面那么多天，吃什么，喝什么？鬼子管得紧，矿工下井，除了领一盏矿灯，什么东西都不许带，别说没有吃的东西，就是有，也绝对带不下来。"

张多福不由泄了气，是呀，吃喝问题解决不了，这个方案就绝难实现，看来，想要逃出去，还得另想办法。

用　驴

张多福和二贵正商量着，一个监工远远地用矿灯照过来，呵斥道："喂，你们两个，赶快干活！"

两人赶紧站起来，张多福在小黑身上拍了一巴掌："小黑，走吧。驾！"

话音刚落，他忽听到身边二贵的呼吸突然急促起来，似乎激动不已。等监工走开，二贵几步追上张多福，兴奋地说："多福，我想到一个好主意，可以解决吃的问题了！"

张多福大喜，忙问："什么主意？"

黑暗中，二贵的眼睛闪闪发光："多福，咱们现在有小黑了呀。"

张多福一愣，不明白他是什么意思。

二贵说："咱们安排事故的时候，把小黑也埋在里面，它这身肉，足够两人吃个十天半个月的。"

张多福浑身一紧，想都没想，脱口道："不行，绝对不能这样做，小黑我要还给你哥呢。"

二贵说："张多福，你再想想，是井下几十条人命重要，还是一头驴重要？你是八路军战士，这点觉悟都没有？"

张多福刚想开口，二贵的声音严肃起来："多福，你还是战士吧？我可是排长了，咱们军纪第一条就是一切行动听指挥，你必须服从命令。"

张多福一呆，呼吸粗重起来，结结巴巴地争辩说："我……我……可军纪里也有一条，借了东西一定要归还呀，小黑是我借的，我不能让人说咱八路军不讲信用。"

二贵略一沉吟，轻松地说："这个好办，驴是我哥的，将来我就跟他说你把驴还给我了，这不就成了？"

张多福还没有转过弯来，却突然想起一事："可光吃驴肉也不行呀，水怎么解决？"

二贵一怔，刚才光顾高兴了，竟然把水的问题给忘了。要知道，水对人的重要性不亚于食物。刹那间，满怀希望破灭，就像一盆凉水兜头浇下……

张多福暗暗松了一口气，不过，见刘二贵失望不已的样子，他心中不忍，安慰说："咱们另想办法吧。"

说完，整了整小黑背上驮煤的架子，爱怜地抚了抚小黑微微隆起的圆肚子，突然他想到了一件事，转身对刘二贵说："我有办法解决食物和水了。"

刘二贵不相信地问："你有什么主意？"

张多福说："小黑现在已怀孕五个多月了。再过五六个月，小黑就能把吃的喝的带到井下去了。"

二贵听得稀里糊涂，纳闷地问："你到底什么意思？"

张多福笑嘻嘻地说："等小黑做了妈妈，身上就有奶水了啊。"

二贵这才明白过来，是啊，驴奶可是好东西，又管饱又解渴，小黑每天都要下井，到时候只要挤下奶，再想办法交给躲在下面挖地道的战友，吃喝就全解决了。二贵狂喜不已，一把抱住张多福："太好了，你小子太聪明了。"

五个多月一晃过去了，小黑终于做了妈妈了。条件已经成熟，二贵和张多福他们事不宜迟，立刻按计划行动。在等待的日子里，他们反复研究，对行动的每一个步骤、每一个细节都设想了千百次，对可能出现的任何问题都做了周密细致的准备，整个行动计划力求完美无缺。

一切都按计划顺利地进行，二十天后，大功告成，一条通往自由的地道挖到了地面。

这天，矿工们下井后，杀死了日本监工，然后一齐动手，挖通坍塌的巷道，露出了地道口，然后，一个接一个，进入了地道。

因为怕外面的鬼子发现异常，在大家逃生的时候，张多福牵着小黑，一趟一趟地继续往井上运煤。

最后，当张多福再次回到井下，里面只剩下二贵一人了。二贵是在等张多福，并负责点燃导火索，引爆炸药。那些炸药是大家偷偷积攒的，数量并不大，但足以炸塌这条巷道，掩盖住地道口。他见到张多福回来了，催促说："大家都出去了，咱们快进地道吧。"

张多福看看地道口，没有动弹，低声问："小黑咋办呀？"地道非常狭窄，仅能容一人矮身爬行通过，小黑根本出不去。

二贵说:"顾不上它了。快走吧,鬼子很快就会发现了。"

张多福双手搂着小黑的脖子,依依不舍,片刻后,他抬起头,眼里闪着泪花,对二贵说:"你先上去吧,我再跟小黑待一会儿。"

二贵心急如焚:"别婆婆妈妈了,我要点火了。"他怕张多福再啰嗦,就点燃了地上的衣服,这些衣服连接起来被当作导火索用,衣服的另一端,就是雷管、炸药。

衣服上沾满了煤灰煤面儿,一见火,立马"噼啪"作响,燃烧的速度非常快。

二贵催促说:"几分钟后就要爆炸了。快,你跟上我。"说完,他率先钻进了地道,向外爬去。一路上,他不敢停顿,手脚并用,等他爬出地道,却发现,张多福却并没有跟出来。

井下,张多福看到二贵钻进了地道,心中犹豫不决,他不想死,可也不愿意扔下小黑独自逃生,即使抛去自己跟小黑之间的感情,小黑也不能死,因为他还没有完成诺言,把小黑还给刘瘸子呢。

他心怀侥幸,也许,这次留下来,以后还会找到跟小黑一起逃出去的机会。想到这里,张多福一咬牙,掉转头,拉着小黑就往井口方向奔去……

地面上,二贵盯着地道口,望眼欲穿。突然,脚下一阵剧烈晃动,那是下面的炸药被引爆了。

二贵胸口猛地一疼,他知道,不必等了,张多福不会出来了。

还　驴

1944年秋天,抗日战争进入了战略反攻阶段,八路军解放了登州,建立了民主政权。其时,城外凤凰山摩天岭上盘踞着悍匪刘瘸子一伙,占山为王。为此,八路军派出一个营的兵力进山围剿。

凤凰山共有三十二峰一十八岭,其中,以摩天岭最为险峻,岭上到处是悬崖峭壁,怪石林立,嵯峨陡峭,易守难攻。

刘匪一帮虽然不过百人之众,但凭借着这狭关险隘,盘踞固守,与八路军对峙着,拒不投降。

营长罗山虎见强攻不成,打算围而不攻,将刘匪困死在山顶之上。但是,从下山投降过来的匪兵口里得知,山上不仅弹药充足,而且,吃的、用的、穿的,也是一应俱全,储备充足,足可支撑一年以上。

罗山虎气得骂了一声:"妈的,这个刘瘸子,也算是个人物!"他从当地人口中,了解到刘瘸子的历史。

匪首刘瘸子,本名刘大贵,他虽然瘸了一条腿,但足智多谋,凶狠狡诈。刘大贵本是登州城外刘家庄的一个农户,日本人入侵登州那年,他受战争所累,多年积攒的家产化为乌有,连房子都被日本人烧为灰烬。一贫如洗的刘大贵无路可走,投奔了盘踞在凤凰山上的一股土匪。

逆转人生

刘大贵遭此变故，性格大变，变得心狠手辣。他信奉武力，觉得手中有枪便不会被人欺负。刘大贵上山入伙两年后，匪帮大掌柜去世，他便被众匪奉为首领。

刘大贵痛恨日本人，在日寇占领登州期间，他打过鬼子，杀过汉奸。为此，前些日子，国民党派人找到刘瘸子，将他捧为抗日英雄，意欲招安，却被刘瘸子痛骂一顿，说国民党与他有抢马之仇，决不合作。

这一次，八路军剿匪之前，也曾派人上山劝降，承诺对方如果投降，只要不是罪大恶极，均可不念旧恶，宽大处理。刘瘸子却一口回绝，说他对八路军的承诺，以前就领教过，绝对不会相信。而且，当年，八路军与他有夺驴之恨。

罗山虎心中纳闷，那"夺驴之恨"，到底又是怎么回事儿？

事情有了转机。这天，罗山虎正在为打破僵局苦思良策，忽闻一阵马蹄声，顺着山间小道，一人两骑来到摩天岭下。人是一名八路军战士，而那两骑，一骑是他胯下的骏马，另一骑却是一头黑驴。这人是兄弟部队的一位连长，这里剿匪遇到困难，特意赶来帮忙。

罗山虎有些不大痛快，心里说：谁说我遇到困难了？老子谁也不用帮，照样拿得下摩天岭。

对方一笑，说："我姓刘，叫刘二贵，山上的匪首刘大贵，是我大哥。"

罗山虎一怔，这才明白上级派他来的用意。他当即派人向山上喊话，说刘二贵想见他大哥刘大贵。

不一会儿,山上传下话来:"掌柜的说了,他没有弟弟,不见。"

刘二贵脸上露出一丝苦笑,看来,大哥还在为当年"借"驴的事情怨恨他。二贵从自己的马背上解下一个包袱,拎在手里,另一手牵着黑驴,走到岭下空地后,他站住,解下佩枪,冲山上大声喊道:"哥,我上来了。"一人一驴,往山上走去。

走到半山腰,一声枪响,子弹打在二贵脚下的石头上,火花四溅。

二贵停下脚步,举起手里的包袱,朗声说道:"去告诉你们掌柜的,就说当年借驴的八路还驴来了。"

等了一会儿,上面传来一声吆喝:"上来吧。"

刘二贵又往前走了几十米,一名土匪从石头后闪身出来,搜了刘二贵的身后,用眼罩蒙上他的眼睛,押着他,七绕八拐,进入一个巨大的山洞。

摘下眼罩后,刘二贵一眼看到了自己的哥哥。相隔五年,哥哥的外貌变化不是很大,只是脸上多了一股凶悍暴戾之气。亲人相见,二贵心中激荡,喉头哽咽,喊道:"大哥……"

刘瘸子眼睛里闪过一丝温情,但一闪即过,他冰冷地说:"二贵,你如果是上来劝降的,我劝你不要开口,对八路军的话,我不会相信。"

刘二贵激动的心情平复下来,淡淡地说:"我不是来劝降的,只是替当初的那个八路军战士来实践诺言的,他答应你会亲手把小黑还给你,现在,我把小黑带回来了。"

刘瘸子用眼角扫了扫洞口的驴,哼了一声:"你以为这样说我就相信了?既然是亲手还给我,那我问你,他人在哪里?"

刘二贵举起手中的包袱:"在这里!他……他为了回来还驴,把自己的命都丢了。"

接下来,二贵就把张多福还驴的事情从头说了一遍。刘瘸子听完,愣了半晌,半信半疑地问:"你是说,在日本人的那个煤窑里,他本来有机会逃出来,就是因为小黑,他自己放弃了?"

刘二贵点点头:"是的,他不肯丢下小黑,就是为了当初对你的承诺,想着有朝一日还能亲手把驴还给你。"

刘瘸子久久没有说话,他低垂着头,眼前浮现出张多福那张带着稚气的脸,耳边似乎又听到了他的话:"我向你保证,这驴我一定会亲手还给你。"

良久,刘瘸子叹息一声,问弟弟:"他就是那一次死在煤窑里的?"

"他没有死在井下。前些日子,我们打下了那座煤矿,从矿上其他人嘴里得知,那一次,他和小黑都从井下活着出来了,后来鬼子查到井下的矿工是挖地道逃走的。为了杀一儆百,鬼子就残忍地将张多福杀害了,而小黑,却由其他矿工照看着活了下来。"

刘二贵说完,将包着张多福遗骨的包袱轻轻放在地上,对着它立正,敬礼,一字一句地说道:"多福,你的心愿我给你完成了，我们八路军有纪必遵，言出必行，现在物归原主，你可以安息了。"

他又抬起头，看着哥哥，说："哥，我下山去了，你好好保重。"

刘瘸子没有说话，他神情恍惚，目光迟滞，也不知道在想些什么。

刘二贵迈步下山，还没走到半山腰，忽听到身后人声喧哗。他回头一看，只见土匪们纷纷扔掉枪支，高举双手往山下跑来，嘴里喊着："不打了，不打了！投降了！"

刘二贵心中一喜，忙拦住一人："怎么不打了？"那土匪高兴地说："掌柜的说了，八路军言出必行，可以信赖，大家的命能保住，还打个啥劲？不打了，投降了！"说着，一溜烟跑下去了。

刘二贵心中激动，急忙冲着人群喊："你们大掌柜呢？"

一个土匪回答："大掌柜说，他罪孽深重，没有必要下山了。"

刘二贵心中一颤，他慌忙掉转身，迎着下山的人流，飞奔上山。但是，等他气喘吁吁地赶到山洞，已不见哥哥的影子。

二贵慌忙跑出山洞，高声喊着："哥，大哥——"群山回荡，没有人回答他，回答他的，是一声清脆的枪响。

"叭——"

刘二贵的眼泪"刷"地流了下来。

逆转人生

咱们的"老大哥"

创 业

在西水市城郊偏僻地带，有一家叫"老大哥"的饭店，饭店规模不大，装修也很简单，但却显得特别，如餐厅不叫餐厅，叫食堂；雅间也不叫雅间，叫车间，什么铸工车间、焊工车间、锻工车间、钳工车间等，而各车间服务员都称"车间主任"，饭店老板则叫"厂长"。这哪是啥饭店呀，简直就是工厂嘛。其实呀，他们与工厂还真有着割不断的情感呢！

原来，饭店老板名叫刘大海，曾是东风机械厂的车间主任，而饭店的厨师、服务员、洗碗打杂的一干人等，都是他曾经的工友。因为饭店饭菜实惠，价格公道，服务周到，所以开张不久，生意就火得不得了。

说来当初刘大海决定开这个饭店也是偶然。

20世纪末，上千人的东风机械厂破产关门，工人们只得含着泪各奔东西，寻找生路。刘大海就骑着三轮车沿街卖盒饭，风里来雨里去，一干就是好几年。一年前的一天，他在车站门口遇到当年的工友大宋。大宋下岗后一直靠打零工为生，如今在车站卖苦力当搬运工。两人坐在路边抚今忆昔，不胜唏嘘。大宋仍住在机械厂宿舍大院，说现在大家的日子都挺难，王军在市场摆摊卖菜，张二春在医院当护工，咱们师傅老孙头因为岁数大，身子骨弱，如今竟靠捡破烂维生……大宋说到他自己时，长叹道：别看我现在还能卖苦力，可再过几年岁数一大，就不知到哪里找饭吃了。

大宋又发了几句牢骚后，向往地说："大海啊，现在要是有个老板能把我们这帮人都招去干活该多好啊，我们都经历了这么多，肯定会踏踏实实为他好好干。"

刘大海苦笑，说："哪有这种好事？现在人家都要高学历的年轻人，我们都是奔五的人了，又没啥文化，谁要啊？"

大宋突发奇想道："大海，要不你开个饭店吧，我们这帮老兄弟过来帮你，肯定省心。"

刘大海心中不由一动：卖了多年盒饭，他曾有过扩大规模的想法，但开饭店可不是想的那么简单，他摇头说："我哪有那个实力啊？就是开个一般的饭店，没个五六十万根本下不来。"

大宋说："可以搞股份制嘛，你出大头，当董事长，剩下的我们几个凑一凑，当股东。咱们也不求发大财，只要解决了大伙的生存问题，就算是成功了。"

逆转人生

刘大海觉得这主意不错，大家齐心协力，好好经营，说不定这事能成。如果这事办成了，大家的日子好过了，自己苦点也值得。于是他说："如果大家都投资，倒可以试一试，不过，你愿意投资，不知道别人愿不愿意。"

大宋兴奋地说："你放心，只要你肯牵头，剩下的事就交给我来办。"

就这样，经过一番筹备，刘大海和工友们在城郊租了个二层小楼，饭店就开张了。饭店取名"老大哥"，就是"工人老大哥"的意思，饭店的人员全部是当年的工友，大厨是当年职工食堂的孙光。孙光在一家星级酒店当大厨，收入不菲，刘大海上门请他，当他听说饭店是老工友们合伙开的，二话没说，一口就答应下来。

说实在话，包括刘大海在内，没想到饭店的生意会这么火爆。特别是一个工人出身的报社记者，偶然在"老大哥"吃过一顿饭后，对"老大哥"的饭菜味道、服务特色、经营理念赞不绝口，回去后不遗余力地在报纸、电台上一宣传，把"老大哥"称为"咱们的'老大哥'"，立刻就打响了"老大哥"的知名度。

半年后，在给股东们第一次分红时，刘大海说了自己的想法：咱们先不分红，再投资开一家分店，让更多的老工友加入我们这个大家庭，解决生计问题。

股东们一致同意，大家都对未来充满信心。

混混骚扰

然而,就在这个时候,"老大哥"却遇到了麻烦。

这天中午,饭店客满,刘大海正在帮忙上菜,忽听从"钳工车间"内传来哄闹声,还夹杂着碗碟破碎的声音。刘大海急忙进屋一看,只见地上杯盘狼藉,四个汉子围住服务员老陈叫嚷,其中一个臂膀上纹了一只螃蟹的小伙子挥舞着拳头,正欲冲老陈砸去。刘大海急步上前把老陈挡到自己身后,说有事好商量,别动手。"螃蟹"上下打量一下刘大海,冷冷地说:"你是老板吧?我正想找你呢。"

刘大海问老陈:"怎么回事?"

老陈气愤地说:"他们吃了酒菜,不想买单,反过来还要我们给他钱,真是岂有此理!"

刘大海明白了,遇到吃霸王餐的混混了,就赔笑道:"小兄弟,天底下哪有吃饭不花钱、还要我们倒贴钱的道理?再说了,我看你们也不像是吃白食的人,是跟我们开玩笑对不对?"

"螃蟹"哼了一声:"你说得不错,我们当然不是吃白食的,我们有我们的道理。"

刘大海一怔:"什么道理?"

"螃蟹"扭头指了指门上的字,问:"你们这里叫钳工车间是吧?"

刘大海说:"是呀。"

逆转人生

"螃蟹"一拍巴掌,说:"这就对了,车间是干活的地方,我们哥几个都是钳工,今天到这里来干活,完了你们不但不付我们工资,还要跟我们收钱?"

刘大海知道对方是无端找事,他忍住气,说:"可你们是来吃饭的呀,怎么干活了?"

"螃蟹"一脸无辜状,装傻道:"我们还以为吃完饭再干活呢,刚才这位陈……陈主任张口就跟我们要钱,我们当然不给了。"

大宋听到动静也进了屋,听"螃蟹"这么说,气得大吼起来:"你简直是强词夺理,我问你们,难道你们进来的时候不知道这是饭店?"

"螃蟹"说:"知道呀,我们本来就是来吃饭的,可进门一看,这门上写着'钳工'车间,哥几个正失业呢,就寻思着先找个工作,谁想进来一坐下,这位——"他一指老陈,"这位就自称是车间主任,让我们点菜。我们还以为他要管饭呢,所以也就没客气。这事我觉得错在你们,怎么可以给包间起名叫车间呢?哈哈……"他的几个同伙也都阴阳怪气地跟着笑了起来。

刘大海拿过账单看了看,吃了将近一千块,他问"螃蟹":"消费了这么多,你们说现在怎么办?"

"螃蟹"一副若无其事的样子说:"算了,我们就让一步,不跟你们要工资了,这事就算两不欠,怎么样?"

火爆脾气的大宋听了,再也忍不住了,他鼓着眼睛吼道:"什么?你还让一步?告诉你,你别欺人太甚,我们也不是怕事的人！大海，今天他们要是不买单，就别放他们走。"

"螃蟹"一屁股坐下，抖着腿说："好啊，我们正不想走呢。你们不怕事，我们更不怕。弟兄们，都坐下，今天不走了，看他们能拿我们怎么样。"

刘大海见这几个人横眉竖眼，一副流氓嘴脸，心里一合计，觉得多一事不如少一事，吃点亏算了。于是笑道："好了，今天这顿算我请客，请各位走好。"

"螃蟹"得意地放声大笑，立起身还放肆地拍了拍刘大海的肩膀说："算你识相，今天就放你一马。弟兄们，我们走！"

等他们离开后，大宋气得脸都青了，愤愤地说："大海，他们分明是来找茬的，咱们可不能惯他们毛病。大不了就和他们打一场。哼，想当年老子跟人打架的时候，这帮小子还在娘胎呢。"

刘大海苦笑道："做生意讲究和气生财，刚才要是打起来，受损失的只能是我们，传出去也不好听，影响生意呢。"

大宋担心地说："我怕这事还没完，他们见你这么好欺负，肯定还会再来的。"

大宋所料没错，第二天中午，"螃蟹"又带着一帮人大摇大摆来了。一进门就对刘大海说："我现在明白你们的车间实际上是雅间，今天肯定买单。"刘大海知道来者不善，但又不能拒客，就推说雅间都预定出去了，只有大堂还有位置。"螃蟹"说没问题，大堂就大堂，一样不耽误事。

逆转人生

接下来他们就点了一桌子菜，推杯换盏胡吃海喝起来。吃到中途，"螃蟹"突然一拍桌子，喊道："老板，你过来闻闻，这鱼怎么有臭味？"

大宋一直在附近盯着他们，见他们又要搞事，两步跨过去，对"螃蟹"怒目而视，道："你还有完没完？"

刘大海过去端起鱼闻了闻，说："没味啊，刚宰的鱼怎么可能有味？"

"螃蟹"大声说："那你们一定用了地沟油！"

刘大海见周围客人听说用了地沟油，都露出怀疑的表情。他忍住气，低声说："小兄弟，不知我们怎么得罪了你？你说出来，我们有错就改。你这样搞下去，我们的生意真的就没法做了。"

"螃蟹"摆出一副流氓嘴脸，嬉皮笑脸道："那就关门啊，实话跟你说，我们就是不想让你们做了。你生意这么好，我们看着不爽。你把饭店关了我们就不来了。"

对方道出用意，刘大海一时也是无计可施，他脸一沉，说："既然这样，我们只能报警了。"

"螃蟹"依然嬉皮笑脸道："要报请报吧，我只是怀疑你们用地沟油，看警察来了能把我们怎么着。"

大宋再也压不住怒火，一撸袖子，伸手揪住"螃蟹"的衣领，喝道："你是不是以为我们是软柿子啊？"

不料，"螃蟹"好像就等着他这个动作，立刻杀猪一般大叫起来："你打人啦！打人啦！"边喊边双手一掀，就把桌子掀翻了。他的同伙立即冲上来，有的围住大宋，有的到处乱掀乱砸。

其他客人见打起来了，吓得纷纷逃离饭店。

刘大海心里叫苦，一边吩咐人打电话报警，一边冲上去拼命拉开围攻大宋的混混。直到后厨的孙光等人听到动静，提着菜刀冲出来，"螃蟹"等人才罢手出门，跳上了一辆无牌面包车，扬长而去。

店内一片狼藉。大宋倒在地上，血流满面。

警察赶到后，歹徒早已逃得无影无踪，到哪里去找？

当天晚上，饭店当街的两面大玻璃又被人砸得稀烂。

黑道插足

第二天，"老大哥"只好暂停营业。

刘大海把大伙召集到一起商量对策，大宋气愤地晃着拳头，说："他们要是敢再来，我一定给他们好看！哼，当年我们怕过谁？"

刘大海摇头说："我倒不是怕他们，可他们在暗我们在明，要是他们背地里使坏，我们防不胜防，一定得想个办法。"

他看着孙光："老孙，你在多家饭店干过，见多识广，你说遇到这种事该怎么办？"

孙光沉默了一下，说："据我所知，有些饭店怕混混骚扰，一般都是交保护费，找个道上的厉害人物罩着，花钱买平安。"

逆转人生

大宋立刻反对，道："不行，咱们挣钱多难啊，凭什么要白白送给别人？妈的，听到兔子叫还不种豆了？我就不信他们还敢来！"

大家正在商量，外面突然传来一声喇叭响。大家向外看去，只见一辆宝马车停在饭店门前，车上下来一个戴着眼镜的中年人，他先抬头看了看"老大哥"的招牌，然后推门走了进来。

刘大海忙站起来，说："不好意思，今天我们不营业。"

对方像是没听见，抬眼在店内打量了一圈，点头道："果然有人来闹事。胆子真是不小啊。"说着，掏出手机，拨了个号，自顾自打起电话："老四，你给我查查，昨天是谁跑到'老大哥'捣乱的，查出来马上告诉我。"

刘大海等人听他那口气，不知他是什么来头，不由面面相觑。

这人收了手机，径直走到刘大海面前，问："你就是刘老板吧？我姓李。"说着，掏出一张名片，递给刘大海。

刘大海一看名片，上面写着：宏大集团董事长李明。旁边的孙光轻轻拽了一下刘大海，耳语道："大海，这人不简单，是个道上的厉害人物。"

刘大海听了一怔，觉得此人文质彬彬，不像黑道大哥，倒像是个中学教师。他小心地说："原来是李老板，对不起，我们今天不营业，请您改天再来吧。"

李明一摆手说："我不是来吃饭的，是有事想和你商量一下。"

刘大海只得狐疑地请李明进了一个雅间,落座后,没等刘大海发问,李明就问:"刘老板,你想平平安安做生意吗?"

"当然,做生意的谁不想平平安安呢。"

李明说:"那好,凭我'李明'两个字,黑道白道上的朋友都会给我面子,如果你愿意交我这个朋友,我敢保证,以后绝没人敢再来捣乱。"

刘大海当然知道没有白吃的午餐,他从兜里掏出一千块钱,双手放到李明面前,赔上笑脸道:"李老板,我当然愿意交你这个朋友,但我们几个都是失业工人,为了糊口才开了这个小店,这点钱……您别嫌少,拿去买条烟抽。"

李明推开钱,说:"刘老板,我可不是为了这点钱来的。"

刘大海以为他嫌少,又掏出一千,"李老板,小店本小利薄,还请您照顾一下。"

李明脸一沉,说:"刘老板,你以为我是要饭的?我来是为了钱?"

刘大海忐忑不安地问:"那您是想?"

李明点上一支烟,吸了一口,慢慢吐个烟圈,说:"刘老板,我今天来,是诚心诚意来跟你交朋友的。我也当过工人,知道你们不容易,前一段时间我见你们饭店的生意不错,从心里为你们高兴,虽然我手下弟兄提出要来为你们照看一下场子,但我怕给你们添麻烦,没同意。说实在的,收你们的钱我于心不忍啊。不过,现在看来,我们不来,别人也会来，昨天我听说有人来闹事后，很是为你们担心，怕你们以后会麻烦不断，所以，今天我就冒昧地来了。"

刘大海小心地问："您的意思是？"

李明说："我有个想法，如果我李明做了'老大哥'的股东，那就绝对没人敢再来找'老大哥'的麻烦。"

"您想入股？"刘大海有些意外，不由又喜又忧，喜的是饭店正要扩大规模开分店，缺的就是资金，忧的是对方是个混混，跟他合作，那是与狼谋皮，怕是后患无穷。

于是，刘大海试探地问："李老板，您……想入多少钱？"

李明像是听到了可笑的事，哈哈一阵大笑后，说："刘老板，我'李明'二字就是无形资产，价值连城，我就用我的名字入股！"

刘大海不由吸了口冷气，明白了，他这是要入'干股'啊，怪不得他不收保护费，原来胃口大得很呢！刘大海自然不会答应，说："李老板，谢谢您瞧得起小店，您是做大买卖的，我们饭店本小利薄，赚这几个小钱您一定不会瞧在眼里，实在是不敢麻烦您。再说，这饭店是我们几个合伙经营的，大伙都有股份，我个人也做不了主。"

李明目光一冷，话语中充满威胁说："刘老板，你如果不同意，我也不会强求，但我可以向你保证，没有我，你的饭店怕是很难经营下去，最后只能关门大吉。"他见刘大海不吭声，就语气稍缓一些，说，"其实，我加盟'老大哥'，我们是双赢。饭店如果不赚钱，我分文不取，你们什么损失也没有。如果赚了钱，我分的只是利润而已，而且只是一小部分，大头还是你们的。你想一下，由我为你们保驾护航，你们专心经营，照现在的势头，赚大钱是肯定的，你何乐而不为呢？"

听了这话，刘大海心想：对方虽是做无本生意，但如果真能保证饭店正常经营下去，少赚点总比关门倒闭要强啊。这样一想，就说："李老板，我可以把我的股份分一部分给您，您……想要多少？"

李明伸出三只手指头："三成就行。但不是你股份的三成，而是饭店总股份的三成。"

还没等刘大海出口回绝，雅间的门"砰"的一声被推开了，大宋等人闯了进来。

大宋指着李明的鼻子，怒斥道："你还真敢要，就不怕撑着呀？干脆你把饭店全抢去得了。"

原来，刘大海和李明进房间后，大宋等人不放心，一直待在门外听，当听到李明说要入干股时，大宋就想冲进来，被孙光拦住，让他别冲动，咱们都听老刘的。后来听到李明开口要三成股份时，连孙光都忍不住了，一起冲了进来。

李明神色不变地扶了扶眼镜，说："你们都是股东吧？利害我刚才都跟你们老板说了，你们可以不答应，我无所谓，不会有什么损失。不过，没有我，你们的饭店就等着关门吧。"

大宋忿忿地说："我们肯定不答应。至于饭店关不关门，你说了不算，你黑社会怎么了？我们不怕！"

逆转人生

李明皮笑肉不笑地盯着刘大海，问："刘老板，你也是这个意思？"

刘大海虽想息事宁人，但事关大伙的利益，绝不能妥协，于是斩钉截铁道："是，我听大家的。"

"那好吧。"李明站起来，整了整领带，"算我刚才什么都没说。告辞。"走到门口，他回头说，"提醒你们一下，一周之内，如果你们想通了，随时可以打我的电话。"

李明离开后，屋里顿时像炸开了锅，群情激愤，骂李明简直是强抢明夺。只有孙光不说话，等大伙平静下来，他才叹口气，说："大海，我看咱们遇上大麻烦了，你们是不知道李明这人，他可是什么事都做得出来。"

刘大海惊道："他到底是什么来路？"

孙光说："李明是本地一霸，手下纠集了几十号小混混，平常恃强凌弱，看哪家店铺生意好，他就派人上门收保护费，不交的话他就治得人家干不下去。我怀疑，昨天那帮小混混也跟他有关，他先派人骚扰咱们，然后他再出面逼咱们就范。"

刘大海仔细一想，果是如此，他问大家："现在怎么办，要不要报警？"

孙光摇头说："报警没用的，李明这人很狡猾，他从不明着强取豪夺，而是跟你背后玩阴的，让警察抓不到证据，而且……这人很有背景，听说他妹夫是公安分局的一个副局长，不然的话他也不会这么嚣张。唉，得罪了他，我们以后怕是没好日子过了。要是他只要一成，我们不妨答应他，没想到他的胃口这么大，要三成，这样下去，怕是用不多久整个饭店就都归他了。"

大宋摩拳擦掌，气愤地道："就是一成也绝不给他，大不了跟他斗一斗。想当年，咱们在机械厂的时候，那是响当当的工人老大哥，怕过谁？"

孙光苦笑道："好汉莫提当年勇，当年是当年，现在机械厂早关了，大家就像一盘散沙，我们就这几个人，他手下几十号人，听说都是坐过牢的亡命徒。我们怎么跟他斗？"

大宋挠挠头，气呼呼地说："那依你说怎么办，关门不干了？"

一时间大家都沉默了。过了片刻，孙光对刘大海说："大海，我们听你的，你说怎么办吧？"

刘大海说："不管怎么样，生意还得做下去，这个饭店是我们的希望啊。以后大家加倍小心点，从今天开始，晚上我们两人一组，轮流在店里值班。另外，我去派出所报一下案试试。"

当下，刘大海就去了派出所，说了李明来店里威胁的事情。接待他的警察非常热情，却也爱莫能助，因为李明只是语言威胁，又没实际行动，抓他证据不足。

刘大海说怎么没有实际行动，昨天那帮混混来店里捣乱，就是他安排的。

警察一听，说你有证据证明是他派的人吗？有的话，我们可以传讯他。

刘大海尴尬地说："我……我没证据，不过，不是他还会是谁呢？"

警察遗憾地说："那就没办法了，你们只能自己小心点，一旦发现他们去捣乱，你就第一时间通知我们。"

刘大海提出，能不能安排个警察去饭店那边盯着？警察摇头说："这是不可能的，我们警力有限，还有很多大案子等着去办呢。这样吧，我们可以去警告一下李明，让他遵纪守法。目前，只能这样处理了。"

刘大海只得失望而归。

笑里藏刀

一周时间转眼即过，李明那边毫无动静。饭店里也是平安无事。难道是李明见他们加强了防范，知难而退，或者是警察的警告起了作用？

然而刘大海却有一种不好的预感，觉得会有事发生。

星期五下午，刘大海去一中门口接住校的女儿菲菲，可等到学生们走尽了，也不见菲菲的身影。他的心不由提了起来，赶忙打电话回家问菲菲回家了没有，接电话的正是菲菲。听到女儿的声音，刘大海提起来的心才放下来，他问女儿怎么自己回家了，害老爸白跑一趟。菲菲开心地说："爸，我坐你朋友的宝马车回来的。"

宝马车？刘大海心里一颤，猜想可能是李明所为，顿时惊恐得浑身发抖。急切地问："菲菲，你……没……没什么事吧？"

菲菲说:"没有呀,李叔叔很随和客气,直接把我送回家了。"

果然是李明,刘大海生气地呵斥菲菲道:"菲菲,你怎么这么不乖!怎么能随便上生人的车?"

菲菲委屈道:"他说是你的好朋友,说你店里忙,托他来接我。爸,怎么了,他不是你朋友?"

刘大海只觉得浑身无力,叹口气,说:"菲菲,等晚上回家爸爸再跟你说吧。"

刘大海关了电话,一颗心依然怦怦乱跳,没想到李明竟然盯上了女儿菲菲。菲菲可是他的全部,要是女儿有个三长两短……刘大海不敢往下想了。他由惧生怒:李明啊李明,你可以欺我、骂我、打我,但我绝不允许你碰我的女儿!

刘大海蹲在路边,思前想后,抽了半盒香烟后,打定了主意。他从兜里找出李明的名片,打电话给李明约他见面。

一个小时后,刘大海走进金阳光大酒店306号房。

房间内已经摆了一桌宴席,桌边坐了三人,李明居中而坐,左侧是个四十岁左右的胖汉,右侧是个左脸有一道刀疤横贯上下的精壮青年。李明冲刘大海点点头,一指对面一张椅子,说:"刘老板,请坐。"

刘大海在桌边站定,说:"不用,我说几句话就走。李老板,我来只是想亲口告诉你,有事你冲我来,请别碰我的家人,否则,我会跟你拼命的!"

李明一脸无辜道:"是这事呀,刘老板,你误会了,我是见你太忙,怕你忘了去接女儿,这才为你代劳的,没别的意思。你女儿挺可爱的，呵呵……"

他左右两人也跟着淫笑起来。

刘大海感到头皮一阵发麻，他瞪着李明，一字一顿地说："我重申一遍，请你别碰我的女儿！"

李明收住笑，说："没问题，只要你够朋友，谁要碰你的女儿，我李明也跟他拼命。"说完，他向胖汉一使眼色，胖汉从包里拿出一份文件，放到桌面上，"刘老板，这是入股协议。"又把一支笔"啪"地拍在桌面上，"这是笔。"

刘大海拿起协议看了看，问："你一定要三成吗？"

李明点头，道："四成也行。"

刘大海提高声音："你这就是强抢！"

李明耸耸肩，道："你非要这样理解，我也无话可说。"

刘大海拿起笔，把协议铺到桌面上，弯腰打算签字，嘴里则问："去店里闹事的那几个人也是你安排的吧？"

李明大笑道："哈哈，没有他们几个，我们怎么能合作成功呢？刘老板，签了字，我们就是一家人了，就等着一起发大财吧。"

刘大海摇摇头："发财的只是你。李老板，我永远不会和你这样的人成为一家人。"说罢，他把笔一扔，直起腰，问，"这字我要是不签呢？"

李明脸上的笑顿时消失，冷冷地说："如果我是你，我肯定会签的。"

刘大海说："可惜你不是我。李老板，我明白告诉你，第一，'老大哥'不是我个人的，我做不得主；第二，即便我做得了主，我也不会签。你霸占三成股份，就成了最大股东，饭店就成了你的了！"

刀疤脸"霍"地站起，一拍桌子，恐吓道："你今天签也得签，不签也得签！"说着，从腰里抽出一把匕首，"噌"地插在了笔的旁边，凶狠地说，"这两样，一文一武，你选一样吧。"

刘大海盯了匕首一会儿，然后，伸手拿起匕首，说："我选这个。"说着就将左手放到桌面上，右手举起匕首，他目光盯着李明，嘶声大叫说，"你们别逼我！"

李明神色不变，冷笑道："想自残啊？跟我玩横的是不是？你就是剁下一只手，该要的我还要！不信你就试试。"

两人目光交锋，对峙了将近一分钟，刘大海一阵惨笑后，颓然放下了匕首。

刀疤脸冲上前，挥拳结结实实地打在刘大海脸上，骂道："妈的，敢威胁我们，关公面前你敢玩大刀？"

刘大海被打得一个趔趄，伸手撑住桌面，这才没有倒下，大声说："李老板，你要怎样才能放过我们？"

李明冲桌上的笔努努嘴，说："你只要拿起笔签了字就没问题了，以后我们一起发财。"

刘大海提高声音道："这肯定不行，'老大哥'是我们的，无论你怎么逼我，我都不会同意。"

李明见他死不开窍，知道他的软肋在哪里，就"哼"了一声，说："好吧，我也不逼你，不过，希望你以后能照顾好女儿……"

刘大海再也忍受不了，怒道："别动我女儿！李老板，你也是一条汉子，有种就不要背后玩阴的，咱们当面锣对面鼓，来明的怎么样？"

李明问："好呀，什么叫明的？"

刘大海说："那就按你们江湖规矩，我和你单挑。"他估摸着按李明的身子骨，打架自己不一定落在下风。

李明笑道："我和你打？哈哈，又不是争武术冠军。我们的规矩，可是不讲究单打独斗啊。"

刘大海早已料到李明不会同意单挑，立刻又说："那我们就各自带着自己的人马，约个地方痛痛快快打一场，分个输赢。你敢吗？"

李明皱眉道："我们都很久没有动刀动枪了，弟兄们正手痒呢，既然你有这个要求，我满足你！"他翻了翻眼皮，说，"刘老板，你不会是想耍花招吧？是不是想到时候通知警察来抓我们呀？我可警告你，我们出来混的最恨不讲义气的，如果你报警，你的女儿会很惨。"

刘大海说："你放心，我绝不会报警，即便你们把我打死、打残，我也认了。"

李明点头道："那好，我就答应你。不过，我们先说好，架打完后，即便把你打废了，你也别指望我会可怜你，这份协议你还得签。"

刘大海问："那如果你输了呢？"

李明像是听到了什么滑稽的事情，哈哈大笑道："如果我们输了，我李明以后还有脸在本地混吗？我以后就认你当大哥，决不再为难你。"

"希望你言而有信。下周日晚上九点，咱们西郊垃圾场见。"

刘大海说完，转身向外就走。李明突然喝道："回来！"刘大海停下，问："你是不是不敢了，要反悔？"李明阴沉着脸吩咐刀疤脸，"你过去搜一下他的身。"

刘大海脸色顿时一变。刀疤脸在刘大海身上上下一摸，从衣兜里掏出一支录音笔，交给李明。

李明冷笑道："就知道你会玩花样，是想当证据交给警察吧？我警告你，下不为例！再敢耍花样，我保证让你女儿会跟录音笔一样。"说罢，将录音笔一折两断。

单刀赴会

第二天，刘大海来到饭店，对大宋他们说自己老家有点事情，最近就不来饭店了，饭店暂时由大宋负责。他对大宋说，你脾气太急，以后有什么事情一定要和大家商量，凡事忍着点。

大宋见他左脸腮上有一团乌青，问是怎么回事。刘大海说昨天回家的路上骑车不小心，摔了一跤。

大宋将信将疑道："大海，你是不是跟人打架了？"

刘大海笑道："打架？你又不是不了解我，我活了几十年，和谁打过架？跟人说话都不敢大声，敢跟谁打架？"

大宋道："那倒是，咱俩认识了也二十多年了，我还真没见过你跟人动过手。"

刘大海心说：那是我以前从没被人逼到这份上，现在，为了我女儿、妻子，同时也为了咱们的饭店，我还真要跟人打架了。不过，他不想把这事告诉大宋他们，决定自己一人承担。

昨天他坐在学校门口的马路边，想了很久，认定李明盯上了自己的家人，肯定不达目的不会罢休，一定得把这事做个了结。他觉得要想让对方放弃，只有两条路：第一，跟对方打架，打得对方怕了自己，主动服输放弃，当然，这个根本不可能，自己势单力孤，怎么可能打得过这帮流氓呢？第二，想办法让警方抓到李明违法犯罪的证据，将他绳之以法。

于是，他想了两个计划，第一个计划就是带着录音笔去见李明，偷偷录下他敲诈勒索的过程，不想却被李明识破。现在，只能施行第二个计划了：和对方打架，只要打斗中有人受重伤或出了人命，事情就闹大了，警方就会插手。当然，自己以卵击石，受伤的肯定是自己，甚至有丧命的可能。但他认为只要饭店能保住，自己的家人能平安，即便自己身残乃至丧命也值了！另外，他觉得，李明只是逼自己跟他签约，不可能要自己的命的。

他也想过把这事告诉大宋他们。但想到饭店加起来也就十几个人，大多还是老弱病残，去了只能白受伤害。于是他决定一个人去赴约。想想那场景，他甚至觉着好笑：李明一方肯定做了准备严阵以待，他要是看见自己一个人单刀赴会，一定会当场惊掉下巴吧？

离开饭店前，刘大海恋恋不舍地把大宋拉到一旁，叮嘱说："大宋，饭店就交给你们了，另外，我不在的这段时间，我家里的事情你们也帮着照应一下，特别是菲菲，麻烦你多费点心。"

大宋看了他一眼，说："这个不用你说。可是大海，你怎么回事，我怎么听着你像是在托付后事呀？"

刘大海笑道："你少胡说八道！"说罢转身走了。

这两天正好是周末，刘大海陪妻子、女儿痛痛快快玩了两天。星期天傍晚，他把女儿送回学校，看着女儿的身影消失在校园里，他忍不住落下了眼泪。

接下来，他坐车回了农村老家。他怕人打扰，干脆关了手机，陪在父母身边安安静静地度过几天。

转眼到了双方约定的日子，刘大海提前来到了西郊垃圾场。这里并无垃圾，是一大片空地，地处偏僻，晚上更是少有人迹。刘大海找了块砖头，垫在屁股下，然后点上一颗烟，坐在那里静静等待。

九点整，两辆面包车开进垃圾场。刘大海深吸一口气，站了起来。

面包车一停下，车门打开，先后从上面跳下了三十多人，一色黑西服、黑领带。李明最后下车，他四处张望一番，狐疑地走到刘大海面前，问："刘老板，你的人马呢？"

刘大海说："用不着别人，我一个人应付你们足够了。"

李明一愣道："刘老板，是不是没人为你卖命啊？啧啧，真是可怜，我看，你还是算了吧，乖乖把字签了，以后一起发财。"

刘大海断然道："你想都别想！"他一弯腰，抄起那块砖头，"来，你们要打要杀，开始吧。"

李明迟疑了一下，眼里凶光闪过，冷笑道："既然你自己想找死，就怪不得我了。"他退后两步，吩咐手下，"过去给我狠狠教训他一下，别打死就行。"

众手下嘻嘻哈哈走过来，把刘大海围了起来。刘大海神经紧绷，攥紧了手里的砖头，眼睛盯着最前面一个光头小子，心说我就只对准他一个人下手，找个垫背的。

双方距离越来越近。刘大海大吼一声："我跟你们拼了！"

刹那间，对方刀棍并举，一拥而上。

众志成城

就在这危急关头，突然传来一阵急促的汽车喇叭声，一队汽车朝垃圾场疾驰而来，大车灯光把垃圾场照得如白昼。

李明见状大惊，赶忙喝止住手下，然后大声喝问刘大海："你是不是报了警？"

刘大海茫然分辩道："没有呀。"

说话间，这队汽车驶进了垃圾场，一字排开。但并非警车，而是两辆大客车，两辆面包车，还有四辆出租车。

大客车的门一打开，大宋率先从车上跳了下来，他手里握着一根铁棍,快步走到刘大海身边,大声说:"大海,援兵已到,没来晚吧?"

刘大海诧异道:"大宋,你怎么来了?"

大宋往后一指,笑道:"你瞧,不光我,大伙儿都来了。"

刘大海回头看去,只见车上仍在不断地往下下人,有张二春、有孙光、有刘建设、有赵援朝……大多是当年机械厂的工友,厂子倒闭后大家各奔东西,不少人刘大海已多年未见,没想到现在都来了。另外,还有一些未见过的生面孔。他们手里有握棍子的,有拿扳手、榔头的、有拎链条锁的……顷刻间,刘大海身边站了黑压压的人。

刘大海激动地问:"大宋,你……你是怎么知道的?"

大宋得意地说:"什么事能瞒过我啊?那天,我就觉着你不正常,但怎么也想不到你要跟这群流氓拼命。直到前天,有个李明的手下来饭店找你,这人也是个下岗工人,同情你,所以来给你通风报信,说李明纠集了一批好勇斗狠之徒,让你最好不要去送死,我这才知道了经过。"大宋埋怨道,"大海,'老大哥'是我们大家的!这根本不是你一个人的事,你怎么能不告诉我们呢?"

刘大海眼窝发热,说:"我不想牵连你们,没想到,你们还是来了。"他回头看看众人,"那……大伙怎么都来了?"

大宋一拍胸脯,"当然是我通知的。不过,我也没想到会来这么多人,我只是通知住在老厂宿舍的几个工友,没想

逆转人生

到一传十十传百，大家听说有人找咱们的麻烦，就都来了。大海，别看现在大家各奔东西，但还是工友、兄弟，心还是连着的，一人有难，八方支援。你看，里面还有不少陌生朋友，他们也是工人出身，听说有人欺负咱们下岗工人，都主动跟来帮忙。"说着，瞪着对面李明等人，大声道："哼，今天让你们看看，咱们工人可不是好欺负的！"

刘大海激动地冲众人抱拳说："我刘大海谢谢大家了。"然后转向李明，问，"李老板，你看，这架还要打吗？"

此时，李明和众手下已退到了十米开外，个个神色慌张。

李明感到进退两难，对面这些个下岗工人虽然都已四五十岁，但个个满脸怒火，像跟自己有深仇大恨一样，若单打独斗，自己手下自然不怕，可现在是打群架，对方少说也有二百多人，要是一拥而上，自己这帮人怕是谁也别想囫囵着离开。但若就此罢手，传出去，自己以后还怎么混？他见手下还在偷偷往后退，把心一横，从腰里抽出砍刀，大声说："几个臭工人，不过是群乌合之众，大家都别怕，给他们点颜色瞧瞧！"

大宋一听，也喊道："好吧，就让他们见识一下咱们下岗工人的厉害！为了我们的'老大哥'，大家一起上，教训这帮王八蛋！"

众人齐声大吼，一起冲了上去。

李明也大喊一声："打！"

"打"字一出口，他的手下倒真立即行动，"呼啦"一声,从他身边散开,不过,他们不是往前冲,而是往后跑,转眼间,跑得只剩下了李明一个光杆司令。别看他这帮手下个个好勇斗狠,但都是欺软怕硬的主儿,此时明摆着挨揍,谁还会为他卖命啊?于是,顿作鸟兽散,一个个跑得比兔子都快。

李明立刻被下岗工人们围在中间,眼看就要挨一顿胖揍。

刘大海见胜败已定,急忙大声让众人住手,但还是晚了一步,李明脸上挨了几拳,已经鼻青眼肿了。

大宋不甘心地说:"大海,今天一定要狠狠教训他一下,否则,他以后还会贼心不死。"

刘大海看看众人,感慨地说:"有你们大家做我的后盾,难道我以后还会怕他吗?"说着,他逼视着李明,问:"李老板,你现在有什么想法?"

"我……我认栽,对不起……"李明狠狠地耷拉下了脑袋,他做梦也没想到,招惹这几个不起眼的下岗工人,竟是自己捅了马蜂窝……

逆转人生

这个大哥我认了

赵本山小品里有句有意思的话，说"脑袋大脖子粗，不是老板就是伙夫"。

长着粗脖子大脑袋的宋德民就是一个伙夫，他在北京一家饭店颠了二十多年大勺，烟熏火燎油呛，造就了他一副肥头大耳红光满面的光辉形象，脱去工作服，谁见了谁说他一副官相。每当别人这么说，年近五十的宋德民都乐不可支，说要当官得下辈子了，自己这辈子怕是逆转不了火头军的命运了。

但宋德民做梦都想不到，有朝一日，他的人生竟然神奇地发生了逆转。而逆转的原因，恰恰和他的这副所谓"官相"有关。

事情得从半年前说起。

那天中午，客人很多，宋德民忙得脚踢后脑勺，好不容易找个间隙，他赶紧脱了工作服去卫生间，方便完毕往外走时，差点和一个年轻人撞个满怀。他正想道歉，对方却一把拉住他："刘镇长……啊……"意识到认错了人，手是松开了，一双眼睛却瞪得溜圆，口里哇哇惊叹：像！真像！太像了！

宋德民回到厨房不大一会儿，服务员小梅一惊一乍地跑进来，"宋师傅，梅花厅有个客人，和你长得太像了！简直是双胞胎！"

宋德民心中不由好奇，真有那么像？正想去梅花厅偷偷看一下，却见刚才撞到的那个年轻人走进后厨，客气地问他："师傅，您有没有空？我们领导请您过去见一见，梅花厅。"

宋德民便随他去了梅花厅，一进门，就看到里面坐了一个胖子，一见之下，虽有思想准备，还是吃了一惊：此人五官、体型果然跟自己像一个模子刻出来的。

对方也大是惊奇，绕着宋德民转了一圈，然后并肩站立，让那年轻人看，"小王，你看看差别在哪里？"

小王上下左右仔细将两人打量一番，惊叹道："除去发型，一个戴眼镜一个没戴眼镜，其他一模一样！"

宋德民如同看到镜中的自己，既觉有趣，又觉不可思议，说："像，怎么会这么像啊？"

小王惊喜地说："刘镇长，您听，连说话声音都和你挺像的。"

刘镇长哈哈大笑，亲热地握住宋德民的手，"兄弟，咱俩不会是失散多年的孪生兄弟吧？哈哈，真是有缘，来，坐下，我敬你一杯。"

逆转人生

宋德民也是感慨：天下之大，两个如此相像的人居然能够碰面，这不是缘分是什么？当下，他就坐下聊了几句，得知对方比自己大两岁，是外地一个镇的镇长。刘镇长很豪爽，提议说："老弟，咱俩既然这么有缘分，干脆结拜成兄弟得了。"

宋德民受宠若惊，"我当然愿意，不过我怕高攀不起，我是一个小厨师，您是贵人……"

刘镇长手一摆，"别说这个，一个小镇长，兵头将尾，算什么贵人？老弟，说句老实话，我倒是挺羡慕你的，无拘无束的，多自在啊！要是可能，我倒是真想和你换一换身份。"

宋德民说："您说笑了，当领导多风光啊，若你真不嫌弃我，那你这个大哥我认了，大哥。"

刘镇长高兴地答应，说："那咱们以后就是兄弟了，有什么要我帮忙的，你尽管说话，我要是有事求着你，你可不能含糊呀。"

宋德民一拍胸脯，说只要我能办到，绝无二话。

当下，两人互留了手机号码，约定以后多联系。

这事就这么过去了，接下来的几个月，对方并没有再和宋德民联系。

宋德民渐渐就把这事忘了，他心里有数：对方贵为一镇之长，怎么可能把自己这个伙夫当回事呢？称兄道弟不过是闹着玩罢了。

没想到，半年后的一天晚上，刘镇长的秘书小王突然来饭店找宋德民，说刘镇长来北京开会，想和他见一面。宋德民喜出望外，跟着小王来到了一家五星级酒店。

刘镇长已经摆下盛宴，他见到宋德民，分外高兴，说上次你在上班没有尽兴，今晚咱哥俩喝个痛快，一醉方休。

席间，刘镇长和小王轮番劝酒，盛情难却，宋德民一杯接一杯，不知不觉就喝多了，后来，他就什么都不知道了。

这个忙我帮了

醒来的时候，已是清晨。

宋德民睁开眼，发现自己和衣躺在一个陌生的房间里。

他宿醉未醒，脑子还有点迷糊，迷迷瞪瞪地四下打量，见屋内陈设豪华，恍惚记起昨晚自己是和刘镇长在一起喝酒，心想自己肯定是喝醉了，宿在了宾馆内。

他赶紧起身，打开门走出去。门一开，他吓了一跳，原来外面还有一个大间，装修更是豪华，左面摆着一排书橱，书橱前是一张阔大的办公桌，右面是茶几、真皮沙发，沙发上还和衣躺着一个人。

宋德民拍拍脑袋：这分明是一间办公室，自己怎么到了这里呀？

这时候，沙发上那人坐了起来，却是小王。

宋德民忙问："小王，这是哪儿呀？"

小王神态恭敬："刘镇长，你醒了？"

宋德民一愣，心念一闪，顿时乐了，"小王，我和你们镇长就这么像？连你都搞错了，我是老宋啊。"

小王却说:"刘镇长,别开玩笑,你分明就是刘镇长嘛。"

宋德民大笑,"你仔细看看,我这发型。"说到这里,他伸手抚了抚头发,感觉出异样,见门侧墙上有一面镜子,过去一照,顿时大吃一惊:自己的分头居然变成了平头!再看身上的衣服,也不是昨天穿的那件灰色夹克,而是一件西服——镜子里分明就是刘镇长啊!

宋德民失声问:"小王,这是怎么回事?我怎么变成这个样子?"

小王说:"你本来就是这样啊,刘镇长,你昨晚喝多了,酒还没醒吧?"

宋德民感觉脑袋都大了两圈,辩解说:"我知道我喝多了,可我是宋德民,不是刘镇长。不信你看我的身份证。"说着,他伸手摸了摸裤子口袋,掏出钱包,打开,从夹层取出身份证,递给小王,但递到中途,手却又缩回来,因为他发现姓名栏里,赫然是刘新。

这怎么回事?一觉醒来,怎么就变成刘镇长了?难道醉酒之后穿越了?情急之下,宋德民一把抓住小王,把脸凑过去,"小王,你好好看清楚,我到底是不是你们镇长?"

小王肯定地点头:"没错,你绝对是刘镇长。"

宋德民简直要疯了,急得抓耳挠腮,不知该怎么证明自己是宋德民。

小王见他惊慌失措的样子,忍不住扑哧一笑,"'刘镇长',你真的一点记不起昨晚的事情了?"

宋德民此时酒全被吓醒了,他仔细回忆了昨晚的过程,脑中一亮,失声道:"难道……难道刘镇长不是和我开玩笑,真的要和我换身份?"他记得自己昨晚开始的时候,刘镇长好像问过他想不想当几天镇长,自己说当然想了,谁不想当官啊。刘镇长便说那好,从明天开始,咱俩互换一下身份,你就替我去当镇长。当时以为他只是说笑话,不成想现在居然成了真,自己真的变成了"刘镇长"。

小王说:"当然不是开玩笑,昨晚你可是你一口答应,还拍着胸脯保证当好镇长,难道现在都忘了?"

宋德民闻听长出了一口气,"吓我一跳,这么说你知道我是宋德民啊,刚才稀里糊涂,我还以为穿越了呢。小王,不开玩笑了,快送我回去,我还要回饭店上班呢。"

小王说:"那可不行,你答应了刘镇长,就必须做到。再说了,你已经来了,我可不敢再把你送回去,不然领导会批评我的。"

宋德民一愣,"来了?这是哪里?"

"这是你的办公室呀。"小王说着,拉开门,指一指门框上挂的标牌,上头写着"镇长办公室"。

宋德民瞠目结舌,没想到,昨晚趁自己酒醉,小王居然连夜驱车把自己拉到了千里之外的河头镇,看来,刘镇长真的是要自己冒充他当镇长啊。一想到这,宋德民吓坏了,连连摇头,说:"真是胡闹,打死我也不敢冒充政府官员啊,要是被发现,这可是诈骗罪。"

小王把门关上,说:"你就放心吧,没人会发现的,

逆转人生

这事只有我们三个人知道,连刘镇长的家人也不知道。你自己照着镜子看看,你现在的样子跟刘镇长一模一样,再戴上副眼镜,连我都分辨不出来,别人更是不会看出来的。"说着,他递过一副眼镜,让宋德民戴上。

宋德民还是摇头,说:"光外表像也不行啊,我可根本不会当镇长,过会儿一上班立马就露馅了。"

小王一笑,说:"这个你更不用担心了,其实当镇长并不难,保证你一学就会。只要你照我说的做,十天半月绝对不会有人识破的。"他劝道,"宋师傅,我们镇长可是你的干兄弟,你就帮他一回吧。反正你替他当几天镇长也少不了什么,即便被发现了,不是还有刘镇长罩着你吗?对了,你钱包里还有一张银行卡,里面有一万块钱,那是刘镇长给你的酬劳。"

还有钱拿?宋德民心里一动,既然有钱赚,体验一下当镇长的滋味也不错呀,反正不是自己主动做的,天塌了由对方顶着,怕什么呢?主意打定,就说:"我可不是为了钱,我是拗不过兄弟情分。不过,你要先说清楚了,你们镇长为什么要让我冒充他?"

小王叹了口气,说刘镇长走这步棋,也是被逼无奈啊,半个月前,他突然查出身体有病,必须马上做手术。

宋德民说,那就赶快做呀。

小王摇摇头,说不是你想的那么简单,明年面临换届,我们镇长很有希望到市里当副市长,这种时候,如果他的竞争对手知道他的健康有问题,就很可能拿来做文章,那么他不但上不了一个台阶,还很可能就此退居二线。

宋德民诧异道，没那么严重吧？

小王叹气，说官场如战场，官场上竞争的激烈程度超过了你们外人的想象，为了一个位子，大家明争暗斗，任何一方面不如对手，就有可能被别人踩下去，所以我们镇长必须隐瞒做手术的消息，以防因健康原因出局，这才不得已想到这个办法，让你顶替他在岗，而他则利用这段时间神不知鬼不觉地做了手术。

宋德民恍然大悟，"原来是这个原因啊，那这个忙我帮。"

小王大喜，"那我替镇长谢谢你了。从现在开始，你要记住，你就是刘镇长了。"

小王把眼镜替宋德民戴上，然后从包里取出一块新手机，交给递给宋德民，说打给镇长的电话很多，你不知道对方是谁，接电话很可能露馅，换了新手机新卡号就没人打扰了，别人问起，你就说你的旧手机丢了。

宋德民暗暗佩服小王想得周全，忽然又想到一个重要问题："小王，你刚才说刘镇长的家人也不知道这事，可外人分辨不出真假，他的家人却一定能看出我是冒牌的。"

小王却早有安排，说刘镇长的家在市里，他的女儿在国外留学，家里只有老婆和老母亲，我已经给她打过电话，说你这段时间工作太忙，没有时间回家。

这活儿我干得了

接下来，趁还没到上班时间，小王先领着"刘镇长"在

逆转人生

楼里转了一圈，熟悉了一下环境，回到办公室后，又找出有关照片，给他介绍各副镇长、副书记、科室领导等，但人数实在太多，"刘镇长"还是搞乱了，不免张冠李戴。小王也不着急，说反正书记在外地疗养，你是镇里的老大，见了谁都不必先开口，别人要是叫你，你只要点头就行了，另外，你的嗓音比刘镇长稍粗一点，所以你干脆装成感冒，能不开口就不开口。有些场合如果需要你临时讲话，那就尽量简短一些。

"刘镇长"挠头说，我不会讲呀，讲什么？

小王说你只要说几句官话、套话就行了。

"刘镇长"一听，说这个我会，电视上经常看到。说着，他往老板椅上一坐，装模作样地敲敲桌子，"王秘书，给本镇长倒杯水。"

小王说你先别忙着摆谱，趁还有点时间，赶快练练签名吧，待会儿马上就要用上了。

好在刘镇长的笔迹还算好学，"刘镇长"照葫芦画瓢，不大工夫，"刘新"二字就模仿的有九成像了。

八点整，上班时间到，陆续有人敲门进来问候或请示、汇报工作。开始的时候，"刘镇长"还有些紧张，不怎么敢说话，签字也战战兢兢，后来见来人都毕恭毕敬，就跟见皇上似的，逐渐就找到了高高在上的领导感觉，胆子大起来，字签得越来越潇洒，也敢开口说话了，从一个字"行"，到两个字"可以"，三个字"我同意"，四个字"我没意见"，五个字"你看着办吧"，很像是那么一回事。

小王见"镇长"业务颇为熟练，趁没人的时候进来，向他竖起大拇指，说平安无事，没有任何人怀疑你。

"刘镇长"顿时有些骄傲，说这活儿不难，我干得了，就是签字而已。

小王告诫说："可不敢大意，这只是刚开始。"接着向他交代今天的日程，"十点钟有一个表彰会，在四楼礼堂，本来是你主持的，但我说你感冒了，让黄副镇长主持，到时候你在主席台上坐着就可以了。对了，千万别忘了咳嗽几声。"

"刘镇长"说这没问题。

"开完后应该就下班了，中午你要接待乡镇企业局赵局长一行，到时候我陪你去，一切由我，不过酒你是肯定不能喝了，以免酒后失言，好在你有感冒做幌子，他们也不会逼你喝。下午呢，也有一个全镇党政干部会，书记不在，需要你做一个报告。"

"刘镇长"一听，紧张起来，"我……我报告什么？"

小王把手里的一份材料放到桌面上，说我给你写好了发言稿，你上台照着念就行了。

"刘镇长"松了一口气，自己忘了有秘书这茬了，嘿，看来这镇长只要识字就干得了。

十点整，"刘镇长"来到会议室。

会议室内坐满了人，小王也在，他起身殷勤地拉了拉当中一张椅子，"刘镇长"知道那是自己的位置，使劲咳嗽了两声，径直走过去坐下。

表彰会开得非常顺利，"刘镇长"注意观察，发现从头至尾都没人怀疑他，与会者看他的眼神都很恭敬。只是因为头一次坐这么久开会，他稍觉有点累，心说，敢情这开会也是体力活儿啊。

中午的宴会和下午的会议也比较顺利，"刘镇长"虽偶有生疏和怯场的状况，但凭借小机灵和小王的配合，都成功掩饰过去。

就这样，宋德民第一天的从政生涯，圆满结束。

有了第一天的经验，第二天、第三天更是得心应手，无非就是签字、开会，或去村庄、企业检查工作。宋德民最喜欢检查工作，周围众星捧月，自己神气活现，着实能痛快地过一把官瘾。

不过，第三天的下午，还是出了一点纰漏。

这个字我签了

第三天中午，"刘镇长"午睡起来，一开门，就见门口蹲着个戴眼镜的中年人，此人见到他，站起来问道："刘镇长，醒了？"

"刘镇长"没见过他，不说话，威严地点点头。

对方陪着笑脸，"知道您在午休，没敢打扰。刘镇长，还是那件事，我们的申请您是不是再考虑一下，给我们批了吧。"

"刘镇长"不知对方是什么身份，什么申请，又不能问，小王又不在身边，便应付说："这个么……我再考虑一下。"

对方却不肯放弃，"刘镇长，您从去年拖到了今年，这天气眼看着就冷了，再晚就来不及了呀。"

"刘镇长"打着官腔:"你先回去,我们会研究的。"

对方突然有了火气,也不那么恭敬了,不管不顾地说:"镇里又不是没钱,听说今天中午光接待市里的客人就开了四桌。你们大吃大喝有钱,怎么干正事就没钱了呢?难道……难道就是因为我没有给你送礼?"对方越说声音越大,脸都涨红了。

"刘镇长"一听,脸也有些红,因为他当镇长这三天,对镇里的吃喝风气是深有感受,心里也颇为不满,不过自己是假镇长,想管也管不了,只能跟着吃喝。此时他见此人抨击吃喝现象,顿生好感,就说:"干正事也有钱,不过……我说了不算。"

对方冷笑,"你就别糊弄我了,你是镇长,你说了不算,谁说了算?"

"刘镇长"哑口无言,心说对呀,在他眼里,我就是实打实的镇长,说了就算的。心中微微一动,说:"你那个申请时间太长,不知放哪里去了,你回去再写……"

话还没完,对方已从兜里掏一张纸,说:"早知道你会这样,我早准备好了。这可是第四张申请了。"

"刘镇长"接过申请看了看,题目是"养老院安装暖气设施的申请",大意是镇养老院以前都是烧火炉取暖御寒,每年都有老人被冻伤,希望镇政府拨款为养老院安装锅炉和暖气设施。申请资金数额为五万元。

"刘镇长"看完,眼前浮现出一群老人在寒风中瑟瑟发抖的画面,心中顿时有气,心说刘镇长啊刘镇长,这种申请

逆转人生

你为什么不批呢？住养老院的都是些孤寡老人，多可怜啊，这个主我替你做了，不过五万块钱，你们在嘴里多省省就省出来了。主意打定，他问对方："五万块够吗？"

对方一怔，不知他是什么意思，迟疑了一下才说："本来预算是八万，镇上总不批，这才逐渐减到五万，我们准备少装一些暖气片，简易一点。"

"刘镇长"一摆手，"不行，绝不能糊弄，你马上另写一份申请，就写八万，我马上给你签字。"

对方喜出望外，顾不得说谢谢，进屋麻利地重写了一张申请，完了交给"刘镇长"，"刘镇长"签上名字，说你马上去找会计领钱。

对方这才相信是真的，感激地说："我替养老院二十八位老人谢谢您了。"鞠了一个躬，然后欢喜地离开了。

"刘镇长"自觉做了一件好事，感觉相当不错，不过呢，他想这事毕竟没经刘镇长同意，自己是越权了，这八万块钱最好还是想办法省回来。怎么省呢？他合计了半天，觉着只能从吃喝上省了，就打定主意，在自己"任职"这几天，来了客人要一律从简接待，能省多少是多少。

下午还是开会。开完会，刚回到办公室，小王急匆匆地进来，关好门，问道："你把养老院赵院长的申请批了？"

"刘镇长"颇有些得意地说："是呀，怎么，不该批吗？难道你不觉着那些孤寡老人怪可怜的？"

小王说："可你别忘了你是假的呀，这事就算了，以后你千万可不能擅自做主了。"

就在此时，桌上的电话突然响了。小王看了一眼来电显示，脸色一变，说是刘镇长家来的电话。

"刘镇长"一听，也紧张起来，小王稍作犹豫，拿起话筒，"喂"了一声后，说："嫂子……是，镇长在呢……是，我让他听电话，嫂子，镇长感冒了，嗓子不太好。"遂把电话递给"刘镇长"，示意他小心应付。

"刘镇长"接过话筒，里面传来："刘新，你永远不要回来！关了手机，不接我电话是不是？我告诉你，惹毛了我，小心我把你的丑事抖搂出去。"

"刘镇长"解释，说我不是不接你电话，是手机丢了，最近工作太忙，回不去。

那边哼了一声，"你就编吧。刘新，你别以为我不知道你肚子里打什么算盘，现在我把话撂在这儿，你今儿个敢跟我离婚，明天我就去纪委，大不了鱼死网破。"

"刘镇长"不知该如何回答，迟疑了一下，说："我是真的有事，过两天再回去。"

那边冷冷地问："是不是家里死人了你也不回来？"

尽管不是说自己家的事，但"刘镇长"也听不下去了，这女人肯定是个泼妇，怎么这么不吉利的话也敢说呀？他呵斥道："你胡说什么？"

"我告诉你，你妈住院了！脑中风！有种你就别回来！"

电话断了。

"刘镇长"放下话筒，问小王："怎么办？她让我回家，说刘镇长的妈脑中风，住院了。"

小王皱眉道："脑中风？怎么这么赶巧啊？这……出了这种事，再忙好像也得回去看看吧？"

"刘镇长"立即把头摇成拨浪鼓，"我可不敢去见他家人，蒙别人还行，家人肯定一眼就看出我是赝品。"他想起刚才电话中的内容，问小王："对了，刘镇长和他爱人关系好像挺紧张的，她威胁说要把刘镇长的丑事抖出去，是不是刘镇长有见不得人的丑事？"

小王说："你别瞎想，谁都有点隐私的。不过，这后院失火可不是闹着玩的，咱们得帮刘镇长灭火才行。这可怎么办？"

"刘镇长"提醒说："我看你最好打电话向刘镇长请示一下。"

小王摇头，说刘镇长交代了，就是天塌下来也不能联系他。他沉吟了一下，说："我看你必须得去刘镇长家一趟了。"

"刘镇长"连连摆手，"不去，去了肯定要穿帮。"

小王劝道："不去也会穿帮的，刘镇长是大孝子，老娘脑中风，他不可能不回去探望，你要是不回去，别人就会觉着不合情理，可能就会怀疑你是假的。另外，我觉着你去他家也未必会穿帮。"

"怎么不会？"

小王分析说："你想一下，刘镇长家只有他爱人和母亲两人，当妈的肯定能认出儿子，但她现在脑中风住院了，这个威胁就基本解除，那就只剩下他爱人一人了。而据我所知，刘镇长夫妻俩表面上和和气气，实际上早就形同陌路。"

"刘镇长"说我从刚才的电话里也听出来了。

小王一拍巴掌："这就得了，刘镇长经常十天半月都不回家，说是夫妻，两人实际上一年在一起也待不上几天，所以她未必能分辨出真假。你到她家后，就借口去医院陪床，尽量减少和她接触。"

"刘镇长"连连摇头："这可不敢侥幸，人家毕竟是夫妻，要是一眼就分辨出来呢？"

小王说："那咱就实话实说，这事可是关系到她老公的前程，相信她应该分得出轻重，会保密的。"

"刘镇长"想了想，说："照我说，刘镇长这事就不该瞒着他家人，咱们干脆跟他爱人实话实说得了。"

小王断然否定，"绝对不行！告诉她实话是万不得已才走的一步棋。你想想，刘镇长为什么要瞒着他爱人？一定是信不过她，两人的关系不定紧张到什么程度呢，说不定，刘镇长会觉着她爱人更危险。"他叮嘱说，"所以，你一定小心点，尽量不让她看出破绽。"

"刘镇长"苦着脸问："非去不行？"

小王点头。

"刘镇长"无奈，只好说好吧，帮人帮到底，送佛送到西，去就去，到时候穿帮了可别怨我。

逆转人生

这个闲事我也管了

拖到晚上九点,小王才开车将宋德民送到刘镇长家。

宋德民身上有刘镇长的钥匙,却不知是哪一把,只好一把一把地试,试到第三把的时候,门突然从里面拉开了,一个面如银盘的中年妇女冷着脸站在门内,嘲讽道:"姓刘的,钥匙都长锈了吧?"

小王忙躬身招呼:"嫂子。"

"刘镇长"收了钥匙,按照小王一路上的交代,学着刘镇长的做派,从鼻孔哼了一声,理都不理"老婆",抬脚就进了门。

小王也想跟进去,镇长爱人一伸手拦住他,"没你的事了,你回去吧。"

小王赔笑说:"嫂子,我一会儿还要送镇长去医院看阿姨。"

"刘镇长"还没坐下呢,闻听立刻接话,没忘先使劲咳嗽了一声,说:"我这就去看我妈,今晚我在医院陪床,不回来了。"说完,扭身就要往外走。

镇长爱人堵住门,说:"没必要,去也用不上,今晚你妈住在重症监护室,有专门的医生、护士照顾,明天你再去看吧。"

"刘镇长"看了小王一眼,心说坏了,无论如何不能留在家里,情急之下,脱口道:"我今晚必须去陪我妈。"

镇长爱人奇怪地看了他一眼,好像已经起疑,"刘镇长"躲开她目光,硬着头皮说:"没见到妈我不放心。"

还是小王机灵,赶紧插话说:"嫂子,是这样的,明天刘镇长没空,一早就必须赶回镇里,有个签约仪式他一定要出席,最近他不回来,也一直是在忙这件事。"

"刘镇长"说是的,明天的仪式没我不行。

镇长爱人看看两人,问:"刘新,我问你,是你妈重要,还是镇上的事重要?"

"刘镇长"理直气壮地回答:"当然是工作重要。我身为一镇之长,怎么可以为了私事丢下镇上的大事呢?"

镇长爱人上上下下打量了"刘镇长"几眼,突然问:"你真的是刘新吗?"

此问一出,"刘镇长"和小王相顾失色,没想到这么快就被识破了,"刘镇长"还死鸭子嘴硬:"我……我怎么不是刘新了?"

镇长爱人突然笑起来,"笑死我了,你刘新是什么时候变得这么大公无私了,哈哈,要不是你这副尊容还没变,我还真要怀疑你不是刘新了。"

"刘镇长"和小王闻听,暗地里松了一口气,原来馅儿还没露。"刘镇长"擦了一把汗,讪讪地道:"人总是会变的嘛。"说完,大步就往外走。

镇长爱人突然垂下泪来,在身后幽幽地说:"刘新,你无非就是不愿意和我在一起。好吧,你要去就去吧,这些日子我也想清楚了,反正我也留不住你,你也不用再顾忌我,

逆转人生

想怎么做就怎么做吧，以后你的事跟我无关，我是死是活与你也毫不相干。"

"刘镇长"已经走出了门，听了这话后背顿时有些冷飕飕的，感觉出这话里明显有股凄凉、甚至是厌世之意，赶紧站住，心想这女人看来也挺可怜的，一定是被刘镇长伤透了心才这么说的，看来，电话里那些威胁说要鱼死网破的话只是气话，是想激老公回家而已，她心里应该还是爱着刘镇长的，现在我要是走了，她不会出什么事吧？

见他驻足不动，小王怕节外生枝，低声催促说："快走吧。"

"刘镇长"却已动了恻隐之心，又怕一走了之后对方真的会出什么事，那自己也有责任，既然自己冒充刘镇长了，那就好人做到底，替他安抚一下爱人吧，于是，脱口而出："我去医院看一下，等会儿还回来的。"

却见镇长爱人脸上立刻露出欣喜之色，说："那你们快去吧，早早回来。"

一出门，小王就埋怨"刘镇长"多管闲事，说我看你回来怎么应付。

"刘镇长"叹口气，"这个闲事我得管。我觉着刘镇长爱人也怪可怜的，你看她听说我会回来的时候，多开心啊。这样吧，咱们在医院多待些时候，尽量晚点回来。"

在医院倒是没遇到什么麻烦，刘镇长的母亲在重症监护室昏睡未醒，"刘镇长"进去看了一眼后，就和小王坐在走廊里消磨时间，一个小时、两个小时……医生、护士见了都很感动，纷纷过来劝他，说你坐在这里等也没用，有我们在肯定没事，还是回家休息吧。"刘镇长"摇头，说我再等一会儿。医生、护士暗暗感叹，真是孝子啊。

凌晨一点，"刘镇长"估计镇长爱人应该睡了，这才回到家，门虚掩着，一推就开了。他蹑手蹑脚地进屋，不料却见镇长爱人正坐在客厅沙发上，好像在等着自己呢。

他心中一紧，镇长爱人见到他，站起身，温柔地说："回来了？早早睡吧。"说完，迈步向卧室走去。

"刘镇长"进退两难，自己肯定不应该也不能和她睡一张床上，可要是不跟进去，会不会露馅？镇长爱人见他不动弹，回头问："你不睡？"

他支吾道："我……还有点资料要查。"

镇长爱人说："别太熬夜，你那间屋的床我已经铺好了，记得别熬太晚。"说完，进了卧室，关上了门。

"刘镇长"不由吁了口长气，拍拍胸口，原来刘镇长夫妇是分房睡的，害自己白紧张了半天。

第二天早晨，"刘镇长"还在睡梦中，小王就赶来了，说镇里来了电话，让刘镇长马上赶回去。

"刘镇长"心里暗夸小王机灵，来得及时，他脸都不洗，刚要出门，镇长爱人从厨房出来，说饭马上就好了，吃完饭再走吧。

小王说来不及了，我们去镇里吃。"刘镇长"见镇长爱人露出失望之色，就去厨房拿了两个包子，出来交给小王一个，边吃边往外走，走到门口，他回头说："老婆，我妈就辛苦你了。"

　　镇长爱人听到这一声"老婆",颇为激动,嘴里喃喃道:"老刘……你真的变了……变的我都不敢认了。"

　　上了车,"刘镇长"彻底松了一口气,"好险,小王,幸亏你来得早。"

　　小王却说:"镇里是真的有事。"

　　"刘镇长"一怔:"什么事?"

　　"昨天镇上有人要去北京上访,被市里给截回来了。白副市长大发雷霆,让你回去处理好此事,务必保证今天的签约顺利进行。"

这个刁民我佩服

　　一路之上,小王介绍了此次上访事件的前因后果。

　　年初,河头镇招商引资引进来一个大项目,巨龙化肥公司拟投资建一个大型化肥厂,然而,该项目却遭到了以孙志刚为首的河头村村民的联名反对,他们以该项目严重污染环境为由,到处上访、告状,阻挠该项目进行。刘镇长还曾以扰乱社会秩序为名拘留过孙志刚。按照计划,镇上将在今天与巨龙公司签订正式合同,该项目将会正式上马。

　　小王说,想来孙志刚等刁民见难以阻止,这才要跑到北京去告状。

　　"刘镇长"问:"是不是真的会有污染?"

　　他之所以有如此一问,是因为他的老家曾经也是山清水秀、空气清新，当地政府却只知道发展经济，不知道保护环境，结果现在山是秃的，水是臭的，空气是呛人的，经济发展了不假，却是以牺牲了环境和老百姓的健康为代价，这几年，老家患癌症的乡亲特别多，据专家说，原因之一就是长期饮用被污染了的地下水。所以，宋德民在心里对污染环境的行为深恶痛绝。

小王说："化工厂嘛，污染肯定会有的，不过利大于弊啊，化肥厂投产后，不但能完全解决我们镇的财政困难，还能为老百姓提供数百人的就业岗位，每年给村民的分红也会相当可观，到时候村里那些被征用土地的失地农民不用干活就有钱拿，多好的事啊。"

"刘镇长"叹口气，说："小王，你可能不知道污染环境的后果，那不但是祸及自身，还会祸及子孙后代啊。"

小王从后视镜里看了"刘镇长"一眼，沉默了一会儿，说："跟你说也无妨，据说，巨龙化肥公司就是因为在当地污染了环境，被当地政府查封，勒令搬迁，这才想到外地投资建厂，结果被镇里当成宝贝引进来。"

"难道镇领导不知道这个情况？"

小王一笑，答非所问："根据市里的规定，招商引资成功的话引进者将会有提成，一亿元的投资额，光提成就好几百万。你猜猜，这个项目是谁引进的？"

"刘镇长"脑中一闪念，"不会是刘镇长吧？"

"正是。是他和白副市长共同牵线搭桥的，所以市里也支持这个项目，孙志刚他们就是跑断了腿，也根本阻止不了项目的进行。只要今天上午你替刘镇长在合同书上签了字，那就是板上钉钉了。"

车到镇政府时，已到上班时间。大门口一片喜庆景象，摆着花篮，铺着红毯，挂着标语，锣鼓队也已就位。

"刘镇长"一下车，黄副镇长就过来汇报说，已经安排人到孙志刚等人的家里盯着他们，采取的是人盯人防守，孙志刚家派了两个，确保他们不来这里捣乱。

小王提议说，还是小心为妙，干脆让赵所长先把他们关起来，等签完字再放。

黄副镇长瞪了小王一眼，说："这人本来就爱告状，小心他们告你非法拘禁。"

小王说那他们要是来闹事，这责任谁负？

"刘镇长"闻听心里有气：人家又没犯罪，凭什么关人家啊？就凭你是官他是民？他哼了一声，说犯法的事咱可不能做，让监视他们的人小心点，别让他们过来就行了。

黄副镇长一听，不禁看了"刘镇长"一眼，诧异一向强硬的刘镇长今天怎么变温柔了。

没想到，尽管派了人去看管着孙志刚等人，但还是出事了。

就在省、市来宾及投资方老板的车队即将到达的时候，孙志刚如神兵天降，突然出现在镇政府门前。他头缠白布，上书：保卫家园，手里举着标语，上面写着：破坏环境千古罪人！口里高呼着口号：巨龙化肥滚出河头！

维持秩序的警察见势不妙，立刻向他冲过去。孙志刚早有准备，突然扔掉标语牌，举起一个矿泉水瓶就往身上泼洒，顿时，一股汽油味弥漫开来。他举着打火机，吼道："谁敢过来，我就点火！"

顿时，在场的人都吓住了，谁也不敢动。

"刘镇长"见孙志刚约莫六十岁左右，个子不高，黑脸膛，花白的头发，看起来不起眼的一个老头，此时一脸的大义凛然。他心中陡地生出几分尊敬与感动，这老头也太可敬了，不屈不挠，宁死也要反对签约，要知道，他为的可不是一己私利啊。他眼见着两个警察在孙志刚侧后方向他慢慢靠近，怕逼急了他真的会自焚，急忙上前两步，说："孙大哥，你认识我吧？"

孙志刚怒目而视："当然认识。"

"刘镇长"说："你这样根本阻止不了签约，你先跟我去办公室谈一谈，有什么要求和想法，我一定给你解决。"

孙志刚冷笑："你就是罪魁祸首，我要求不签合同，你能答应吗？"

"刘镇长"语塞，孙志刚又说："我也知道今天我阻止不了你们，因为在你们眼里，只剩下一个'利'字。"

"那你为什么还要这样做？"

"知不可为而为，尽力而为罢了。我的能力只有这么大，尽心尽力，死而无憾。"

这时候，两个警察趁他俩说话，已靠近孙志刚，说时迟那时快，一个手起棍落，打掉了孙志刚手里的打火机，一个飞扑上去，双臂紧紧抱住了孙志刚，眨眼间便合力将他制服。

此时，来宾的车队已经出现在街头，欢迎锣鼓开始敲响。

"刘镇长"嘴里默念着孙志刚那句"尽心尽力、死而无憾"的话，胸口如受重锤撞击，震颤不已，这个刁民太让人佩服了。他见警察要架着孙志刚离开，上前拦住，说你们把他送到我办公室，我要和他谈谈。

警察遵命，跟着他走进了大楼。

附近的小王看到，急忙追上来提醒："刘镇长，你不能走，要在这儿迎接领导。"

"刘镇长"理都不理他，径直上楼。

小王怔了片刻，一跺脚，也跟了上去。

这个地盘我做主

一进办公室，"刘镇长"让警察把孙志刚放开，说这里没你们的事了。

警察不放心，说刘镇长，这家伙很危险的。"刘镇长"说没事，摆手让他们出去。警察很负责任地扒下孙志刚满是汽油的外衣，这才离开。

孙志刚不知道"刘镇长"要怎么处理自己，冷眼相对。

小王隐隐意识到什么，加重语气提醒说："刘镇长，你可不要干傻事，别不自量力。"

"刘镇长"一指孙志刚，问小王："你说句心里话，这位大哥都这个岁数了，他这么做是为什么？为自己吗？你心里难道没有一点触动？"

小王同情地看了一眼孙志刚，叹了口气，"刘镇长，做事要量力而行，有些事情，该装糊涂就要装糊涂的。"

"刘镇长"断然摇头，"不，看到孙大哥的所作所为，我没法装糊涂！"他问孙志刚，"大哥，不是有人在你家看着你吗？你怎么跑出来的？"

孙志刚答非所问："人人心里都有杆秤、都有正义良心。"

"刘镇长"立刻就明白了，肯定是看管他的人故意放他出来的。他转向小王，"小王，我问你，你还有正义良心吗？"

小王迟疑了一下："我……当然有。"

"好，那你摸着胸口说句良心话，今天这合同该不该签？这项目该不该上马？"

小王支支吾吾："我……只能听领导的。"

"刘镇长"说："那好，现在我就是你的领导，你听我的。老百姓这么强烈地反对，那这个项目就不能上，合同不能签。"

小王苦笑，"你……你别把自己当成救世主，咱们是阻止不了的。"

"刘镇长"说："我不是救世主，但为官一任，造福一方，决不能祸害一方。"

小王心说你还真把自己当镇长了呢，提醒说："你别忘了自己的身份。"

"刘镇长"一笑，"我现在的身份就是镇长，当一天和

逆转人生

尚撞一天钟，我是当一天镇长做一天主。小王，这几天我算是明白了，那个刘镇长并不是什么好鸟，你最好也别跟他走太近。"

旁边的孙志刚听得真切，不由满脸诧异。

小王见穿帮了，知道大事不好，忙说："你千万别冲动，我要请示一下镇长。"急忙拿出手机拨打刘镇长的私密电话。

但对方关机。小王着急地自语："刘镇长为什么不接电话呢？"

孙志刚见状已完全明白了，但还是不敢相信，"你……你真的不是刘新？"

"刘镇长"说："孙大哥，过后我再跟你详细解释。你现在放心地待在这儿，一切交给我。"又转向小王，"小王，我现在要去履行镇长职责了，你要是想阻止我，那就去现场戳穿我吧。"

说完，他迈步走出了办公室。

小王抬了抬脚，但最终还是没有跟出去，他一屁股坐在沙发上，嘴里发出哀叹："完了……我也完了！"

十点整，签字仪式开始。

各领导发表了热情洋溢的讲话后，进行最后一项，双方代表签字。

媒体记者们蜂拥上前，纷纷把镜头对准了签字的主角。

投资方老板在提笔签字后，将合同交给"刘镇长"。

"刘镇长"提起笔，却又放下。

主持人笑道:"刘镇长好像太激动了,不会忘记自己名字了吧?"

全场哄笑,"刘镇长"也笑,笑着笑着,突然起身将笔一掷,大声说:"这合同我不能签。"

笑声停止,所有人都愣了。随即,台下的白副市长跳起来,斥责道:"刘新,你什么意思?赶快签字!"

"刘镇长"没见过白副市长,不认识呀,不客气地问:"你谁啊?"

白副市长鼻子差点没气歪了:"你……你是不是刘新啊?你不认识我是谁?"

"刘镇长"心说此时要是说自己是冒牌的,上面肯定会安排别人来签字,当即铿锵有力地说:"我当然认识你,但是,不管你是谁,老百姓坚决反对的,我就不会同意。我是镇长,我的地盘我做主。"

投资方老板轻轻扯了他一下,低声说:"刘镇长,别冲动,你要想想后果,别忘了咱们的约定啊。"

"刘镇长"一听,就知道刘镇长和他私下肯定有猫腻,他看了看众记者,大声问:"不好意思,我还真忘了,你说,我和你有什么约定?"

对方哪里敢说啊,尴尬地打个哈哈,说:"刘镇长,请你三思啊。"

"刘镇长"不再理他,朗声宣布:"各位领导、记者朋友,因为这个投资项目会对环境造成污染,我现在以河头镇镇长的身份宣布,停止与巨龙公司的合作,项目终止。"

说罢，拿起合同，三把两把，撕个粉碎。

全场哗然……

外面响起鞭炮声。那本来是要庆祝签约成功的，但现在，却被闻讯而来的老百姓用于庆祝签约失败。

后　记

第二天，宋德民和小王向市工作组如实交代了受刘镇长之托冒名顶替他的经过。

两天后，镇长刘新在首都机场因使用假护照被警察扣留。

原来，刘新涉嫌巨额贿赂被群众举报，一周前，当他得知纪委已秘密对自己展开调查后，预感到末日来临，便计划潜逃国外。他和宋德民互换身份，一是想让宋德民当自己的替身稳住调查人员，二是想利用宋德民的身份办理手续出境。但办理出境手续需要时间，他本来寄希望宋德民能挺过一周，却没想到暴露得这么快。当他从心腹那里得知宋德民"反水"的消息后，知道自己马上也会暴露，不得已铤而走险，妄图利用假护照登机出境，这才功亏一篑。

不久后，白副市长也被双规。

另外，市里顺应民意，组织专家对巨龙公司的投资项目重新评估后，取消了该项目。

至于宋德民，因涉嫌诈骗，被有关部门带走调查，消息传出后，河头镇的老百姓联名签字上书，希望从轻处罚他们的"好镇长"……

社会万花筒之中国好故事系列丛书

危险旅行

神秘来信

阳山市第二初级中学的刘老师退休后,最喜欢的就是出门旅游,不过由于囊中羞涩,他很少有机会出去。

四月一号这天下午,刘老师到楼下取报纸,打开信报箱后,发现里面有一封信。这信挺奇怪的,信皮上只写着刘老师启,既无邮票、邮戳,也无寄信人地址,看样子是被人塞进邮箱的。

刘老师疑惑地撕开信封,里面有一张请柬,还有一张照片和一张火车票。火车票是阳山市至海城的软座,日期是四月八号。

再看相片。只一眼,刘老师就认出来了,因为他家里也有同样一张照片,只不过这张照片是复印的。这是一张大合影,上面有字:阳山二中九三级二班毕业合影。刘老师是这个班的班主任,坐在最中间。

逆转人生

刘老师随后打开请柬，上面只有寥寥几句话：敬爱的刘老师，我是您九三级的学生，定于四月八号于海城举办同学聚会。为谢师恩，特邀请您赴海城聚会、旅游，一切费用由本人承担，望届时光临。

署名处却是空白。

这是哪个同学呢？为什么不署名？刘老师反复看着请柬，心中突然一激灵，想起今天是愚人节，会不会是谁在跟自己开玩笑啊？可再一看火车票，货真价实，票价三百多元呢。拿三百多元来开玩笑，成本似乎也太高了吧？

刘老师从教三十多年，桃李满天下，这些年流行同学聚会，他几乎每年都会参加这样的活动，但基本上都是在本地。他心想，如果是真的那就太好了。海城是闻名遐迩的旅游城市，依山傍海，风景旖旎，大小岛屿星罗棋布，风光各异，如果有机会去转一转，不失为一件美事。

既然车票都买了，那就不会是开玩笑。可能对方不署名是故意保持神秘感，到时候好让大伙大吃一惊吧。想到这里，刘老师不禁暗自微笑。九三级的学生中不乏他的得意弟子，后来大多考取大学，如今分散在全国各地。由于毕业已经多年，刘老师和其中大多数人已失去联系。或许是其中某个学生功成名就，就想把大家召集在一起炫耀一下吧。

刘老师拿着信回家，然后坐在书桌前，找出放大镜，挨个查看相片上的同学，逐个分析会是哪一位。这封信既然是未经邮局投进自己信箱的，说明这名同学可能就在阳山本地。本地的学生他还是大致了解的，其中有几位有能力出资办同学会。刘老师就重点分析了这几个同学，可分析了半天，又觉得他们都不太可能。因为这些年，九三级学生也聚过几次，这几个人都做过东，如果是他们，绝不会如此神秘的。

刘老师想了一阵儿，不得要领，心中忽一闪念：既然是同学会，那么其他同学也应该会收到请柬的。他就拿起电话，打给跟自己来往很密切的学生张志，问他是否收到请柬。不出所料，张志说他也收到了，别的几个同学也收到了，大家正在猜测发信人是谁呢。

刘老师问："那你们猜出来了没有？"

张志说："我们也不确定，不过估计不会是本地的同学，因为咱们班本地的同学全部收到请柬了，这人很可能是在外地工作的同学。"顿了顿，他又说，"反正这是好事，大家也懒得猜了，去了自然就知道了。"

刘老师问："这么说你是打算去了？"

张志说："当然去啊，人家车票都给买了。刘老师，反正你也有时间，咱们就一起去海城玩玩吧。"

刘老师就说："既然大家都去，那我就跟着去热闹一下。"

钻石诱惑

四月八号转眼就到了。

下午，刘老师打车来到阳山火车站，跟等候在候车厅门口的张志等同学会合，一起前往海城。

上车前，刘老师点了点人数，阳山市只有四个同学因

逆转人生

为各种原因不能前往。不过，人数也不少了，以往几次聚会还从没集合过这么多人呢。这些人中，有四五个同学自毕业后刘老师还一次未见过呢，看着很眼生，提了名字他才记起来。还有一个叫张慧慧的女同学，现在是一名护士，因为当年读书时表现不突出，他干脆全无印象了。也难怪，他教过的学生太多了，怎么可能都记得住啊。

大家都在一个车厢，一路之上，自然非常热闹。大家围着刘老师，问长问短。刘老师也一一问起各人如今的状况，境遇自然各有不同，提起往事，均感慨万千。后来，就说起了这次聚会，大家互相询问试探，要从中找出发信的那位神秘同学，但众人均信誓旦旦，表示绝对不是自己。

看来，这个谜底只有到了海城才能解开了。

列车经过一夜的运行，第二天上午，到达海城。走出车站后，众人很快就看到一男一女高举着横幅，上书："热烈欢迎阳山二中九三级二班老同学"。大家奔过去，却均不认识，一问，才知男的是大巴司机老王，女的是导游小赵。小赵一口略带南方口音的普通话，自我介绍完毕后，说这几天由她全程负责大家在海城的衣食住行，一切由她安排，一定让大家吃好喝好玩好。

大家略有些失望，神秘同学财大气粗，居然专门雇了接待人员，看来他要神秘到底了。张志忍不住问导游："赵导，你能不能透露点信息，雇你的人到底姓什么？是男是女啊？"

小赵微笑道："不好意思，雇主要求保密。不过，明天到了目的地，保证你们一定会见到他。"

"那目的地在哪里?"

"我们要去海里的一座荒岛。"

众人听了,面面相觑,刘老师问:"去荒岛干什么?探险吗?"

小赵解释说:"现在我们这里最流行的就是荒岛游。各位可能不知道,海城岛屿众多,有许多岛屿未被开发过。跟那些开发过的岛屿相比,这些荒岛虽然较为荒僻,但没有人工开发的痕迹,风光非常独特,是原汁原味的自然风光,所以又称为绿色旅游,很受各地游客的追捧。"她略一停顿,又说,"另外,我现在可以透露一点信息给大家,我们这次的荒岛游,不仅仅是观光,还要夺宝呢。"

一句话立刻就勾起了大家的兴趣,张志好奇地问:"夺什么宝?难道岛上有宝藏?"

小赵摇摇头,说:"不是宝藏,是把你们请来的这个老板自己拿出一件宝贝,作为你们聚会的彩头。明天到荒岛以后,会安排一个游戏活动,优胜者就可以夺得这件宝贝。"

众人都充满期待,纷纷问:"是什么宝贝?"

小赵却卖开了关子,说:"这个宝贝现在就在我手里,不过要暂时保密,等晚上人到齐了再公布。好了,今天我们的日程是这样安排的,你们先去宾馆休息,下午可以游览一下海城市区,晚餐后咱们就坐船出发。我们包了一艘豪华游轮,条件很好,大家晚上就在船上休息。"

她环视一下众人,问:"大家对这样安排有意见吗?"

此时,大家都被那件宝贝提起了兴致。这名神秘的同

逆转人生

学出手如此大方,想来这件宝贝也不会太过一般。所以尽管此时主人仍不露面,架子未免太大,让大家心中略有不快,但此行既能免费旅游,还会有机会得到宝贝,谁还会有意见呢?于是纷纷表示,我们客随主便,听从安排。

随后,小赵就让司机开车将大家送到宾馆休息,她本人则留在车站,迎接几位从其他城市赶过来的同学。

中午时分,小赵领着从北京、上海等地赶过来赴会的七名同学赶到酒店,跟刘老师他们会合了。这七名同学当年都是刘老师的得意弟子,已多年未见,如今意外与老师在海城相聚,自是相见甚欢。他们说起各自取得的成绩,少不了都要感谢刘老师当年的栽培之恩。刘老师得知他们如今发展都是不俗,既欣慰又满足,觉着自己当年的心血没有白费,心中不免颇有成就感和自豪感。身为一名老师,还有什么比看到自己的学生有出息更值得高兴的事情呢?

下午,大家兴致勃勃地游览了城区美景。

到了晚上,又有一位同学赶来报到,这样,连同刘老师在内,全班师生一共到了三十一人。晚餐时,人人挂念着那件宝贝,纷纷催小赵赶快透露一下,别吊大家胃口了。

小赵就从兜里拿出一个精致的小盒子,打开,露出一枚鸽子蛋般大小的钻石,熠熠生光。

众人一阵惊呼,眼睛不觉都亮了。张志凑到近前,目光盯在钻石上,不相信地问:"这是真的吗?"

小赵说:"如假包换!不瞒您说,这颗钻石是我陪同你们那位同学一起去我们海城最大的珠宝店买的,我这里还有珠宝店的发票和鉴定证明呢。"

"那么它值多少钱？"

小赵伸出巴掌，"五十万。"

"哇！"一片惊呼，此话如一枚炸弹扔进了人群中，炸得是人仰马翻。要知道，这批同学中，最大的不过才三十岁，都正值事业打拼时期，经济上普遍不很宽裕，五十万，对每一个人来说都不是小数字。即便是张志，如今大小也算是个老板了，也难抵挡五十万的诱惑，遑论其他人了。刘老师更不用说，他清贫了一辈子，别说五十万的钻石，就是五万的都没见到过啊。

众人无不眼热心跳，对明天的荒岛游满怀期待。同时，大家对那位至今不露面的聚会发起人更是好奇了。他如此大手笔，出手就是五十万，太令人惊讶了！

晚餐后，大家随导游来到海边码头，一起上了一艘早已等候在这里的游轮。

游轮不是很大，但设施豪华，除了设有客房，还设有酒吧、舞厅。

当晚，大家难抑兴奋之情，在舞厅里谈天说地、喝酒唱歌，一直闹腾到十二点，才意犹未尽地回客房休息。

人人都累了，倒在床上后，听着舱外的涛声，很快就进入了梦乡，没人理会船儿究竟会把自己带往何方。

游轮惊魂

人上了岁数，觉就少了，天还没亮，刘老师就醒了。

逆转人生

大概是昨晚酒喝得多了一点,他睁开眼后,感觉到脑子里仍是昏昏沉沉,停了一会儿,才意识到身在何方,就披了衣服,起床信步走出了船舱。

大海茫茫,游轮仍在不疾不徐地前行。刘老师心想,已经行驶了一夜,居然仍没到达目的地,这海岛可真够偏远的呢。

刘老师靠着船舷站了一会儿,看到东方渐已发白,家中的老伴也该醒了,他就掏出手机,想发个短信给她报一下平安,不料手机全无信号,这才想起此时在海上,已远离大陆。

刘老师忽然想起一事:距离既然这么远,那么前往荒岛的船只肯定不多,那位神秘同学如果不是提前上了岛,就很可能现在也在这艘船上。游轮不大,船上工作人员只有四个,可这四人昨晚他都见过了,可以肯定都不是自己的学生,那么,他或者她只能隐身在这三十个同学之中了,到底是谁呢?

刘老师左思右想,却无答案。一抬眼,发现前方隐隐出现了一个岛屿的轮廓,游轮正向它而去。他心中不由一喜——看来,目的地就要到了。

就在这时候,从船舱里发出一声凄厉地尖叫:"啊——快来人呢!"

声音突兀,异常恐怖。

刘老师猝不及防,吓得一颤,愣了片刻,才醒过神来,慌忙跑进了船舱。

导游小赵的房间开着门,喊声正是从里面传出来的。刘老师跑过去探头一看,吓得一颗心砰砰乱跳,只见小赵伏在地板上，双手捂在胸口处，大声呻吟着，鲜红的血正不断地从她的指缝间蜿蜒流出，令人触目惊心。

刘老师慌忙奔到她身边，问："小赵，怎么回事？你怎么受伤了？"因为伤处是在胸口，他却不方便查看。

正不知如何是好，住在隔壁房间的张慧慧听到动静，跑过来查看。她见到这幅场面后，脸也白了，不过她毕竟是护士，临危不乱，忙让刘老师快去找船上的工作人员，船上肯定备有急救箱。

刘老师慌忙去拍打工作人员房间的门。这一闹腾，大家都被惊醒了，从各自房间出来，打探出了什么事。听说小赵受伤了，都很惊讶，陆续围拢到了小赵房间门口。

等刘老师将急救箱送到房间，张慧慧请刘老师和大伙儿先到外面等候，随后便关上门，为小赵处理伤口。

大家站在门外，低声议论，看这情形小赵是被人所伤，船上都是同学，并无外人，到底是谁要刺伤她呢？意欲何为？

十分钟后，门重新开了。小赵虚弱地靠在床头，胸口已裹上了厚厚的绷带。旁边垃圾桶里，扔了半桶沾满鲜血的纱布。看来，她受伤不轻啊。

刘老师走进去，问小赵到底出了什么事。

小赵眼中含泪，惊魂未定地说："天快亮时，我迷迷糊糊感到有人进了我房间，然后翻我的衣兜，我刚问是谁啊，没想到他就刺了我一刀。"

众人发出"轰"的一声，都明白了，原来是有人想偷那颗钻石啊。顿时，大家骂声一片，张志忙问："钻石被他偷走了没有？"

小赵缓缓摇头，"没有，这么贵重的东西，我藏起来了。"

张志暗地里松了口气，而后愤愤地环顾众同学，厉声问："是谁？是谁干的？"

刘老师忙说："你先别急，也不一定是咱们同学干的。"

张志肯定地说："这人既然知道小赵身上有钻石，肯定就是我们中的一位。哼，这颗钻石虽说在小赵身上，也不知最后会落在哪位的手上，但现在应该是属于我们大家的，是我们的共同财产，是哪个王八蛋想抢占啊？大家都是同学，你也太卑鄙、太不择手段了吧？"

其他同学纷纷附和，说一定要找出这个王八蛋，把他扔海里喂鱼，取消他同学资格。

刘老师心里也觉着张志的分析有道理，这事可能就是某个同学起了私心，便使出这龌龊手段。他问小赵："小赵，你看清他模样了没有？"

小赵摇摇头，"没有，他早有防备，我刚一睁眼，他就把被子罩到我头上，我既看不到他又喊不出声，然后他隔着被子捅一刀就跑了。等他跑出去，我才喊出声来。"

张慧慧插话说："幸亏有被子隔着，不然这一刀伤得更重。"

大家看那被子，果然被刀刺穿了一个洞，不由悚然心惊。

刘老师回想起事情经过，不由跺脚懊悔，说我刚才就在外面，听到喊声后吓呆了，要是马上进舱，说不定就能撞见凶手。

他抬头看了看众人，心想大家都是两人一间房，凶手说不定会惊动同房间的室友，就问道："刚才有没有谁发现什么异常？事发的时候谁出过房间？"

大家纷纷摇头，有的说我刚醒，是被隔壁的人喊醒的；有的说我当时醒了，也听到喊声了，但没出过房间，我和室友可以互相证明。

只有张志表情有些尴尬，等大家都说完，他才说："刘老师，我跟你一个房间，你早早就出去了，不能给我当证人，可我发誓，我是清白的，事发的时候还在睡觉，你们看，我被惊醒后穿着内衣就跑出来了。"

继而又问："对了，刘老师，你这么早就跑到外面去干啥呀？"

刘老师一怔，环顾左右，在好几张脸上都看到了怀疑之色，不由苦笑，说："这么说来，我一直在外面，我的嫌疑还最大呢。"

张志忙说："老师您想到哪里去了，我可不是怀疑你，哈哈，你一个老秀才，别说杀人了，就是杀鸡，怕也没那胆子呀。"

刘老师听了心中一宽，刚想说句什么，却听到有人小声说："这可难说，那可是五十万呢。"

刘老师心中一凉，一句话说不出来了。其他人也都听到了，却没有人说话。

气氛一时有些尴尬。

刘老师明白，这颗价值五十万的钻石，已经让大家之间产生隔阂，互相不信任了。

就在这时候，游轮突然停下了。

接着，外面有人高声喊道："我们到了！"

夺宝游戏

导游小赵挣扎着站起身，说："好了，目的地到了。这件事就到此为止，我也不追究了，大家赶快回房间收拾一下，咱们马上下……"话未说完，她突然极为痛苦地呻吟一声，手捂胸口伤处，慢慢地坐在了床上。

刘老师见状，担心地问："小赵，你还能坚持吗？"

小赵试着深呼吸了几次，眉头皱紧，无奈地摇摇头，道："只怕……刘老师，这样吧，您先让大伙抓紧时间回去准备下船，您留下，我想跟你商量件事情。"

刘老师刚才被人怀疑，已有了戒心，怕自己一个人留下别人会猜忌自己，忙说："有什么事还是大家一起商量吧。"

小赵看了众人一眼，苦笑道："我这样子，怕是不能随大伙到岛上去了，我就在船上等着你们吧。其实，这个岛我也只来过一次，情况并不熟悉，跟你们去不但帮不上什么忙，还要给你们添麻烦。"

刘老师试探着问："小赵，雇你的人是不是已经在岛上了？"

小赵抱歉地说："没有，昨天上船前我接到过他的电话，他说今天还有一桩重要的生意要谈，不能及时赶来。我怕你们着急,所以也没告诉你们。"

见大家脸上都露出失望之色,小赵又说:"但他说了,他一定会尽早坐快艇赶过来跟你们见面,亲自把钻石赠送给游戏的获胜者。"

一听到钻石,大家又有了精神。

刘老师心中半信半疑,问道:"这么说,他现在并没有在船上?不是这些人中的一个?"

小赵笑道:"当然不是。刘老师,您怀疑谁是他?他要是在的话,早出来跟大家见面了。"

张志插话问:"可他这样神神秘秘,会不会是在玩我们呀?"

小赵看了他一眼,"他也不是神秘,主要是工作太忙,抽不出身来。当然,你们谁要是怕上当受骗,也可以不上岛,不参加游戏。反正呢,钻石只有一颗,参加游戏也不一定得到,你说对不对?"言外之意,只有参加游戏的人才有资格得到钻石。

大家听了,都低声交流起来。小赵见状,说道:"我看大家意见也不统一,这样吧,你们不是都很讲民主吗?那咱们就民主一下,愿意上岛参加游戏的,请举手。"

除了张慧慧,所有人都举起了手。

小赵的目光落在张志脸上,张志脸一红,自我解嘲道:"我也不是怀疑,都是老同学,怎么会骗我们呢?大家说是不是?哈哈。"

大家都疑惑地看着没有举手的张慧慧,刘老师问:"你为什么不参加？"

张慧慧淡淡地说："小赵的伤挺重的，我是护士，就留下来照顾她吧。另外，从小到大我都不是一个运气好的人，我相信那颗钻石跟我没什么缘分，就不跟你们去争了。"

众人均想，参加的人自然是越少越好，也就没人去劝他。

张志兴冲冲地问道："赵导，我们到底玩什么游戏啊？"

小赵说："很简单，这是一个抢先游戏。在这个岛的另一侧，有一个无人看管的灯塔，在灯塔下面有一个箱子，里面放着四十张你们班当年毕业照的复印件。你们上岛以后，要横穿小岛，到灯塔那儿取一张照片，然后再返回来。最先回到这里的人，只要能回答对一个跟照片有关的问题，就可以得到这颗钻石了。"

她刚说完，马上就有女同学提意见，说这不公平啊，这种比赛要比速度、比体力，男同学肯定要占优势，我们倒无所谓，可刘老师这么大岁数了，怎么比得过他们呀？

刘老师忙摆手说，我无所谓的，重在参与嘛。

小赵却说："也不一定啊。这个岛上并没有路，很容易走错方向，即便体力好也不一定会先赶回来。就是能先赶回来，也不一定赢，因为还有回答问题这一关呢。"

张志一听，担心地问："都问些什么问题呀？你能不能先透露一下？"

小赵略一沉思，说："好吧，我可以先透露一下。问题其实很简单，就是问一下照片上任意三个同学的名字，回答对就行。我想，你们不会把同学的名字都给忘了吧？"

这么简单？众人都有些惊讶，但细一深想，却并不简单，因为都过了这么多年了，谁也不能保证自己就能把所有同学的名字立刻都能叫出来。一时之间，人人心中都有些忐忑。

小赵见状，开导道："你们也别太担心，其实这也需要运气。因为你可能忘了某人的名字，可到时候我也不一定刚好就问到这人的名字呀。或者，你可能回来得比别人快，但运气不好的话，恰好被问到你忘了名字的那个人是谁，一旦回答不上来，你的机会就给了别人。"

她说完之后，一时之间，没人说话，心中均在合计，都觉着的确人人都有得到钻石的机会。或许，运气今天就会站在自己的这一边。

有人就迫不及待了，"好了，我们都明白了，咱们马上就开始吧。"

更有心急的，已悄悄挪步行动，要抢占下船的前排位置。其他人一见，谁也不甘落后，纷纷行动，个个奋勇，人人争先。

小赵请张慧慧扶着自己，走出船舱目送大家下船。

她大声喊道："祝你们玩得愉快、一路顺利！还有，岛上的风光也挺美的，你们可别只想着钻石，错过一路好风光啊。"

刘老师跟在众人身后，下船上岸。

这座小岛并不大，方圆也就三四平方公里，只要穿过一个茂密异常的小树林，再翻过一座小山，就能到达对面灯塔所在。

刚上岸，就有同学撒开双腿，不管不顾地冲进了树林。

刘老师见状，忙喊道："先等一等，别着急。"

张志边跑边问："怎么了？"

刘老师说："树林里没有路，树叶又遮天蔽日，人进去会很容易迷失方向。我的意见是，大家去的时候最好一起行动，互相有个照应，等熟悉了情况，回来的时候再……"他这话刚说完，树林里就传来"哇"的一声喊，接着，先进去的那个同学跌跌撞撞地冲出来，一口气跑到众人身边，脸色煞白，拍着胸口，不住地大口喘气。

众人吓得停住脚步，问他怎么回事。原来，他冲进树林后，埋头前行，走不几步，感觉身后有人拍他的肩膀，回头看时，却是一张满是皱纹的猴子脸孔，与他的脸近在咫尺，四目相对，骇得他是魂飞天外，立刻抱头鼠窜。

众人听了，面面相觑，不由都担心起来，害怕树林中可能还有其他猛兽。

刘老师分析说，这个岛不大，表面看起来也很平静，应该不会存在大型食肉动物，这样吧，大家一起走，都提高警惕。

可是女生们胆小，还是不肯向前迈步，但掉头回去，却又抵挡不住钻石的诱惑。

正在犹豫，就听到张慧慧站在船头喊："赵导说了，大家别怕，岛上只有猴子和蛇，大家只要小心脚下，防备着蛇就行了。"

立刻就有女生尖叫起来，说蛇比猴子更可怕。

男生们倒有不怕蛇的，说只要不是像电影里那样的巨蟒，没什么可怕的，蛇一般不会主动攻击人，大家眼睛放亮点，看见蛇绕开就行了。

张志也是怕蛇的，忙说："大家还是听刘老师的，去的时候咱们一起行动，人多势大，走错路都不怕。等回来的时候大家再分个先后吧。"

众人同意。于是，一行人小心翼翼地走进了树林。

一路无事。一个小时后，大家穿过了树林，开始翻越小山。等登上山顶，果然就看见了远处礁石丛中的灯塔。大家发出一片欢呼之声，而后各自脚下暗自加劲，不再管别人了，人人争先，直奔灯塔而去。

刘老师毕竟岁数已大，自然很快就落在了后面。

一个小时后，等他和几个女同学气喘吁吁地来到了灯塔之下，那个放相片的箱子倒一眼就找到了，但里面却空空如也，一张相片都没有了。

肯定被前面的人故意给拿走了。

一个女同学气恼失望之下，破口大骂："这叫什么同学啊！都是些卑鄙无耻的小人！"

刘老师心中也是愤怒无比，本来亲如一家的一个班集体，被一颗钻石给搅得七零八落，为了得到这颗钻石，自私、贪婪的本性暴露无遗，居然什么肮脏下流的手段都使出来了。

几个人只能垂头丧气地无功而返，边走边抱怨，说早知这样，不来参加这个无聊的聚会就好了，白生一肚子气。

刘老师听在耳里，突然有些担忧：那位神秘的同学一直不露面，他把大家送到这个荒岛上，难道就是为了做个抢钻石的游戏？他会顺顺利利把钻石送给获胜者吗？

他心里隐隐有种不祥的预感，觉着这次同学聚会，不会这么简单。

被困荒岛

下午三点，刘老师和几个女学生终于疲惫不堪地回来了，不过他们还没走出树林，就听到了阵阵叫喊声："赵导——张慧慧——"

刘老师心中一紧，加快脚步走出树林，等看到眼前的场面后，他呆住了！

只见先返回的众同学个个如热锅上的蚂蚁，有的冲着海面齐声呼叫，"张慧慧——赵导——回来！你们快回来呀——"有的东奔西跑，向海面翘首瞭望，有的在徒劳地拨打着毫无信号的手机，还有人委顿在地，垂泪哭泣。

再看海面上，一望无际，空空如也——那艘游轮，竟然不见了！

时间在一分一秒地流走。

有人寄希望于会有其他船只经过这里，但这荒岛远离大陆，好像也远离航线，大家的眼睛都望酸了，嗓子都喊哑了，也没见到任何船只的影子。

天越来越黑，希望越来越渺茫了。

尽管大家不肯相信，但显然，他们被抛弃在了荒岛！

初春的天气，气温很低。大家去树林捡来枯枝败叶，在沙滩上点起数个火堆，然后垂头丧气地围聚在火堆旁，或坐或躺，恐惧与绝望笼罩在每个人的心头。

没有人说话，空气异常沉闷，只有火堆里时而发出"噼噼啪啪"的声音。

有人还抱着希望，说可能赵导伤势太重，回去治疗去了，明天肯定会回来接咱们。

刘老师仔细分析了整件事情的经过，越想越觉得这件事从头到尾都是个阴谋：神秘的来信，游轮之上导游蹊跷遇刺，游轮抛弃大家离开，价值不菲的钻石，一直不露面的神秘同学……这一件件事情在他脑中闪现、串联起来：对方以一枚钻石当诱饵，将众人一步步骗到这个荒岛上，而后抛弃离开。其中导游受伤，显然只是为了有理由留在游轮之上，这说明对方每一件事都是有预谋、有计划的。

但刘老师想不透的是，对方这么做，动机何在？目的又是什么呢？

他百思难解，就开口将自己的疑惑说了出来，让大家一起来分析。

等他说完，就有人点头附和，说也觉着那个导游是有预谋，她每一步都是给咱们下套，目的就是为了把咱们留在这个荒岛上。

但也有人反对，说我们跟导游无冤无仇，她为什么要算计我们？要图财还是要谋命？大家不必杞人忧天，这不过是个意外事件，导游是伤势太重赶回去治疗，或者家中出了什么急事，她很快就会返回来接我们的。

有人突然问："她是不是为了那颗钻石，来了个携钻石潜逃？"

马上就有人反对："不可能，她能跑到哪里去？再说，船上还有张慧慧呢。"

刘老师听到"张慧慧"三个字，心中突然一动，想到一事，开口问："导游没有算计我们的动机，那张慧慧呢？她没有跟我们一起上岛，会不会是刻意的？也许，她才是要算计我们的人。"

一句话点醒了大家，有人失声说："是她，一定是她！张慧慧……她肯定一直怨恨着咱们。"

当年，张慧慧是班里的边缘人。她是一个农村学生，因为有严重的口臭，所以非常自卑，性格也相当孤僻。她在班里没有朋友，学习成绩又很一般，连老师也不喜欢她。同学们给她起了个"臭虫"的外号，没人愿意跟她坐同桌，还经常被一些调皮的同学侮辱、嘲弄。难道她因此怀恨在心，时隔多年又来设计报复大家？

张志也回忆起当年自己对张慧慧百般戏弄的事情，愤愤地道："肯定就是这条臭虫买通导游搞的鬼！她一定就是那个发请柬给咱们的神秘同学，署名又怕我们不搭理她，于是就故意搞得这样神神秘秘，把我们都给骗了来。"顿了顿，又说，"她这次倒真舍得下血本，花这么多钱，也不知怎么发的财。"

刘老师叹了口气，说："如果真是她想报复我们，一切就好解释了。对了，导游受伤后，是张慧慧一个人在房间里为她处理的伤口，现在看来那是假受伤，目的就是为了到时候两人有理由留在船上，并让我们之间相互猜忌。"

张志咬牙切齿："真是最毒妇人心啊！刘老师，现在怎么办？没人知道我们困在这荒岛上，要是没有别的游客来，也没有船只在这附近经过，用不几天，我们饿也要饿死了。"

刘老师苦笑道："这个荒岛肯定是她挑选的，恐怕没有别的游客会来。"

此话一出，立刻，就有女同学绝望地哭起来。

哭也会传染，很快，海滩上哭声就响成一片。

相片之疑

夜渐渐深了。

尽管又累又困，但恐慌、绝望之下，没人能睡得着觉。

张志难解心中怨恨，拿着那张相片凑到火光前，找到里面的张慧慧，用手指点着，口中咒骂："等老子回去，非把你也送到某个荒岛上不可……呀，奇怪，这相片上怎么好像多了一个人呀？"

见没人听到，他又站起来，高声喊道："大家都快看看，咱们毕业照上多了个人！"

众人纷纷惊讶地找出相片，凑近火光细看。果然，这张复印的相片跟当年毕业照略有不同。张慧慧是班里的边缘人，照相的时候自然也是站在最角落，而且跟身边同学之间还有个明显的空隙。而这张照片上，那个空隙被添上了一个女生的脑袋。不过，仔细看就可以分辨出来，这应该是后来用电脑

逆转人生

合成上去的，如果不细看，根本发现不了。但这张照片大家太熟悉了，谁也不会一一细看，哪里想到会多出一个人呢？

有人认了出来，说："这不是宋雪娇吗？"

"不错，就是她！奇怪，是谁把宋雪娇的头像添上去了呢？"

听到"宋雪娇"名字，刘老师的心中猛地一动，脑子里很快跳出来一张女生怨恨、绝望的面庞。在他的教师生涯中，会对两类学生印象特别深刻，一类就是学习特好让他引以为豪的，另一类就是表现特差让他头疼的。而宋雪娇，就属于后一类。其实，这个学生脑子是挺聪明的，但却不爱学习，成绩很差。由于她父母都在外地打工，对她疏于管教，她的奶奶又根本管不了她，所以宋雪娇还沾上一些坏毛病，有些流里流气，她作业不做，上课捣乱，还经常顶撞老师。刘老师不能容忍班里有这样捣蛋学生存在，又觉着以她的成绩，中考肯定会拖班里的后腿，绝不能让一粒老鼠屎毁了一锅汤！所以，初三那年，他在劝宋雪娇自动退学未果之后，就开了一个班会，让全班同学举手投票决定她的去留，并美其名曰：这是民主。投票结果，班里其他四十六名同学，有四十五人领会了老师的意思，齐刷刷举手不希望宋雪娇继续留在班里跟他们做同学。

就这样，宋雪娇被自己的老师同学给开除、抛弃了。

没举手的那个同学，就是在班里同样不受欢迎的张慧慧。

那天，令刘老师深感意外的是，宋雪娇哭了。这个泼辣的女生，即使当众被家长痛揍，也没有掉过一滴眼泪，面对这个结果，却伤心绝望地哭了。而后，她咬着牙对着刘老师说了一句话："你会后悔的！"说完，书包也没背，就头也不回地冲出了教室，从此再也没有回来过。

刘老师见她哭得绝望，心里也略略有些内疚，暗暗担心她想不开会做出什么傻事。不过他觉得自己没有错，这么做，是为了其他同学好，为了这个班集体好。

不过，也没出什么事，过了些日子，有同学告诉刘老师，说宋雪娇到广州打工去了。刘老师就放了心，从此后，他就把这个女生彻底忘到了脑后。

没想到，十几年后的今天，被困在荒岛上的刘老师突然听到这个名字，居然立刻就想起了那张伤心绝望的脸孔。同时，那句话在他心里蹦出来：你会后悔的！

刘老师从身边一个人手里拿过相片看了一下，的确，照片上多了毕业前就离开班级的宋雪娇。他努力回想了一下四月一号送到他信箱里的那张相片，自己曾用放大镜挨个看过每个同学，当时宋雪娇的头像应该并没有加上去。那么，为什么放在荒岛上的相片上就多了她呢？是她本人还是别人将她的头像合成到班级的毕业照上的？难道她跟这次同学会有关？如果有关，她现在在哪儿呢？

刘老师看着相片，心中的疑问一个接一个。

这时候，同学们在你一句我一句的交流着跟宋雪娇有关的信息。不过，从她离开学校后，好像没有同学再见过她，大家也只是听到一些传说。有人说，听说她到广州后，就做了小姐；有人说她嫁了个香港老头，老头死后她继承了大笔遗产；

还有人说,听说她有钱后就整了容,说是彻底和过去告别……

突然有人说了一句:"你们说,导游小赵是不是跟宋雪娇有点像啊?从脸型到说话的口气,都差不多,还有,她好像跟咱们很熟悉似的,见面刚不久,就能叫上许多人的名字……"

顿时,刘老师脑子里"轰"的一声,像炸开了一样。

是她!小赵一定就是整容后的宋雪娇!

刘老师像是掉进了冰窖里,浑身上下一片冰凉。他突然想起在游轮上导游让大家举手表决上不上岛时说的一句话:"你们不是很讲民主吗?"

当时他听了就觉得有点突兀,原来这话是有出处的——当年,全班同学以"民主"的名义抛弃了她,而现在,她又用民主的方式让大家自愿地上了荒岛,结果被抛弃在岛上……

她是要报复啊!

尾 声

第二天,游轮没有来。

第三天,游轮还是没有来。

倒是每天都有艘快艇在远处经过,可惜,艇上的人没能听到他们的呼救声……

第四天的早晨,就在众人连喊的力气都没有,快要完全绝望的时候,那艘游轮终于出现在海面上,向他们驶来,越来越近……

众人欢声雷动，许多人喜极而泣！

刘老师也哭了。他的眼泪里，除了庆幸，还有忏悔。他庆幸的是，宋雪娇并没有像当初二班同学彻底地抛弃她那样，将大家也彻底抛弃。

他忏悔的是当初自己的所为。以往，他自问自己这一辈子问心无愧，是个合格的老师，然而，这几天来，他却深深地体会到，自己做错了很多事，对一些同学，自己并没有尽到责任，愧对老师这个称号。

如果能见到宋雪娇和张慧慧，他一定要向她们道歉。

游轮终于停在了岸边。

然而，宋雪娇并没有在游轮上，张慧慧也不在。

此刻，在一架飞往广州的客机的商务舱内，张慧慧与导游小赵，不，是宋雪娇，两人相邻而坐。

张慧慧显得有些心神不宁。她已经办了辞职手续，现在要随宋雪娇到广州发展。尽管宋雪娇已经承诺她以后的生活会比以前好上几倍、十几倍，可她还是有些坐立不安。她看着宋雪娇，担心地问："雪娇，你说，刘老师他们不会出事吧？船会不会去接晚了？"

宋雪娇说："不会的，我每天都安排人坐快艇去观察他们，你就放心吧。"

她的嘴角露出一丝苦涩的笑容，"虽然是他们改变了我的命运，让我的人生充满耻辱和痛苦，但我不想要他们的命，只是想让他们尝尝被抛弃、被放弃的滋味……"

生命线

引 子

跟世上所有的父母一样，宏大公司的总经理徐达仁望子成龙，无奈儿子不争气，尽管上的是市里最好的初中、高中，可成绩差得是一塌糊涂，根本无望考上大学。眼看着高考越来越临近，徐达仁每天绞尽脑汁，琢磨的就是如何让儿子考上大学。

按说，徐总有的是钱，完全可以跟上中学一样，掏大把的钱将儿子送到某个二三流的大学去，一样能拿个大本文凭。之所以如此费脑筋，是他想让儿子上北大、清华那样的重点大学。这里面有个外人不知道的原因，牵扯到他们徐家产业的继承问题：宏大公司是徐达仁父亲创办的徐氏企业的两个子公司之一，另一个子公司由徐达仁的弟弟徐达义经营。徐老爷子如今已七十开外，要不是不放心把企业交给儿子，他早就退休了。徐老爷子发现，自己的两个儿子虽然能力有限，但欲壑难填，两人争权夺利，为了继承家业，明争暗斗，互相拆台，各不相让。搞得兄弟不像兄弟，仇人不像仇人。几年前，老爷子发现这种情况后，一气之下，将两个儿子叫到一起，说你们两个也别争了，你俩都没机会，公司交到你们谁手里我都不放心。

俩儿子一听，面面相觑，同声问："那你交给谁？"

徐老爷子说："你们两个不是都有儿子吗？你们让他们好好读书，等我退了休，我就将公司交到最能干、最有出息的那个孙子手里。"

这也不失是一个公平的方案。于是，徐达仁两兄弟就把希望寄托在各自的儿子身上，两人跟展开军备竞赛一样，不惜血本，争相在儿子身上下本钱，让他们读最好的学校，请最好的家教，接受最好的教育。

孩子尚在读书，能力的高低只能体现在学习成绩上。如此一来，考上何等档次的大学，也就成了衡量孩子能力高低的标杆了。

徐达仁弟弟的儿子去年考取了省重点大学，今年临到他的儿子高考，要压过对手一头，就只有上全国重点了。最近老爷子身体不好，退休在即，随时都可能指定接班人，只要儿子读上全国重点，说不定凭借所读大学水准高这一条，就会获得爷爷的青睐，接管家族企业。你说，徐达仁敢马虎吗？

这就是徐总不切实际，将儿子的高考目标锁定在北大、清华的原因。

逆转人生

徐达仁决定不惜代价，也要实现这个目标。

其实，徐达仁也不是临时抱佛脚，早就开始行动了。从儿子进入高三起，上至市教育局长、中学校长，下至儿子的班主任、任课教师，徐达仁都不止一次地宴请。每次宴请，他都备下丰厚的礼品，让他们吃好、玩好、拿好。目的当然只有一个，那就是请他们帮忙，出主意，想办法，找捷径，完成这个不可能完成的任务。

大家集思广益，商议来商议去，觉得除了提高自身成绩外，只有作弊一途了。比如说为儿子备好现代化的通信工具，考试的时候请高手在场外进行指导，或者干脆找枪手替考。但这两种方法都有弊端，一方面，这几年上面已经留意到这两种作弊方法，严厉打击，去年本市还被抓了几个典型，不到万不得已，不能使用；另一方面，成绩也有很大的不确定性，要达到重点分数线，还是没有十分的把握。

高考日益临近，正当徐达仁为这事食不甘、寝不安之时，有一天，他突然接到儿子班主任的一个电话。对方约他出去见面，说自己想到了一个绝妙的方案，现在有一个机会可以实现，如果成功，你儿子上北大、清华绝对没问题。

徐达仁大喜，立刻封了一个厚厚的红包，火速赶去跟对方见面。

当他听完对方的主意后，喜不自胜："真是天助我也！"

王书友说：千万不要告诉我儿子

有钱人家望子成龙，穷苦人家望子成龙的心情更是迫切。他们自己过得不尽如人意，就把翻身的希望全部寄托在下一代的身上。

王书友就是这样一个人。初中毕业的他从十八岁起，在偏远贫穷的家乡干了半辈子的民办教师，教过的学生上千，但因为学历等各种各样的原因，一直没有转正。结果前几年市里取消民办教师资格，他被辞退回家，没有任何待遇。此时，他已经五十开外，岁数大了，又没别的技术，只能"修理"家里那几亩盐碱地。

王书友这辈子就两个愿望，一是自己转正，成为正式教师；二是儿子考上大学，不再像自己这样受苦。转正的希望破灭后，他就把全部的希望，都寄托在儿子王兵的身上。他认为，如今社会，竞争激烈，读大学就是人生在世的生命线，只有读了大学，才会有光明灿烂的一生。所以他才省吃俭用，勒紧裤腰带过日子，一心供儿子读书，希望他将来考上名牌大学，光宗耀祖，自己也能扬眉吐气。

好在儿子很争气，也知道用功，学习成绩一直非常好。

然而祸不单行，王书友被辞退回家仅仅过了两年，因为积劳成疾，他被查出患了慢性肾炎。此时，王书友的儿子王兵已经上了高中，他要攒钱准备儿子读大学，一分钱都恨不得掰成两半花，哪里舍得花钱买药？他就把病况瞒着家里人，结果就耽误了治疗，半年前，肾炎竟发展为尿毒症。直到他昏倒在地里，乡亲们把他送进医院，其他人才知道他得的竟是危症。

晚期尿毒症的常规治疗方法只有血液透析和肾移植，按照王书友的病情，可以通过透析暂时维持生命，但若想彻底治愈，只有肾移植一条路。而换肾，即使有肾源，也得十几万元的治疗费用。王书友在了解了治疗的价格后，就傻了眼，他在医院只住了一天，就不顾大家的劝阻，坚持要出院回家。医生和送他来的乡亲们以为他绝望之下，要放弃治疗，纷纷劝说，让他一定要定期到医院做血液透析，没有钱的话，大家凑。

王书友却说，你们放心，我不会放弃的，因为，我看不到王兵考取大学，死也不会瞑目。我就是死，也要死在儿子考上大学以后。

没有人知道，此时，王书友的心里已经暗暗打定了一个主意。

此时，距离儿子高考还有不到三个月。王书友流着泪叮嘱大家，一定不要将他患病的消息告诉王兵，不要让他分心。

做透析也需要不少的钱。多亏了乡亲们，大家在知道他身患重病后，一家有难，家家支援，你三十我五十的，或多或少，拿钱表达了自己的心意。王书友以前的同事，还有他教过的学生，在得到消息后，也自发地为他捐款。虽说这些钱只是杯水车薪，但能维持他这段时间去医院做透析，维持生命。

尽管王书友刻意瞒着儿子,但一个月后,王兵还是知道了他患病的消息。那天,他回家拿生活费,另外,想征求一下爹的意见,因为他想考军校,军校可以免除学费和生活费。

王书友却坚决不同意,他说:"要考就考最好的大学。兵儿,你放心,你读大学的钱我已经准备好了,爹已经攒了多少年了。"

一旁王兵的母亲忍不住插嘴说:"他爹,你就让兵儿考军校吧,省下钱……"

王书友瞪了妻子一眼,呵斥道:"闭嘴!你懂什么?就是砸锅卖铁,就是豁上我这条命,也不能耽误了孩子的前程,考不上还则罢了,只要考得上,就要读最好的大学。"

王兵的母亲怯怯地看了丈夫一眼,欲言又止,眼泪却止不住流了下来。

王兵看到娘的表情,心中起疑,忙问:"娘,你怎么了?"

王书友笑道:"没事,你娘是不舍得花钱,真是头发长见识短,我们辛辛苦苦攒钱不就是为儿子吗?兵儿,这两个月你就不要回来了,专心考试,爹这辈子没别的想法了,就指望着你给我长脸了。"

王兵看着爹的脸,这张脸消瘦干黄,病容满面,他心中一酸,说:"爹,你放心,我不会让你失望的。还有,爹,你要多注意自己的身体,你脸色不好,是不是病了?你可要抽空到医院查一下。"

逆转人生

王书友打个哈哈，掩饰道："没事，一点小病，我这身体，绝对没有问题。不信问你娘。"

王兵的娘勉强笑了一下，满脸苦涩，她趁儿子没注意，回身抹了一把眼中的泪水。

不过，再返回学校的公共汽车上，王兵碰到了一个同学。这个同学也是王书友的学生，对老师很有感情，这次回家听家长说老师得了重病，因此，他看到王兵，就关心地问："王兵，你爹的病怎么样了？"

王兵一愣，刚想问我爹是啥病，看到同学的目光，心中突地一跳，因为他发现这目光里满是怜悯与同情，他一转念，回答说："还那样，也不知要怎样治才好。"

那同学以为王兵都知道了，就把在家里听家长说的一套话搬出来，卖弄说："我听我爹说，王老师这种病只有换肾才能好，我爹还说，换肾也不是随便就能换的，还要配型啥的，有血缘关系的人之间配型成功的可能性最……"

这几句话对于王兵来说，无异于晴天霹雳。没等听他说完，王兵突然站起来，冲着司机大声喊道："停车！快停车！"

汽车停下了，在满车乘客惊愕的目光中，王兵跳下车，撒腿向回家的方向狂奔而去。

老师说：我有一个绝妙的主意

王兵一路狂奔，脑中只有一个念头："一定要救我爹，我一定要救我爹……"

到家了，他"砰"的撞开房门，对着惊愕的爹娘，跪倒在地，大声哭道："爹，你为什么瞒着我呀？"

王书友还想掩饰，"你这是干什么？听谁胡说八道什么了？赶快起来。"

王兵泪流满面，"爹，我都知道了，我是你儿子，你有病不能瞒着我呀。"

王书友两口子对看一眼，知道难以隐瞒了，百感交集，一家人跪在一起，抱头痛哭。

片刻后，王书友最先平静下来，他拉起儿子，"兵儿，你听爹的话，马上回学校去。"

王兵摇着头，一字一字慢慢地说："爹，我不回去，我要给你治病，我要把我的肾给你一个。"

王书友吃惊地瞪大眼睛，愣了片刻，一咬牙，扬起手，一巴掌打在儿子的脸上，斥道："你这孩子，胡说八道什么？"

这一巴掌，将王兵打懵了，随即，他重新跪倒，一个头磕在地上，"爹，你就答应我吧，你的病不能再拖了，你要是有什么事，我和娘……"他说不下去了。

王书友看着儿子嘴角流出的鲜血，心如刀绞，"好孩子，爹不是不治，是时候不到。现在咱们家的头等大事，是你要考上大学。爹答应你，等高考结束，爹马上就去治病。"

王兵连连摇头，"爹，你不要骗我，你这个病不能耽误啊。"

逆转人生

王书友强笑道:"爹隔一阵就去做一次透析,你放心,医生也说了,爹一时半会儿死不了的。再说,换肾也不是闹着玩的,手术有很大的危险,爹怕……爹看不到你考上大学,死也不会瞑目呀。"

王兵还要再劝,王书友怒道:"你快起来,赶快去上学,你是不是想把爹气死呀?"

王兵哭道:"爹,你都这样了,我怎么还会有心思学习呀?求求你,马上治病吧。你要是不答应我,我就不起来。"

王书友怕自己的眼泪落下来,仰头向天,眨了几下眼睛后,长长地呼出一口气,厉声说:"兵儿,你是不是非要逼死你爹?如果你想让我马上死,那你就不要起来,不要去考大学了。"说罢,他大步向外走去。

王兵的娘慌忙拦住他,"他爹,你……"

王书友泪流满面,说:"儿子不肯考大学,反正我活着也没有什么指望了,还不如……我不拖累你们。"

闻听这话,王兵哪里还敢再坚持?他以膝盖做脚,跪着向前追上几步,双手抱住爹的腿,哀求道:"爹,我答应你,我回学校去,一定考上大学。可你也要答应我,等高考一结束,咱们就到医院做手术。"

王书友看着儿子,心中爱意涌动,声音哽咽:"好孩子,爹答应你。"

王兵心事重重地回学校后,他的班主任老师很快发现了他的变化。王兵是被老师寄予厚望的一个学生,成绩一直非常优秀，高考只要发挥正常，进入北大、清华不成问题。可是，最近一段时间，老师发现，王兵表现得大为失常，他更沉默寡言了，不仅上课走神、答非所问，而且常常一个人躲在某处发呆，像是丢掉了魂魄。

这天自习课，老师又见王兵灵魂出壳一样地坐在那里出神，忍不住走过去，喊道："王兵。"

王兵木然地抬起头，老师看到，他的眼睛里，泪光闪动，盛满了与他这个年龄不相称的忧伤与痛苦。老师将王兵叫到办公室，给他倒了一杯水，问道："王兵，你有什么心事，能跟老师说说吗？"

王兵低着头，沉默了一会儿，才说："老师，我不想考大学了。"

老师知道王兵家境困难，这些年，也经常有山区的孩子因贫辍学，王兵是他器重的一个学生，如果不上大学，太可惜了。他就劝道："王兵，这可关系到你的前途命运，不管有什么困难，大学你一定要上。再说，现在的大学里都有助学金，还有助学贷款，你只要咬咬牙，困难会克服的。"

王兵摇了摇头，"老师，我家现在的困难不是一般的困难，我无论如何也不能上大学了。"他就把父亲患了尿毒症的事情说了，说到父亲不肯到医院治疗，坚持让自己考大学的时候，他泪流满颊，"老师，我知道，我爹是要省下钱让我读大学啊。"

老师听完，心中震惊，半晌没有说话，他知道，对于一个贫困的家庭来说，摊上这种病，只能听天由命，那昂贵的治疗费用绝对是一个天文数字。他问王兵："那你有什么打算？"

王兵说："我爹最大的心愿是看我考上大学，等高考结束，我一定要给我爹做肾移植手术，其他的，我就不想了。"

老师心中难过，沉默了片刻，问："你是说，你就是考上大学也不想去读了？"

王兵苦笑一下："我是连想也不敢想，我要照顾爹娘，撑起这个家。再说，我要给我爹捐肾，要做手术，别说没钱，就是有钱，今年我也不会有时间去读大学的。"

老师心中震惊，问："你要把你的肾捐给你爹？"

王兵肯定地点点头，说："是，只有这样才能救我爹，我爹只有我这一个孩子，我别无选择。"

老师心中感慨，可是遇到这种事情，他也无能为力，想到这里，不由叹口气，"以你的成绩，真是太可惜了。"说到这里，他心中一动，突然涌出一个念头，这念头一经萌生，不可抑制，他陷入沉思当中，盘算着这个主意的可行性。

王兵见他脸上神色变幻，不再说话，就说："老师，那我回去了。"

老师一愣，从沉思中清醒过来，问道："王兵，即使你肯捐肾，可是，有钱做移植手术吗？"

王兵说："老师，我这些天犯愁的就是这事。不过，就是卖血卖肉、去偷去抢，我也要为我爹治病！"

老师看着他，问道："为了你爹，你什么事都愿意做？"

王兵毫不犹豫将头一点："当然。"

老师心中有数了，他拍拍王兵的肩头，安慰说："你也别太着急，天无绝人之路，一定会有办法的。你回去好好复习，即使不能去读大学，也要考出好成绩，别让你爹失望。"

王兵走后，老师拿起电话，拨了一个号码，接通后，他说："徐总，你有没有时间？我想跟你谈谈你儿子考大学的事情，我有一个绝妙的主意……"

徐总说：谁会没有难处呢

尽管王书友咬牙坚持，但他做透析间隔的时间越来越短了，从开始的半月一次，到十天一次，再到每周一次。

同事们捐助的那点钱已经用光了，可距离儿子高考还有一个多月的时间。

圈里的猪卖了，栏里几只正下蛋的母鸡也卖了，家里可卖的东西越来越少了。

这天，因为没有按时去医院做透析，他再一次昏倒了。

在医院清醒过来后，王书友虚弱地问妻子："这次做透析用的钱是从哪里来的？"他知道，家里除了那笔为儿子上大学积攒的学费，已经没有什么钱了。

妻子支吾道："我……我……我出去借的。"

王书友看着妻子神色，起了疑心，厉声说："你是不是拿了儿子的学费？"

逆转人生

妻子躲开他凌厉的目光，颤声说："他爹，治病要紧啊。"

王书友浑身一哆嗦，抬手一巴掌打在妻子脸上，怒不可遏地道："谁让你动儿子的学费了？"

妻子捂着脸，呜呜哭了起来，"他爹，你病成这样了，让我……咋办呀？"

王书友眼窝一酸，伸手拉住妻子的手，叹了口气，"你要记住，我就是死了，也不能动用那笔钱，儿子的前程就指望它们了。"

这时候，一个医生走进来，催王书友的妻子快去交住院押金。

王书友闻听，赶紧从病床上爬起来，说："我没事了，不用住院了。"

医生看看他一眼，想说什么，最终没有开口，随后，他示意病人家属跟自己出去一下。到了外面，他面色凝重，对王书友的妻子说："你男人的病情已经很重，随时都有可能发生危险，必须住院观察治疗。你们不能拿着性命开玩笑，赶快想法弄钱办理住院手续吧。"

王书友的妻子能有什么办法呢？住院吧，没有钱，不住院吧，男人只有死路一条。医生走后，这个可怜的女人，想到男人的病情，想到家里的窘境，又是伤心，又是绝望，不由坐在走廊的排椅上，低声啜泣起来。

哭着哭着，忽听耳边有人问道："这位大嫂，你哭什么？"

女人抬起头，只见面前站着两个人，其中一个五十岁左右的男人，正和颜悦色地看着自己。女人脸一红，擦擦眼泪，不好意思地站起来，低着头就要回病房。

那男人拦住他："大嫂，你是不是遇上了什么难处？"

女人看了他一眼，叹口气，心想，我有难处你能帮我吗？对方素不相识，她不想将自己的苦处说给不相干的人听。

这时候，这人身后那个跟班模样的小伙子开口了，"阿姨，这位是宏大公司的徐总，最喜欢帮助人，你有什么困难，不妨跟他说一下。"

女人心中动了一下，听这小伙子的口气，似乎这位徐总是个乐于助人的好人。此时，她已经走投无路，虽不敢奢望对方会帮助自己，但哪怕能解决一点点困难，也是好的。于是，她就把自己的男人危在旦夕、却无钱住院治病的事情流着泪说了一遍。

徐总听她说完，很是同情，说："原来是这样，大姐，这种病可不好治呀，要想治好，只有换肾。得有人肯捐肾啊。"

听了这话，女人的眼泪流得更急了，"谁说不是呢，俺们有个儿子，想给他爹捐肾，可他爹非要等儿子考完大学才肯手术，也不知他怎么想的。"

徐总一听，感动地竖起大拇指："你儿子真是个难得的孝子呀，肯为父亲捐肾，懂事！"他激动起来，说，"冲着你们的这个好儿子，我也要帮你们一把。"说罢，他转头吩咐那小伙子："小王，你赶快陪这位大姐去办住院手续，押金我给她出了。"

女人大感意外，慌忙说："这……这……咱们又不认识，这怎么好呢？"

徐总一摆手，"谁会没有难处啊？救命要紧，你就别客气了。我还有事，你快跟小王去办手续吧。这是我的名片，有什么困难可以给我打电话。"说完，他又叮嘱了小王几句，急急忙忙走了。

女人不敢相信这种好事会发生在自己身上，直到办理完了住院手续，她这才相信自己不是在做梦。

回到病房，女人将这事说给王书友听，王书友也不相信，女人就拿出名片，王书友翻来覆去看了两遍，还是半信半疑，狐疑道："咱们与他素不相识，他为什么要帮咱们？"

这时候，小王也跟了进来，看见两口子心神不安、糊里糊涂的样子，笑着解释道："你们太幸运了，我们徐总可是有名的慈善家，他遇到这种事，绝不会不管的。大叔，你就安心治病吧。"

王兵说：现在只有您能帮我了

王兵听说爹住进医院，忙请假跑到医院探望。

他听娘说有好心人为爹交了住院费，又是意外又是高兴，虽说交的押金做手术还远远不够，但起码这个月的透析费用是够了。他满怀感激地问："爹，这人是我们的大恩人，他住在哪里，我要去当面谢谢他。"

王书友就取出那张名片，递给儿子。

王兵照名片上的地址,来到宏大公司,求见徐总。两人见面后,王兵发现,原来这位徐总自己认识,此人以前到自己学校去过,是班里同学徐豪的爸爸。不过,徐总却不认识王兵,听他自我介绍完后,很是热情,伸手拉住王兵的手:"原来你就是那个病人的儿子,小伙子,听说你要为你爸爸捐肾,太了不起了,像个男子汉!"

王兵很是不好意思,"徐总,太谢谢您了,要不是您帮忙,我们家这次真就没有办法了。"

徐总呵呵笑道:"一点小事,不必挂齿。说实话,我就是欣赏你这样的孩子,懂事,重情重义。"说到这里,他叹口气,感慨万分地说,"有你这样的孩子,你爸妈有福气啊。不像我,儿子太不争气了。"

王兵忙说:"您是徐豪的爸爸吧?我跟徐豪是同学,他也不错呀。"

徐总一听,显得很惊讶:"你跟徐豪是同学?真是太巧了。"他更热情了,"太好了,看来,我帮你们还真是帮对了。对了,你是叫王兵吧?我想起来了,我听徐豪回来说过,说你是你们班的学习尖子。唉,你又懂事,学习又好,徐豪要是赶得上你的一半,我就知足了。"

王兵忙说:"徐豪也不错,人很正直,还乐于助人,同学们都很喜欢他。"又黯然地说,"其实学习好也没什么用,这不,我爹得了这个病,我却无能为力,真是一点用都没有。"

"怎么没用?如果……"徐总一顿,心想,火候还未到，不能着急，就转口说："你也不要灰心，一定会有办法的。对了，换肾手术很昂贵的，你们要早做准备。"

一瞬间，王兵很想开口求他继续帮忙，再一想，自己这是得陇望蜀，人家跟自己非亲非故，已经慷慨解囊了，那么大的一笔钱，哪能再向人家开口呢？想到这里，他只是说："我会想办法的。"

徐总说："只要我能帮得上，我也会尽力的。"

王兵告辞时，再次感谢徐总的帮助，徐总握住他的手："不要说这个，马上要考大学了，你多帮助一下徐豪，让他提高一下成绩。我只有这么一个儿子，我这辈子最大的希望，就是让他考上一所好大学。"

王兵闻听，心说，人家如此帮忙，自己无以为报，只有利用剩下这点复习时间，多多辅导一下徐豪了。于是，赶紧答应说："您放心，我会尽力帮他的。"

徐总非常高兴，"太好了，只要你能帮徐豪考上大学，你就是我们家的大恩人。"他叹口气，摇头道，"只怕他徐豪是烂泥扶不上墙啊。"

他像是对王兵说，又像是自言自语，"只要谁能帮徐豪考上名牌大学，花多少钱我也愿意。"

分手时，他再次对王兵说："有困难，你尽管来找我。"

时间过得很快，距离高考只有半个多月了。

这天，王兵的娘突然来学校找王兵。见到儿子后，娘哭了，"兵儿，你爹他……他可没打好谱儿，这可咋办呀？"

原来，今天上午，她在王书友去做透析的时候，收拾一下病床，没想到在王书友的枕头里面，她发现了一个小纸包，打开一看，是十几片白色的小药片。女人心中怀疑，拿去找医生一问，竟然是安眠药。这些天，王书友借口睡眠不好，每天都要跟医生要一片安眠药，没想到，他竟然偷偷积攒了下来。

王兵听娘说完，浑身不由一阵发冷，很明显，爹肯定是抱了要死的想法，他积攒药片，是在为将来那一天做准备呀。

娘抹着眼泪，后怕不已地说："多亏我发现得早，要是晚了，你爹……"

王兵摇摇头："娘，爹不愿意拖累我们，他要是铁了心去死，一定还会有别的办法的。"

娘一听，一想也是，世上自杀的办法有的是呀。顿时，她六神无主，着急地问："兵儿，咋办？可咋办呀？"

王兵慢慢冷静下来，他前后分析了一下，对娘说："娘，你先别着急，我想，爹一心要看到我考上大学，那么在高考成绩出来以前，不会有事的。"

娘松了口气，又担心地问："那成绩出来后咋办？"

王兵说："咱不用等到成绩出来，高考一结束，就做移植手术。我爹想不开，一是不想让我为他捐肾，二呢，就是怕花钱，怕影响我上大学。只要做了手术，我肾也捐了，钱也花了，他就没有死的理由了。"

娘的泪水扑簌簌直往下落，"孩子，可咱没钱做手术呀。"

逆转人生

王兵说:"你们不是为我攒了几万块钱学费吗?先拿出来用着,剩下的咱们再想法筹。"

娘忙说:"那是留给你念大学的,你爹不让动。"

王兵不满地看了娘一眼,埋怨说:"娘,你咋这么糊涂?救命要紧呀!你想,我爹要是出了事,我读这个大学还有什么意义?"

娘仍是犹豫,王兵朗声说:"娘,我决定了,家里这种情况,我即使考上大学也不会去念的,我长大了,我要替你们撑起咱们这个家。"

娘看着儿子尚显稚嫩的脸,心疼不已,泪水模糊了双眼,"兵儿,你不后悔?"

王兵挺起胸脯,"娘,你放心吧,不读大学,一样能活人。"

娘走时,王兵让她回去后把药片仍旧放回原处,先不要惊动爹。他叮嘱娘,你紧盯着我爹点,不怕一万,就怕万一。

决定下尽早给爹做手术后,剩下的问题就是尽快筹钱了。据医生讲,手术费暂且交八万,但你们要有心理准备,术后的治疗、康复也需要大笔钱。王兵合计了一下,即使卖地卖房,加上爹娘为自己积攒的学费,连手续费的一半都不够。唯一的办法,就是借。可跟谁借呢?王兵家的亲戚本来就少,而且都在乡下,日子都很拮据,即使人家愿意借,也拿不出这么一大笔钱来。

王兵思前想后,犹豫再三后,再次来到了宏大公司,找到了徐总。他认识的有钱人,只有徐总了。

一见面,王兵就给徐总跪下了,"徐总,现在只有您才能帮我了。"

徐总说:我也有个条件

王兵的到来,徐总并不感到意外,似乎早已料到这个走投无路的小伙子一定会再来找自己。

他拉起王兵:"有什么事你尽管说,能帮的我一定帮。"

王兵说:"徐总,我想跟您借八万块钱。您放心,等给我爹治好病,我就来您的公司里打工,您让我干什么都行,一直到还清这笔钱为止,五年不行十年,十年不行一辈子。"

徐总感慨万分,"孩子,你太让我感动了。你这是要卖身啊!"他踱着步,心里大概在犹豫不决,这毕竟不是一笔小钱啊。

王兵心神不定地等待着。终于,徐总站住了,他说:"冲着你这份孝心,我答应你。"

顿时,王兵如释重负,激动之下,热泪盈眶,连声说:"徐总,谢谢!谢谢!"

徐总摆摆手:"你先别谢,王兵,其实我也有个条件,不知你能不能答应?"

王兵一怔:"徐总,不管什么条件,我都会答应您。"

徐总呵呵笑道："你先别急着答应，先听我说。你知道，我现在最大的心事就是徐豪，以他的成绩，考个好大学很困难，要是他有你这样的成绩就好了。王兵，反正你即使考上也不能去读大学，如果你们俩的高考成绩能换一下……"他沉吟着，看着王兵。

王兵不解地问："怎样换？"

徐总觉得时机已到，终于说出了自己的想法："其实很简单，在考试的时候，你们俩互换身份，你在你的试卷上写徐豪的考号跟名字，他则写你的，这样你们的成绩就换过来了。"

王兵闻听，第一感觉是太荒唐了，考场里有监考老师，这种伎俩根本不可能实现。他连连摇头，说："徐总，我觉得不太现实。高考防止作弊有许多环节，就是监考老师不能发现我俩互换名字、考号，可收卷、阅卷都会按照考号的排位顺序，若是有人发现考号错乱，人家马上就会怀疑的。"

徐总神秘地笑笑："这个你放心，只要你答应，一切都不是问题。我告诉你，我会想法儿让你们俩在一个考场，考号、座位也会前后紧挨着，你们要做的就是答完卷后找机会把考卷互换。至于监考老师，我会有办法做工作的。"

王兵顿时明白了，为这件事，对方是蓄谋已久，说不定早就开始做各方面的工作了。他立刻想到，徐总帮自己，一定是早有预谋，他做的一切，都是计划好了的。想到这里，心里不由得有些失落。

但事到如今，自己别无选择，徐总帮了这么大的忙，自己反正不会读大学了，只能如此报答徐总了。可是，爹把全部希望都寄托在自己身上，到时候高考成绩出来，爹会多么失望呀！他能接受这个打击吗？

徐总见他迟疑不决，一转眼珠，起身走到保险柜前，打开、一、二、三、四、五，从里面拿出五沓崭新的百元大钞，摞在桌面上，说："王兵，这些钱你先拿去交押金，高考一结束，你爹马上就可以做移植手术。剩下三万等徐豪拿到重点大学的录取通知书我再给你。只要徐豪能被北大或者清华录取，这些钱你都不必还了，你也不用来我这里打工。"他顿了顿，又说，"这样，等你爹的病好了，你的身体康复，明年你还可以再参加高考。你仔细想一想，这件事对你来说，有百利而无一害，你和我可是两全其美。"

王兵不再犹豫，低声说："徐总，我答应您，不过，这事千万不能传出去，更不能让我爹知道，他还巴望着我金榜题名呢，让他知道这事，肯定不会同意的。"

徐总见他答应，心中一块大石彻底放下了，喜道："你放心，这种事没人会说出去的。你如果信不过我，咱们可以签订合同。"

王兵心中不是滋味，"我信得过。我说过，只要能治好我爹的病，您让我干什么都成。""咱们一言为定。"徐总说完，叫来秘书小王，让他带上钱，陪同王兵去医院交手术费。

交上押金后，王兵瞒着爹，请医生抽血进行血液配型检查。检查结果显示，他的肾完全适合移植给父亲。

这时候，高考的时间也到了。

逆转人生

高考这天,许多考生的家长将自己的孩子送到考点,为孩子加油打气。徐家更是全家出动,连徐豪的爷爷徐老爷子也抽出时间,亲临现场送孙子上阵。徐达仁心里暗暗高兴,他感觉出,老爷子最近对自己挺满意,这可能有两个原因,一个是,自己慷慨解囊帮王书友治病的事情不知怎么被好事的小报记者知道了,在报纸上一宣传,大大提高了公司的社会声誉;第二个呢,徐豪在最后几次学校组织的高考模拟考试中成绩非常好。老爷子当然不会知道,这里面水分惊人,这些成绩是徐达仁为了让将来没有人怀疑儿子的高考成绩,花大力气做了各任课教师的工作才得来的。

连王书友也抖擞精神,陪儿子来到考点。两家在考点大门前会合。

该进场了,王书友百感交集地看着儿子,声音颤抖:"好好考,别让爹失望。"

王兵低着头,不敢看爹那双饱含希望的眼睛,低声说:"爹,我会尽力的。"

那边,徐达仁同样在叮嘱儿子:"徐豪,成败在此一举,我全指望你了,你可一定按我说的去做。"

徐豪笑笑,一脸轻松地说:"爸,你就放心吧,绝对没问题。"

徐达仁又走到王兵身前,拍拍他的肩膀:"王兵,加油,我等着你胜利的消息。"王书友已经知道他就是帮助自己的恩人,见他对儿子这么关心,心里很是感激。

徐豪走到徐老爷子跟前:"爷爷,您还有什么指示?"

老爷子一伸手,竖起四根手指:"四个字,尽力而为。"

"得令。"徐豪一拉王兵,两人进了考点大门,并肩向考场走去。

徐达仁站在门外,见他俩边走边窃窃私语,心中会意:两人一定是在商议如何互换考卷等细节。

接下来,他自己重新前前后后想了一遍此事的诸般细节,觉得该做的工作都已经做了,该花的钱都花了,此事天衣无缝,毫无破绽。

现在,就剩下一件事:等儿子胜利的消息了。

王书友说:这辈子我知足了

高考结束后,王兵立马赶到医院,要求爹马上做手术。

王书友当然不肯同意,他坚持等儿子拿到大学录取通知再做,他说:"现在即使我同意,可没有钱医院也不可能做手术,咱们这段时间先筹集手术费,等钱凑够了,我就做。"他心里明白,要凑够那笔巨额的手术费,根本不可能。

王兵等的就是这句话,立刻说:"爹,手术押金我已经交上了,咱们马上就可以做了。"

王书友大吃一惊:"你从哪里弄的钱?"

王兵早就想好了对策,"爹,这钱是我借徐总的。当然,他肯借这么多钱,也是有条件的。"

"什么条件?"

逆转人生

王兵说:"我答应他,大学毕业后,我就到他的公司里工作,这钱慢慢还。"

王书友一听,急了,在他的设计中,儿子将来是要在大城市干大事业的,"兵儿,你糊涂呀,你这是在拿自己的前途开玩笑,你怎么能答应这个条件呢?听爹的,你马上去把钱退给人家。"

王兵摇摇头,说:"我们已经签了合同,违约的话要付违约金的。爹,你就同意吧,大学一般九月份就开学了,做完手术怎么也得两个月才能康复,现在如果不做手术,到时候我康复不了,可就耽误入学了。你不想耽误我入学吧?"

王书友听了,无言以对,干脆闭上眼睛,"你别说了,不看到大学通知书,我是不会做手术的。"

王兵跪到爹的面前,哽咽着说:"爹,我知道您的心思,您是想拖,不想动手术,不想要我的肾,你一心让我读大学。爹,你常说,读大学是人的生命线,可是,爹,你错了,在我心里,亲人才是生命线,是生命中最重要的。在我看来,大学不重要,前途不重要,重要的是我们一家能在一起,团团圆圆过日子。爹,您站在我的角度想一想,若是得病的是我,您能扔下我不管吗?你一定也会捐肾给我的,掏心掏肺也愿意……爹,医生都说了,少一个肾对身体影响不大的,我绝对不会有事的。爹,你就答应我吧,您要是不答应,我、我……我活着还有什么意义呢?"

王兵的娘再也控制不住,低声抽泣起来,"他爹,你就答应孩子吧。"

两滴泪珠自王书友的眼角滚落，"孩子，你别说了，你还年轻，爹已经老了，就是治好了病，又有几天好活呢？爹就是死，也不能要你的肾啊。"他抹了一把泪水，"有你这样一个儿子，我这辈子知足了。"

听爹如此说，王兵心如刀绞，他突然伸手拿过爹的枕头，掏出那包药片，倒到手心，决绝地说："爹，既然你不想活了，那我死在你前面，到阴间跟你做伴去。"说完，一把塞入嘴里，就要往下咽。

一瞬间，王书友惊呆了。他本来抱了必死之心，却没想到儿子已经知道了自己将安眠药藏在了枕头里，现在竟以死相劝。见此情景，他只吓得魂飞魄散，翻身滚下病床，一把抱住儿子，大叫："兵儿，别！"

王兵双手紧紧抱住父亲，哭着哀求道："爹，你就答应我吧。"

王书友痛彻心扉，脸上老泪纵横，"答应，我答应……"

三天后，王书友父子被同时推进了手术室。

麻醉师对他们进行了麻醉，在昏迷过去之前，王书友怕自己再也醒不过来，问儿子："兵儿，你真的有把握考上大学吗？"

王兵肯定地说："爹，我有把握。"

王书友这才放心地闭上了眼睛。

尾 声

高考结束后的这段日子,宏大公司的徐总简直度日如年。

在焦急的等待中,高考分数终于下来了。

徐总第一时间就知道了儿子的成绩,当他在电话中听到378这一数字时,脑子里"轰"的一声,一片空白。清醒过来后,他第一反应是搞错了,当初,儿子的班主任找到自己介绍王兵的情况时,曾信誓旦旦地保证,说王兵的成绩绝对会在600分以上,所以他才不惜血本,让王兵替考。他不甘心地拿起电话,又查了一遍分数,千真万确,还是378分。

徐总几乎崩溃,万万没想到,王兵替考,只给自己考了不到四百分,难道是他故意考砸了?

他气急败坏地又查了王兵的分数,竟然是627分,儿子显然不可能考到这个分数。

"这怎么可能!"徐总一屁股坐在椅子上,巴掌使劲儿拍着自己的脑袋,"怎么回事,难道他们两个没有按照计划去做?王兵这小兔崽子涮了我?"

徐总越想越气,一抬手,捞起桌子上的水杯,狠狠摔在地上。

门一响,儿子探进头来,笑嘻嘻地问:"爸,你在跟谁生气?"

徐总怒气冲冲:"你还有脸问?我问你,高考那天是怎么回事,你没按我说的做吗?"

儿子浑若无事，轻松地说："原来是为这事呀。爸，我忘了告诉你，那天进了考场后，我一想，觉得那样做不好，就是考上大学也不光彩，所以我就改变了主意，对王兵说，咱们各考各的。"

徐总两眼一翻，差点没背过气去，吼道："那他也同意？"

儿子不慌不忙地说："刚开始他不同意，我就告诉他说，反正我写我自己的名字跟考号，你自己看着办吧。结果拿到试卷后，我立马就填上我的名字跟考号，然后拿给他看。哈哈，总不能出现两份同名字考卷吧？他就是不同意也得同意了。"

儿子说得洋洋得意，徐总肺却都要气炸了，要不是水杯已经摔了，此刻他非捞过来砸到儿子脑袋上不可，他几乎要哭出来："你这个兔崽子，你知不知道我为这事费了多大的劲、花了多大的本钱？你这么做到底是为什么呀？"

儿子说："不为什么，反正我不想这样去上大学，也没啥意思。爸，你也不想想，就我这点水平，读北大、清华能跟上趟吗？去了能学回点什么？力所不能及，我可不想去丢人现眼。"

徐总一拍桌子，吼道："丢人你也得去上，要不然，你爷爷那么大的公司，非落到人家手里不可。"

话音刚落，门口有人接口说："那也不一定。"

一个人走了进来，竟然是徐老爷子。

徐总一吓，慌忙迎出去，惴惴不安地问："爸，你什么时候来的？"他是怕老爷子听到了自己刚才的话。

老爷子哼了一声，"我跟小豪一起来的。你刚才说的话我都听到了。老大，你点子不少呀，这种馊主意你都想得出来？"

冷汗立马从徐总的脑袋上冒出来，他心里暗暗叫苦，颤声说："我、我……我这不是想让小豪读个好大学吗？也让您老人家高兴高兴。"

老爷子痛心地说："你以为读个好大学我就高兴了？哼，要不是前些日子小豪跑去找我，说自己不想这样上大学，问我该怎么办，我还被你蒙在鼓里呢。"老爷子越说怒气越大，指了指孙子，厉声说，"要是小豪也是你这种人，别说读清华、北大，就是读美国的哈佛，我也不会把公司交给他。"

听老爷子这么说，徐总算是明白过来了，怪不得徐豪这兔崽子胆大妄为，原来他高考前去找过老爷子，得到老爷子的支持。他有些不服气，悻悻地争辩说："你不是说要把公司交给最能干、最有出息的孙子吗？考不上好大学，将来会有什么出息呀？"

老爷子摇摇头，叹口气说："你呀，怪不得生意做不好，你是到现在也不明白，其实，做生意跟做人一样，最主要的就是诚信。你人都做不好，还会有什么出息？不会做人，即使上再好的学校，念再好的书，将来也是奸诈小人一个！"

徐总身上的冷汗涔涔而下，羞愧万分地道："爸，我错了。小豪做得对。"

老爷子满意地看了一眼孙子,"当然对,我这孙子比你强多了,我很高兴。"他心情好了一点,不再疾言厉色,问徐总:"你说,接下来这事你打算怎么办?"

徐总犹豫了一下,"我去医院,跟王兵把钱要回来,咱不能白白给他这笔钱。"

老爷子眉毛一竖,怒道:"你好不容易做件好事,也打算半途而废?"

徐总一哆嗦,"那……"

老爷子吩咐说:"帮人就要帮到底!这事你要管到底。王兵的事情我都听说了,这小伙子不错,很难得,将来肯定有出息。另外,你去找他谈谈,等他康复后,如果实在有困难,咱们也可以资助他读大学,将来他毕业了,要是愿意到咱公司工作,咱求之不得,要是不愿意来,也不要勉强。"

徐总尽管心里不痛快,但老爷子的话,不敢不听,只得答应。

老爷子见他这副不情不愿的样子,又改变了主意,"算了,不用你了。"

他招呼孙子,"小豪,你陪爷爷去医院一趟,我亲自跟王兵谈一谈。"

徐豪高兴地答应:"好,我正想去看王兵呢。爷爷,听说他和他爹的换肾手术,非常成功。"

铁血传奇

引 子

民国二十六年五月的一个凌晨,东方尚未破晓,一列火车"轰轰隆隆"向登州方向驶来。突然,在车灯的照射下,司机发现前方铁路的正中有个人影向自己招了一下手,然后迅速闪到了路边。司机有些奇怪,揉揉眼,定睛看去,这一看让他魂飞魄散,只见百米开外,铁道中间出现一个巨大的缺口。不好,铁轨被扒了!司机手忙脚乱,本能地紧急刹车,然而已经来不及了,"吱——"车轮与铁轨擦出一串串火花,火车带着巨大的惯性往前滑去,车头及第一节车厢冲出轨道后,才停了下来。

司机惊魂未定,又听车窗外"啪"的一声枪响,从路边树丛中窜出十几条人影,人人黑纱蒙面,身手矫健,手中的大刀寒光闪闪。司机暗暗叫苦:遇见土匪了。

没等车上的乘客弄明白发生了什么事,蒙面人已经挥舞刀枪跳上火车,破门而入。他们放过前面的五节普通车厢,直接冲进第六节的贵宾车厢。

贵宾车厢里只有少部分旅客是中国人,其他大部分是前来登州转乘客轮回国的日本人,另外还有少数几个欧美旅客。列车紧急刹车,把他们从睡梦中惊醒,正不明所以,惊魂未定,又成为劫匪洗劫的对象。

劫匪的目标主要是日本人。只要是日本人的行李,都要打开乱翻一气,似乎在寻找什么东西。

列车上的日本人大多是前来中国经商发财的生意人,虽然平素在中国的土地上颇为骄横,但此时面对黑洞洞的枪口,不得不老老实实,乖乖地交出各自的钱财。

车上也有两个回国探亲的日本军人,见势不妙,其中一人悄悄掏出手枪,欲做抵抗。却被站在车门处的一个蒙面土匪发现,此人眼疾手快,抬手一枪,日本人手腕中弹,手枪落地。这一来,谁也不敢再轻举妄动。

半个小时后,抢劫结束。劫匪们收获虽丰,却似有不甘,好像他们并没有找到想要找的东西。

那个站在车门处的劫匪显然是首领,他鹰隼一样凶狠的目光在众旅客脸上一一扫过。被他目光一扫,众旅客个个噤若寒蝉,不敢与他对视。一时之间,车厢里鸦雀无声。

匪首开口了:"哪一位是佐藤?站出来!"

片刻后,一个矮胖的日本旅客抖抖索索地站起来。

匪首问:"你的行李呢?"

矮胖子指指脚下已被翻过一遍的皮箱。

"只有这一件?"

矮胖子点点头,突然间,他神情激昂,嘴里"嘀哩咕噜"说了一通日本话。他身边有一个懂日本话的中国人,哆哆嗦嗦翻译了一遍,大意是:我就是佐藤,我在日本是一位很有影响力的富商,今天你们如果能够饶了车上所有旅客的性命,我愿意跟着你们走,当你们的人质,让家人出大笔的钱来赎身。

众劫匪听翻译说完,都有些好笑:这人有毛病不是?今天头一回看到竟还有主动要求当肉票的。听他这么一说,送上门来的肥肉岂能不要?于是,匪首一挥手,立刻过来两个劫匪,架着矮胖子就下了车。

转眼间,劫匪们钻入密林,消失得无影无踪。

恩怨往事

古城登州是沿海重镇,与日本、朝鲜隔海相望,历来是兵家必争之地。作为战略要塞,南京国民党政府一直极为重视。驻扎在登州的是国民党新编登州混成旅。最近,为加强防务,南京方面派遣过来一位新旅长,名字叫何尚文。何旅长是登州本地人士,早年曾去日本东京士官学校留学,回国后一直在军中任职,战功赫赫,三十出头,便官至中校团长,此番回乡任职,更是官升一级。

其时,日本已经侵占中国东北地区,正陆续运兵入关,准备大举侵华。山雨欲来风满楼，登州的局势也非常紧张。身为职业军人，何尚文已经预感到，中日一战不可避免，因此到任以后，不敢懈怠，日日操练兵马，加强防务。

这天中午，何尚文正在旅部与下属们议事，他的父亲陪同着登州市长赵伯纯一起匆匆来到。何家是登州富户，何父一直担任登州商会的会长。前些日子，他到南方去视察生意，没想到昨晚坐列车返回时，正好碰上了列车劫案。

市长赵伯纯愁容不展。辖区内出了这种大案子，其中又牵涉到日本人，一个处理不当，极可能引起外交纠纷，因此，他接到劫案的消息后，马上联络到何父，一起来混成旅找何旅长想办法。

何父目睹了劫案经过，当下，他这些对儿子说了一遍，完了说，那匪首虽然蒙面，但身形轮廓，极像一个人。

何旅长忙问："像谁？"

"刘大虎。就是当年被你误伤的刘家老大。"

"是他？"何旅长大感惊讶，"他怎么会当土匪呢？"

何父叹息一声，说："大前年，他就在凤凰山落草当了土匪。你刚调回来，这件事我一直没有机会告诉你。"

何尚文闻听，心中不由百感交集。

说起来，何家与刘家渊源颇深。在何旅长的祖父那一辈，两家都生活在凤凰山脚下，是关系很好的邻居。后来，何家到登州府做起了小买卖，买卖做大了以后，就把刘家人请到城里做了帮手。

何尚文与刘大虎从小一起长大。何尚文别看名字叫尚

逆转人生

文,小时候却特别调皮好动,十四五岁了还不务正业,天天不是上山撵兔子,就是下河摸王八。那年夏天,他弄来了一只猎鹰,训练了几日后,就耀武扬威地架着上山打猎。没想到整整一天一无所获。回家的路上,正好碰到刘大虎。刘大虎见他空手而归,就取笑了几句,说:"尚文,你肩上那是只鹰吗?我看是猫头鹰!哈哈,真是武大郎玩夜猫子——什么人玩什么鸟。"

这句话把何尚文给说恼了。他个子不高,平常最怕人说他矮,此时本来心情就不佳,一听刘大虎把他比成武大郎,哪里还能忍住?口里打了个呼哨,扬手就把猎鹰抛到空中,手指冲刘大虎一指:"啄他!"

那鹰在空中振翅盘旋起来。

刘大虎等了一会儿,见那鹰并不下来攻击自己,不由跺脚大乐,喊道:"猫头鹰,有种你下来!"正乐得前仰后合,猛觉眼前一阵疾风吹过,随即,右脸颊一阵钻心的巨疼,顿时倒在地上惨嚎起来。

那鹰在空中打了个盘旋,落到何尚文的肩头。口里,赫然叼着巴掌大的一块血淋淋的肉皮。再看刘大虎,脸上血肉模糊,整个右脸皮,几乎都被苍鹰的利爪撕去。

伤好后,刘大虎就成了疤面人,生人看到他,无不骇然。

何尚文闯下了大祸。父亲将他痛打一顿后,绑起来亲自送到刘家,说是杀是剐,或者也把他的脸皮撕下一块来,但凭刘家处置。事已至此,刘父也没办法,但看看儿子的脸,想想他的将来，止不住唉声叹气。何父陪着叹了一会儿气，亲口向他们保证：以后，大虎跟我的亲生儿子一样，他的将来全部由我负责。

没想到，刘大虎伤好后，却不吃何家这一套。脸上的纱布一揭开，他就蹲在院子里"霍霍霍"磨刀子。他爹问他磨刀干什么。他说来而不往非君子，何尚文的右脸蛋归我了。他爹管不了他，见势不妙，只好到何家报信，让何尚文小心点。何尚文起先还满不在乎，但第二天果真被刘大虎在街上截住了。大虎人高马大，何尚文根本不是他的对手，三下五除二，就被大虎按倒在地。幸亏何父暗存小心，派家人悄悄跟在儿子身后，关键时刻，家人冲上去救下了尚文，才保住了小脸蛋。刘大虎面目狰狞，手脚被人拽住，依然叫嚣着：姓何的，我发誓，要不让你变得跟我一样，我誓不为人！

这一来，何尚文才真的感到害怕了，躲在家里不敢出门。可躲过了今日，躲不过明日，他总不能一辈子不出家门吧？何父没办法，后来只好秘密将儿子送到北平亲戚家去读书，算是躲开了刘大虎这尊瘟神。何尚文因为这事，小小年纪就背井离乡，吃了不少苦头，也算是老天对他闯下这番大祸的惩罚吧。

好在刘大虎只对何尚文一人仇恨，对何家其他人秋毫无犯，算是不幸中的大幸。即使他后来落草为寇，也并不来找何家的麻烦。

现在，何尚文听父亲说刘大虎当了土匪，大吃一惊："大虎为什么要当土匪？家里过不下去了？"

何父叹了一口气："也不是。这些年，我对他家一直很照顾。可大虎对咱家有成见，并不接受。他还说，要是吃了咱家的，到时候你落到了他手里，说不定心一软，会饶了你。"

何尚文苦笑道："这么多年了，他还记着我的仇呀？"

何父点点头，说："因为脸上那块疤，大虎一直连个媳妇都没娶上。大前年，他听说你带了兵之后，自忖你手里有枪，报仇更难了，索性就去凤凰山入了匪道，也握上了枪。因为他一副凶神恶煞的模样，谁见了谁怕，不久就当了匪首，还得了个外号：疤面虎。"

何尚文顿时默然，看来，刘大虎自暴自弃，跟自己也有很大关系。现在，自己只能和他继续做对头了。沉默片刻，他问父亲："大虎的民愤大不大？"

何父说："民愤当然多少有一些，但听说他们这帮土匪多是穷人出身，平常并不骚扰寻常百姓。不过，想剿灭这股土匪也并不容易，凤凰山山高林密，山头众多，地形复杂，土匪凭借狭关险隘，极易盘踞固守。你的前任曾数次带人前去清剿，均无功而返。"

父子俩人说话的时候，一旁的市长赵伯纯急得额头直冒冷汗。来之前，他已接到省署的电话，上司先是劈头盖脸骂了他一顿，然后限他24小时尽快破案，超过24小时，就让他自动离职。此时，他瞅个空子，赶紧插话说："何旅长，你赶快想个办法，把人质给救出来。那个人质名叫佐藤，很有身份。日本驻省城的商务代办得到消息后已经到省署交涉，他们不认为这是普通抢劫案，而是中国人对日本帝国的严重

167

挑衅，他们要求我们在24小时之内必须解救出人质，严惩劫匪，否则，一切后果均要我们负责。"

他一口气说完，看看表，苦着脸说："现在只剩下16个小时了。"

"16小时？"何尚文皱紧了眉头，"这根本做不到，凤凰山方圆几十公里，我们恐怕连劫匪的影子都找不到。日本人这是在故意刁难我们。"

赵伯纯何尝不知道这点，但日本势大，连国民政府都一让再让，能忍则忍，何况自己这种小卒。现在，他只能把希望全部寄托到何旅长的身上。

码头交锋

事不宜迟，何尚文不敢耽搁，叫来孙营长，令他带队伍火速赶到凤凰山搜寻土匪的踪迹，一有消息，立即通报。

孙营长前脚刚走，电话铃就急促地响起来。何尚文拿起电话，是驻扎在码头的守军打过来的，声音慌急："报告旅长，我们在附近发现了两艘日本军舰。"

何尚文吃了一惊，急忙问："你看清了？是军舰吗？"

"报告旅长，是军舰！就在码头附近海面上，现在，连军舰上的炮台和日本'膏药旗'我们都能看得清清楚楚。"

何尚文命令道："警告他们，不许靠近。"

"已经对他们发出警告。"

"好，你们加强警戒！命令炮团，所有火炮都要瞄准日舰。"何尚文不敢怠慢，放下电话后，马上赶往码头。

距离码头十几里外的海面上，果然有两艘日本军舰在耀武扬威地来回游弋。

何尚文心中纳闷：这块海面上从没出现过日本军舰，他们为何而来？是来寻衅挑事的吗？他观察了一会儿，见日舰没有进一步的行动，就想回去请示一下上级。于是，他命令士兵密切监视，一有情况随时报告。一个连长问："如果日本人要强行靠岸呢？"

何尚文毫不客气地道："传令下去，做好战斗准备！"

他急匆匆回到旅部，马上打电话向上级汇报，问要不要将他们驱逐出去。上级听说登州海域出现日舰，也不敢做主，赶紧又向南京方面请示。

一个小时后，何尚文终于接到电话指示：现在还不到与日本正面对抗的时候，要忍耐，不经南京方面允许，绝不能擅自开枪。

何尚文怒道："人家已经到咱们的家门口耀武扬威来了，难道非要等到他们骑在咱们脖子上拉屎以后才动手？"

对方沉默了一下："上面自有全面考虑。老弟，大局为重，能忍则忍，你我还是服从命令吧。"

何尚文无可奈何，忿忿地说："是，我服从。"

放下电话后，何尚文一肚子气难以排遣，狠狠地一拳砸在桌子上，一只茶杯滚落到地上，"啪"，碎了。

一夜无话，前去剿匪的部队也没有任何消息。然而第二天早晨，天刚蒙蒙亮，码头守军打来电话报告："旅长，不好了，日本军舰向岸边开过来了，我们打还是不打？"

"欺人太甚！"何尚文骂了一句，随即想起上级的嘱咐，只好命令道："先不要打。记住，我们不能先开枪，但也绝对不能让日本兵上岸！我马上就赶过去。"

等何尚文赶到码头，日本军舰已经强行靠岸。但日本兵没有敢下船一步，因为成群的中国士兵牢牢占据着码头，个个双目喷火，持枪相向。

另外，码头周围还聚集了不少中外记者，他们本来是赶来采访列车大劫案的，没想到，却意外碰到了这场比列车劫案还要刺激的大新闻。

现场火药味十足，一触即发。

何尚文分开众人，站到最前面，朗声说："我是登州混成旅旅长何尚文，请你们指挥官过来讲话。"

甲板上日军队伍中走出一个日本军人，用生硬的中国话说："尚文君，别来无恙？"

何尚文微微一愣，定睛细看，猛然想起来了，此人竟是自己在日本士官学校留学时的同学小野四郎。他沉着脸，冷冷地说："原来是小野君，你们的军舰未经我方同意，不但侵入近海，而且擅自靠岸，这是公然的挑衅行为，你们必须立刻离开！"

小野是有备而来，立刻说："你误会了。因为我们大日本帝国的公民佐藤先生在登州被绑架，到现在已经过了24个小时，却依然下落不明，生死未卜，而你们却无力解救，难以保证我同胞的安全。所以，我们奉命前来营救我们的同胞。请你允许我们上岸。"

何尚文冷冷一笑，问道："这么说，你们是师出有名了？那我倒要请教一下，照你们的逻辑，如果一个中国人在你们日本遇到了麻烦，是不是我们的部队也可以到日本前去营救？"

小野语塞，打个哈哈，随即蛮横地道："我们大日本帝国有能力保证所有外国人在日本的安全，而你们却不能，要不也不可能发生这么严重的劫案，而且是针对我们日本人的。现在，请你的部队让开路，我们要登陆救人。"

何尚文大脑急速旋转：昨天列车劫案刚发生，日本军舰就出现在近海，显然是早有准备，今天24小时刚过，他们便迫不及待地要登陆。联想到昨天父亲所说，在火车劫案发生时，那个日本人佐藤是自己主动要求刘大虎绑架自己的，看来，这其中定有联系，也许，这是一个阴谋。是什么阴谋呢？

他冷静了一下，斩钉截铁地道："身为边防军人，在没有接到上司的命令之前，我决不允许你们上岸一步！"他明白，只要日本兵上岸，他们就会有种种理由赖着不走，到时候，只怕脚下这块土地就像东三省一样，变成日本人的囊中之物。

小野道："那我们就要强行上岸。我要郑重提醒你，我们此举是保护我国公民的安全，是正义之举，你们如果横加阻挡，由此引发的一切后果均有你方负责。"他手一挥，命令道："准备登陆。"

何尚文见状，向前一步，说道："真是强盗逻辑，你们公然的侵略行为倒成为正义之举了？那好，我也重申：我方有能力保护任何国家的正当商人在我国的人身安全。如果你们不顾国际影响，一意孤行，执意挑起事端，那我们也绝不会退缩。"说罢，他转回头，命令道："传令下去，做好战斗准备，任何他国军人不经我方允许，胆敢上岸一步，格杀勿论！"

"是！"士兵们轰然答应，纷纷子弹上膛。

双方剑拔弩张，针锋相对。就在这时候，"啪"，镁光灯一闪，吓了众人一跳。原来，一个胆大的美国记者为抢新闻，不顾危险，凑到前面来为日舰拍照。

见此情景，小野顿时有些犹豫起来：今天当着这么多记者的面，如果公然入侵，势必在国际上造成不良影响。之前，他之所以有恃无恐，是因为当时在中国境内，大批日本军队已经进入山海关，而日本国内，也已经做好了大举侵华的准备，只等机会挑起事由，发动侵略战争。这次，他奉命率舰艇来到登州，意图见机行事，有机会就登陆作为战略要地的登州，为将来的战争做准备。只是，他没想到，登州守军却如此强硬，寸步不让。

小野暗自盘算，己方两艘舰艇不过五百多名海军陆战队员，虽说战斗力极强，可对方是一个混编旅，兵力几乎是己方的十倍。敌众我寡，如果强行登陆，双方打起来的话，只怕会损失惨重，坠了皇军的威风。这侵华第一战，务必一战而胜，方能鼓舞士气。看来，今天不是机会。

逆转人生

想到这里，他决定暂且退让一步，另找机会，便道："何旅长，你口口声声地说可以保护我国商人的安全，可现在佐藤明明还在绑匪的手里，生死未卜，你凭什么保证？"

何尚文不动声色，说："请放心，我们救出人质只是时间问题。"

小野步步紧逼："你需要多长时间？"

何尚文想了一下："一周怎么样？"

小野蛮横地说："不行，最多两天。我再给你两天时间，如果你仍不能救出人质、捉住劫匪，日本军队为了保护自己同胞的安全，将不惜采取最激烈的手段。"他一顿，说，"记住，这是最后通牒！"

何尚文说："那好，现在，你们的舰艇必须离开码头！"

小野说："当然，我们会暂时离开。何旅长，我静候佳音，两天后咱们再在这里见。"

日舰缓缓驶离，回到了它们昨天所在的位置。

何尚文凝视着日舰上刺眼的膏药旗，双眉紧缩。身为军人，面对敌寇挑衅，却只能一再避让，心里的窝囊可想而知。也不知上头是怎么想的，要做什么全盘考虑。

他叹了口气，命令部队不得懈怠，抓紧时间修筑工事，密切监视日舰动静。

当务之急，就是救出人质，不再给对方闹事的借口。

剿匪受挫

进山剿匪的部队终于发现了刘大虎的踪迹，并成功地将刘大虎一干土匪围在了凤凰山的一个名叫摩天岭的山头上。然而，剿匪部队连攻了三次，不但没有攻上山去，反而伤了二十多个战士。连带队的孙营长腿上也中了一枪。

摩天岭嵯峨险峻，土匪藏在半山腰的岩石后面，牢牢把守着上山的唯一一条小路，可谓是一夫当关，万夫莫开。山腰以下的树木都被土匪砍光了，成了一片开阔地。土匪们的枪法非常准，攻山的战士身前没有屏障，个个成了他们的活靶子。好在土匪们大概不敢太过得罪官兵，没有把事情做绝，只瞄准双腿射击，希望官兵们知难而退。每打伤一个，他们就叫嚣着：快撤吧，下次再攻，可要敲你们的脑壳了！给官兵造成很大的心理压力。

孙营长气得暴跳如雷，眼看继续耗下去也没有什么指望，只得派兵回旅部求援，让何旅长把炮兵营派过来，轰平摩天岭。

何尚文听前来报信的士兵说完战斗经过后，眉头凝成一团。现在，炮兵营的所有的火炮均布置在码头附近的阵地上，对准日舰，一旦调动出阵地，出现意外情况将难以应付。何况，即使用火炮轰山，土匪只怕也会躲进山洞之中，难以奏效。

他在屋中踱来踱去，思忖良久：看来只能智取，不能强攻了。

他吩咐卫兵："走，开车进城，跟我去接一个人。"

当天下午，何尚文带人来到了凤凰山的剿匪现场。

孙营长见旅长到了，拄着棍子一瘸一拐地迎上来，东张西望，问："旅长，火炮拉来了没有？"

何尚文哼了一声，不理他，转身从车上搀下一位老者，"刘伯，您小心点。"

那老者看看满地横七竖八的伤兵，气得骂道："这个畜生，他是活腻歪了。上山的路在哪儿？我这就上山。"原来，老者是匪首刘大虎的爹，何尚文把他接来，希望他能劝说刘大虎投降。

何尚文再次嘱咐说："刘伯，您上去以后，告诉他，他现在还有机会弃恶向善，只要他能放人，他的安全包在我的身上。刘伯，大虎有什么条件，你尽管先答应他。"

刘伯频频点头，含泪说："尚文，你宽仁大量，这畜生要是还不识抬举，我、我……"

何尚文一摆手，让两个士兵上前喊话，让土匪不要开枪，说刘大虎的爹要上山见儿子。

众人这才知道眼前这个老头是疤面虎的老爹，孙营长悠悠地嘀咕道："我看，咱们就挟持着他一块攻上去算了，看他娘的还开不开枪。"

何尚文狠狠瞪了他一眼，骂道："你什么时候也学会土匪这一套了？"吓得孙营长缩缩脑袋，不敢再多言。

在众人的注视下，刘伯爬上山去，到了半山腰，一个土匪从石头后走出来,将他接应上去。

大家焦急地等待着。何尚文心中并不抱太大希望,日本人有两个条件,一是救出人质,二是严惩劫匪,他知道,劝说刘大虎交出人质或许还有点可能,可想让众匪束手就擒接受惩处,那可就太难了。

果然,一个小时后,刘伯就从山上下来了,见到何尚文,脸上满是羞愧:"对不住,那个畜生不听话,死活不愿意放了人质,更不肯答应投降。"

"你没告诉他那个人质是日本要人,关系重大?"

"说了,可他说,绑的就是日本人,他还让我捎信给你们,让你们立刻撤兵,否则惹火了他,他就一枪崩了人质。"

何尚文心中虽然失望,脸上依然很平静,安慰老人说:"刘伯,你也别生气,你先歇一歇,我再想办法。"

刘伯看着他,欲言又止,只是摇着头连连叹息。何尚文想起一事,又问:"刘伯,山上共有多少人?"

"二十多个吧?"

"上面的食品多不多?"

刘伯说:"这是他们的老巢,吃的喝的都有储备,在他们住的山洞里,我看到一大堆粮食,足够吃半年的。"

何尚文点点头,让刘伯先回车上休息。

劝降不成,现在,只剩下强攻一条路了。何尚文思忖片刻,叫过来孙营长,让他抽调出三十名战士,分成三个小组,每隔半小时佯攻一次,目的只是骚扰土匪,让他们得不到休息。其他人则抓紧时间休息，准备半夜突袭。

安排停当后，何尚文也回到车上休息。刘伯见他上来，轻声问他："尚文，有办法了吗？"

何尚文说："只能强攻了，成败很难说。"

刘伯叹了口气，吞吞吐吐地说："尚文，其实……其实大虎还有话让我捎给你，我怕你为难，没有说。"

何尚文精神一振："刘伯，是什么话？"

刘伯为难地说："大虎听说是你在山下后，就说，要是你肯上山当人质，他就把那日本人给放了。"

何尚文一怔，问："是他亲口说的？"

刘伯点点头，说："尚文，这个畜生一直记着你的仇，他是想祸害你呀。你千万别上他的当。"

何尚文半响无语，后来笑笑，说："他不就是要毁我的容吗？大不了我豁上半边脸就是了。只可惜，他只答应放人质，要是他人也愿意归案的话，我倒愿意一试。"

当晚的进攻按计划进行，然而，还是受到挫败。

土匪们警惕性极高，突击队员刚上到半山腰，一个照明弹突然升上半空，顿时，山上山下亮如白昼。"啪啪"两声枪响后，冲在最前面的两个队员应声栽倒。土匪们叫喊道："都给我滚下去，再往前一步，就要用机枪扫射了，子弹可没长眼睛。"话音刚落，"突、突、突"，果然是机枪的扫射声，子弹打在岩石上，火花四溅。

何尚文见此情景，知道土匪已有准备，急忙命令：计划取消，全部撤回来。

夜深了，何尚文坐在石头上，出神地看着黑黢黢的摩天岭：明天只剩一天时间了，除了自己上山换回人质这条路，看来别无选择了。

他思前想后，一直坐到了东方破晓。

独闯虎穴

何尚文一个人向山上走去。

临近半山腰时，他高声喊："告诉你们当家的，他的老朋友看他来了。"

从石头后跳出一个土匪，枪口对准他，喝问道："你是谁？"

"何尚文。"何尚文高举双手，示意自己并没有带武器。土匪盯了他一眼，说："你等在这里。"上去通报去了。片刻后，只听上面有人喊："上来吧，大当家有请。"

何尚文沿着小路攀援而上，边走边四下打量，只见山势险峻，道路陡峭，小路的一侧就是悬崖，狭窄之处，须侧身方能过去。他心里止不住赞叹：真是个易守难攻的好地方。若是强攻，十天半月也休想拿下来。

正走着，忽听哈哈一阵大笑声。何尚文抬眼看去，只见前面是一片开阔地，那里站着一个黑塔般的粗壮汉子，半边脸黑，另半边脸更黑，不是别人，正是做下惊天劫案的匪首"疤面虎"刘大虎。

何尚文抱拳道："大虎兄，别来无恙。"

逆转人生

"托你的福,好赖还活着。"刘大虎说,随即,面色一寒,"姓何的,算你有种,竟敢孤身一人来见我。这些年,你的'大恩'刘某可是没齿难忘呀。"说着,伸手摸了一下脸颊上的伤疤,满脸杀气。

何尚文不卑不亢,道:"为了百姓免遭战争之苦,莫说是你,就是阎王爷,我也得见呀。"

刘大虎冷笑道:"你说的比唱的都好听呀,还大言不惭为了百姓呢。你这么卖力,我看你是为了讨好日本人,想舔日本人的屁股吧?"

众匪一齐哈哈大笑。

何尚文面色一沉,严正地说:"刘大虎,当年我确实是对不起你,可你不能侮辱我的人格。日本人侵占我领土,在中国的土地上横行霸道,对他们,我心里跟你一样恨。"

"那你为什么还要替他们卖命?"

何尚文道:"日本人在抓住这件事情大做文章,现在,他们的军舰就停在附近,如果你不放人,只怕他们就要以这件事为借口挑起战争,到那时,遭殃的可是登州乃至全中国的百姓呀。"当下,他就把昨天码头上发生的事情简单说了一遍。

刘大虎听完,气得哇哇大叫,说:"这小日本,也太他妈猖狂了。要是老子在那儿,非当场拧下他的脑袋当尿壶不可。何尚文,看你也是条汉子,手里也有人有枪,为什么不动手打他娘的?怕了他不成?"

何尚文苦笑道:"事情不是你想的那么简单,如果我们先动手,就正中了他们的圈套。日本人现在巴不得我们先开枪,这样,他们就有了发动战争的理由了。"顿了顿,又说,"而且,据我猜想,佐藤自愿上山来当人质,就是这个圈套的一部分。"

刘大虎一愣,疑惑道:"这我倒不明白了。"

何尚文问道:"你能说说你为什么要劫车吗?"

刘大虎说:"我早就想教训日本人了。奶奶的,看见他们就来气。那天,有个人来找我,提供一条信息,说有个叫佐藤的日本商人要带着在中国搜刮的无数珍贵文物回国。那可是祖宗留下的宝贝,无论如何不能让他带走,我就寻摸着把它们抢回来。不过,劫车后我们才发现,车上根本没有什么文物。"

听到这里,何尚文心念一动,前后一联系,明白了几分,说:"你一定是受骗了!如果我猜的没错,那个提供假消息给你的人一定是佐藤安排的,他的目的就是引诱你上钩劫车。"

刘大虎更加糊涂:"他们这么做有什么目的呀?"

"目的就是引发争端,这样他们就有挑事的理由了。而佐藤主动当人质,也是为了扩大事端。军舰上的日军想登陆,打的就是营救人质的旗号。"

刘大虎哼了一声,说:"日本人就那么想打仗?我看中国这么多人,真打起来也未必输给小日本。"

何尚文摇摇头:"中国虽然人多,但多年积弱,国力、军力现在跟日本相差甚远,难以与之对抗,所以现在只有尽力避免战争,不与日本发生正面冲突。大虎,今天望你以大局为重，放了佐藤，让日本人不再在这件事上做文章。"

刘大虎摆摆手，"大道理你不要跟我这个草民说，说了也没用。我已经说过，只要你上山来，我就放了佐藤，我说话算数。现在，我问你，咱俩的账怎么算？"

何尚文诚心诚意地说道："对当年的鲁莽之失，我非常抱歉，这些年来，我心中也一直不安，想方设法想弥补当年的过错。前些日子，我一个朋友从美国回来，说美国有一个整容医生，医术很神奇，可以通过手术处理脸上的疤痕，虽说不能恢复原貌，但肯定会有所改善。如果你愿意，我可以出资让你到美国试一试。如果你不愿意，现在要杀要剐随你的便。"

刘大虎像听天书一样，不相信地问："那医生真的有那么神吗？"

"美国的医学很发达，听说还能够更换脸上的皮肤。"

刘大虎眨巴眨巴眼，觉得何尚文不像是在撒谎，心里有了几分相信。如果真能弥补脸上的缺憾的话，倒是一件幸事。这样一想，他心里面对何尚文的恨，就有几分淡了。其实，他也知道，当年自己破了相，对方也是无心之失，再说自己也把人家逼着离家出走，吃了不少苦头。可要就这样饶过对方，他又心有不甘，怎么也得杀杀对方的威风。想到这里，他拽出手枪，顶上子弹，随手一甩，只听"啪"一声响，二十米开外的岩石上，一只麻雀的小脑袋被打得粉碎。

刘大虎傲然地吹吹枪口，威胁道："姓何的，如果你敢糊弄我，我杀你可是易如反掌。"

何尚文微微一笑，说："能否把枪借给我用用？"

刘大虎想也没想，随手把枪塞给他。旁边的众匪一见，都紧张起来，枪口齐刷刷地对准了何尚文。

何尚文从容不迫地弯腰拾起一块鸟蛋大小的石子，掂了掂，回头打量了一下众匪，问："哪位好汉有兴趣拿着它？"

众匪面面相觑，很快明白了他的意思，没人敢应声。刘大虎一见，说声："我来吧。"上前接过了石子。何尚文让他右臂平举，手掌托起石子。然后，他转回身，持枪向前走去，边走边"哗啦"一声，将子弹上了膛。

众匪都紧张万分，"老大，要是他……"

刘大虎大大咧咧地说："没事，除非他自己不想活了。"可看到何尚文越走越远，出去了足有二三十米还没停下时，他心中也有些发毛了。正在这时，枪响了——何尚文转身，举枪，射击，几个动作几乎同时完成。

刘大虎手中的石子被打得粉碎。

众匪呆了片刻，才轰然叫好。他们最佩服的就是手底下有真本事的人，这种枪法见所未见，自然佩服不已。刘大虎抬手擦擦额头上的汗，自嘲地说："奶奶的，早知道准头这么好，我顶在脑门上就是了。好，姓何的，你把佐藤带走吧。"

何尚文一听，暗暗高兴，没想到事情办得这么顺利，看来，这虽然是一群土匪，却并非不讲道理之人，也非十恶不赦之徒。因此，他更加有了实施自己昨晚想好的那个计划的信心。他把枪交给刘大虎，问道："佐藤关在哪里？"

刘大虎带他走了几十米，来到山头左侧一个山洞前，说："就在这里面。"

何尚文点点头,说:"大虎,除了要佐藤,日本人还有个条件,就是将劫匪捉拿归案。"

"什么?!"刘大虎瞪大眼睛,明白了他的意思,不怒反笑,仰天打了个哈哈,"哈,姓何的,有本事,那你就把我带走吧。"众匪也围拢过来,纷纷道:"人质让你无条件带走,当家的就够给你面子了,你不要得寸进尺!"

何尚文并不慌张,他压低声音,"大虎,我这是帮你,这是个机会,难道你还想在山上当一辈子土匪吗?"

刘大虎看看他,不明白他是什么意思。

"大虎,你过来。"何尚文将他拉到一旁,嘀咕了半天,似乎在做他的工作。只有靠近他俩的一个土匪才隐约听见"……相信我的枪法……"几个字。

可是听着听着,忽见刘大虎翻了脸,大声说:"行了,你别做美梦了,就是说下天花来,我也不会上你的当。"

何尚文还要再说,刘大虎恼了,拔出枪来,翻脸骂道:"妈的,人质也不让你带走了。快滚下山去,再啰嗦,连你也扣下。"

何尚文无可奈何,只好掉头下山,临走,大声说:"刘大虎,你会后悔的。"

智勇退敌

何尚文与刘大虎谈判的时候,山洞内,手脚被缚的佐藤警惕地侧耳倾听着外面的动静。

佐藤表面上是商人，其实，他的真实身份是日本军事间谍，替日本军方刺探军情，为侵华战争做准备。这次，军方看上了登州的战略位置，便精心设计，蓄意制造了这起日本人被劫案，目的就是为日军制造理由在登州登陆驻扎。而佐藤，是整个计划的重要棋子，他被绑架的时间越长，日军登陆救人的理由越充足。在他们看来，只要有把柄在手，中国军队势弱，绝不敢阻拦的。

刚才，精通中国话的佐藤听到土匪竟是要放自己下山，暗暗着急，因为他不知道现在日军有没有登陆，若仍没登陆，自己完好无缺地回去，就没有了登陆的理由，只怕这个计划就前功尽弃了。

幸好洞外的人说着说着，又闹翻了。听那意思，来人竟异想天开，想让劫匪投降。佐藤暗暗好笑，傻子也知道，抢劫罪，那是会判重刑的。这帮土匪又不是傻子，怎么可能肯束手就擒呢？！

天渐渐黑了，又是一天将要过去，今天一过，明天就是第四天了，皇军也应该行动了，如果能够登陆登州，自己就是首功一件。佐藤越想越得意，美美地躺在草堆上，很快进入了梦乡。

夜半时分，一阵强烈的爆炸声将佐藤从美梦中惊醒。外面，火光闪闪，枪声、喊杀声响成一片，战斗似乎异常激烈。

不妙的是，枪声越来越近。佐藤担心起来："看来，这次剿匪部队是不惜血本了，听声音，似乎快攻上山来了。"

逆转人生

过了不久,他听到外面有人在大声喊负责看守他的那个土匪:"二贵,快到前面去帮忙,快顶不住了。"

"奶奶的,这回可完了。"二贵嘟囔了一句,"咚、咚、咚"跑远了。

枪声又响了十分钟,才渐渐稀了。佐藤正在提心吊胆地猜测战况,一阵脚步响,匪首刘大虎跨进洞来,在火光的照耀下,只见他浑身血迹,面目狰狞。

刘大虎几步来到佐藤身边,一把抓起他,将枪口贴在了他的太阳穴上,然后,虎视眈眈地看着洞口。

洞口又进来几个人,为首的正是何尚文。他大声呵斥道:"刘大虎,你跑不了了,赶快把人质放了!"

刘大虎狞笑着道:"谁也不许上前,谁敢上前一步,我就崩了这个日本人。"

此时,佐藤明白土匪大势已去,刘大虎已到了穷途末路,他心狠手辣,只怕当真要了自己的性命,不由心中一寒,失声道:"千万不要冲动。"

这时候,洞口出现一个老者,指着刘大虎:"畜生,赶快放下枪!"

"爹,你怎么又来了?"刘大虎有些意外。就在他一愣神的工夫,何尚文手中的枪响了。刘大虎应声而倒。佐藤低头一看,刘大虎的胸口多了一个洞,鲜血喷涌而出。这一枪正中胸口要害,刘大虎必死无疑。

官兵们随即一拥而上,将佐藤抢到了外面。

何尚文吩咐道:"一连留下打扫战场,其他人押着人质，赶快下山到码头去。"

一个士兵请示道："旅长，这些土匪的尸体怎么办？"

何尚文命令道："集中在一起，全部烧掉。"

随后，众人便押着佐藤，打着火把下山。一路之上，佐藤看到，路边到处是倒伏在地的官兵和土匪的尸体。显然，为解救自己，官兵付出了极为惨重的代价。

第二天早上，混成旅全体官兵荷枪实弹，在码头严阵以待。

码头上，依然来了大批记者。

七时整，日舰驶了过来。隔了很远，小野就看到了昂首站在队伍前列的何尚文，等他看到站在何尚文身边的那个人时，脸上得意的笑容顿时凝固了，一掌拍在船舷上，怒骂道："八格，佐藤，你这个笨蛋！"

等军舰停稳，何尚文朗声说："小野舰长，被绑架的日本人质已被我军成功解救，现在完璧归赵。请你率舰队马上离开这里。"

小野冷笑道："不忙，我记得还有一个条件……"

不等他说完，何尚文道："劫匪负隅顽抗，已被我军全部击毙。这一点，佐藤先生亲眼所见，他完全可以证明。"

旁边的佐藤无可奈何，只好点了点头。

何尚文目光炯炯地盯着小野，问："你还有什么话说？"

小野虽心有不甘，但事已至此，中方已经满足了自己的两个要求，再要登陆就师出无名了。他只好狠狠瞪了佐藤一眼，下令退兵。不过，临走前，他对何尚文说："何旅长，我相信,我们还会交手过招的。"

何尚文迎着他的目光,凛然不惧:"何某随时恭候!"

后 记

一个月后,即1937年的7月7日夜,驻扎在北平附近的日军借口一名士兵失踪,无理要求进入宛平县城搜查,遭到驻守卢沟桥的中国军队的拒绝,日军随即悍然炮击宛平县城,并向中国守军开枪。中国军队忍无可忍,奋起反抗,打响了抵抗日本侵略者的第一枪。从此,日军全面侵华战争开始,中华民族抗日战争全面爆发。

卢沟桥事变,是日军为全面侵华而精心策划、蓄意制造的挑衅事件。

同年的十月,日军分成水陆两路向古城登州大举进攻。登州守军和由民间热血志士组成的抗日义勇队浴血奋战,誓死保卫家园国土。血战三昼夜后,守城部队弹尽粮绝。登州随即沦陷。新编混成旅的将士几乎全军覆没,只有少数士兵突出重围。旅长何尚文阵亡。

日军也付出了极其惨重的代价。舰队队长小野四郎受到日军本部的严厉训斥,因为,如果四个月前他能够登陆登州,做好准备,日军绝对不会有如此重大的损失。

一年后,凤凰山区活跃着一支抗日游击队,他们神出鬼没,到处骚扰日军,令日军谈之色变。不少老百姓见过他们,说他们就是当年的那批制造列车劫案的好汉,领头的正是刘大虎，不过，他右脸的伤疤却不见了，不细看，根本看不出来……

小野四郎听说这个消息后，方如梦初醒，知道被何尚文骗了，气得他大发雷霆，懊悔不已。

两年后，小野四郎在中国战场上被击毙。

十年后，刘大虎已经成为解放军的一名威名赫赫的团长，枪法如神。不过，他经常跟朋友们说，他最佩服的神枪手，是国民党的一个旅长。想当年，他冲自己胸口打了一枪，子弹穿胸而过，他竟有把握丝毫伤及不到心脏。

众人咋舌不已，有人就问："刘团长，这人向你开枪，一定是你的敌人吧？"

刘大虎缓缓摇头，嘴里吐出三个字："不，朋友！"

斯诺克风云

强龙过江

东方红台球厅是登州市最大的台球厅。

这天,由于是周末,东方红台球厅又是顾客盈门,每张球台都不闲着。下午两点左右,大厅内来了一位不速之客,此人四十多岁,他在每张台球桌前都驻足观看片刻,边看边摇头,意似不屑,转了一圈后,他走到服务台前,口吐狂言问服务员:"小姐,今天没有高手来打球吗?是不是登州没有高手?"一口南方口音。

好大的口气,服务员立刻明白了:这一位是叫阵的。这几年,东方红台球厅名声在外,登州打台球最好的几个人都经常在这里打球,于是,就常有外地的台球高手前来挑战。服务员见惯不惊,说:"高手有的是,不过,人家不轻易出手,今天一个没来。"

中年男人说:"那你能不能给我约一位?"

服务员拿起电话,拨了个号码,说道:"张经理,有高手来挑战了。"

片刻后,一个精明强干的年轻人来到服务台,自我介绍是台球厅经理张伟,问中年男人贵姓,中年男人说:"我姓战,听说你们这里藏龙卧虎,专程来切磋一下。"

张经理说:"欢迎,战先生一定是台球高手,您要是不嫌弃,咱们俩先进去打一局如何?"显然,他是想先试试深浅,考量一下来者球技。

战先生微微一笑,说:"当然没问题,请教了。"

随后,战先生跟随张经理穿过大厅,走进一间贵宾室。刚一进门,他就忍不住叫了一声好。这间贵宾室足有一百多平方,装修极为豪华,设施齐全,不但有球手休息区,四周还设了一圈观众席位。正中间,摆了一张崭新豪华的台球桌,球已摆好。

这时候,一个走路一瘸一拐的服务生送进来茶水饮料,然后走到台球桌台取过几支球杆,送到战先生面前,恭敬地说:"请您挑支球杆。"

战先生看了他一眼,心说这么高级的地方怎么让个小跛子来当服务员?他挑也没挑,随便拿了一支球杆,握在手里。

张经理对服务生说:"好,虎子,开始吧。"

这个叫虎子的服务生戴上白手套,站直了,朗声道:"远来是客,请客人先开球。比赛开始。"

战先生心中好笑,看他这架势,倒像国际大赛的裁判似的。他走上前，俯身击出了第一杆。

行家一出手，就知有没有。旁边的张经理心里立刻就有数了，不是强龙不过江，自己不是这位战先生的对手。事实也如他所料，不到一刻钟，他就干净利落地输了这一局。

战先生问："还要再打一局吗？"

张经理把球杆交到虎子手里，说："不必了，我跟您根本不是一个档次的。战先生，我马上给您约高手。不过……"他沉吟着，露出很为难的样子。

战先生说："有话不妨直说。"

"是这样的，倒是有几个台球好手经常来这里玩，不过，他们打球一般都要带点彩头，轻易不会跟人交手。当然，大家只是小耍耍，输赢很小，就是图个热闹。"

战先生明白了，微一沉吟，道："无妨，添点彩头也无伤大雅。张经理，一局输赢是多少？"

张经理说："可高可低，一般二百块钱一局，另外，输者要付贵宾厅租金。"

战先生痛快地说："好，就二百。我输了照付，赢了分文不收。"

张经理一愣，打台球不愿意带彩头的球手他见过，但输了愿意掏钱赢了却不肯要钱的倒是头一次遇到，看来，这人若非神经有问题，就是对自己的技术相当自信，他迟疑着，说："这……不太好吧？"

战先生哈哈一笑："没事。不瞒你说，我在南方也开了一家台球厅，生意还不错。我打球不是为了钱，只是爱好。

像我这种半吊子水平，人家职业球手不屑跟我打，一般爱好者又不是我对手，所以，我这才到处找业余高手切磋交流，不图别的，就是求一乐子。"

张经理竖起拇指，感慨道："战先生是真正的绅士，台球本来就是一项优雅的绅士运动，沾染上铜臭气就有些大煞风景了。哈哈，我们这些人是俗人，只好委屈战先生您了。"

战先生说："哪里，还请张经理帮我约到真正的高手。"

张经理满口答应，说绝对没问题，包在我身上。

当然没问题，登州城数得着的几个台球好手接到张经理电话，听说赢了有钱拿输了不出钱后，一个不少，都在最短的时间内赶到了。

初露身手

登州台球圈内公认的第一高手张东方是在晚上九时开车赶回登州的。

等他来到台球厅时，比赛已近尾声。一名本地球手灰头土脸地呆坐在休息椅上，那位战先生则神情轻松，正绕桌一杆接一杆击球，弹无虚发。而观众席上，登州其他几个所谓的台球好手，个个垂头丧气，显然已败下阵来。

众人看到张东方进来，个个面露喜色，纷纷招呼："张老板，您可回来了，就等您教训这个家伙了。""这家伙也太狂妄了，师父您一定给他点颜色看看，别让他以为我们登州没人。"

逆转人生

张东方抬手示意大家肃静,随后,他找了一个空位坐下,凝神观察场上比赛。

他越看越是心惊:这位战先生沉着冷静,击球挥洒自如,无论是角度,还是力度,都恰到好处,就是自己,只怕也是难以企及。20世纪80年代,张东方曾做过职业球手,退役后,他在登州开办了这家台球厅,开门授徒。今天傍晚,身在外地的他接到张经理电话,说来了一位高手,无人能敌,他便赶回来见识一下对方到底是何方神圣。他边看边想:看此人身手,像是职业球手出身,看年纪,跟自己差不多,会不会是自己那一代的球手呢?

此时,场上形势已趋明朗,台面上只剩一颗红球,位置又极佳,战先生只要轻松打进红球,分数就可领先,剩下的彩球也很有希望一杆清台。只见他略一沉吟,观察了台面上各球位置后,俯身击出了一杆。但是,意外发生了,红球竟然不进,众人哗然,刚想欢呼,但随即鸦雀无声。原来,战先生竟然匪夷所思地做出了一个难度极高的斯诺克:红球停在了蓝球跟黑球之后,且紧贴底库库边,而白色母球则落在对侧顶袋入口处,前方被一颗黄球挡住了去路。要解此斯诺克,唯一的线路就是将母球避开黄球横向击球,经边库的两次反弹后,从蓝球和黑球之间穿过,再经边库反弹,才能击中红球。这一杆要求力度、角度必须拿捏得丝毫不差,母球才能从黑、蓝两球的狭小缝隙中穿过。

张东方见此局势,不由叹了口气,心说,别说在座各位了,就是顶尖职业球手来,要想解开此局,也非易事。

场上那位老兄差点挠破了头皮，拿着球杆横竖比划了半天，才试探着一杆击出，但角度差得很远。观众席上传来哄笑声，他见此情景，不愿意再丢人，丢杆认输。不过，他为找回面子，不服气地对战先生道："我解不开，你解给我看看呀，你解开了我们大家才服气。"

战先生笑道："你不成，我恐怕也不成。"俯下身子，瞄了瞄，一杆击出，角度差了一点，母球碰到了蓝球。

那个叫虎子的服务生马上将各球摆回了原来的位置。

战先生重新看了一下线路，又一杆击出。这次，母球却又碰到了黑球。他摇摇头，自嘲道："我也是瞎子点灯白费蜡，解不开。"

那位本地球手登时得意洋洋，像是自己解开了似的。

两杆未解开，战先生也不再试，问张经理："张经理，还有没有来跟我比的？"

所有人的目光都看向张东方。

张东方却站起来，笑容满面地大声问："你是战风云战大哥，对不对？"他终于想起此人是谁，刚才这个斯诺克让他心头一亮，想起当年自己参加的那届全国大赛中，正是此人布了一个相当难解的斯诺克，令对手直接认输。

"你是……"战先生一怔，凝目看着张东方，猛一拍脑门，欢喜地道，"……想起来了，张……张东方，对不对？"

两人热情地握手，寒暄。

旁边一人低声嘟囔道："师父，你跟他客气啥？上场教训一下他，不然今天我们登州这面子可就丢大了。"

逆转人生

张东方哈哈大笑："我上场？哈哈，我上场也是孔夫子搬家——除了输（书）还是输（书）。"

众人半信半疑。张东方大声道："你们知道这位是谁？这可是当年全国锦标赛的前四强，我当年就是他的手下败将，如今就更不成了。哈哈……你们输给他，不丢人啊。"

大家一听，果然沮丧之气顿消，敌意烟消云散，继而颂词如潮："果然是高手！""战老师这个斯诺克绝了。"……

张东方亲热地挽住战风云，"战大哥，这么多年没有联系，在哪里发财？"

战风云道："跟你一样，我在南城也搞了个台球俱乐部，教了几个学生。老弟，你这些学生都很不错啊。"

张东方惭愧地道："大哥你笑话了，说实在话，我本来就不入流，教出来的学生就更不入流了。"

战风云道："老弟你太谦虚了，想当年，登州张东方也是台球界数得着的人物。再说了，俗话说，师傅引进门，修行在个人，台球这项目，虽说勤学苦练很重要，但还是要靠天分的。没有天分，再努力也是白搭，比如我，打了这么多年球，不能说不努力，可就是始终进入不了高手的行列。"

张东方叹气道："你若不是高手，那我们更是不入流了。"

战风云摆摆手："我说的是真的，在我们南城，台球非常普及，各台球俱乐部都有自己的台柱子，民间也是藏龙卧虎，水平在我之上的数不胜数。我自己出不了头，所以才下决心出来走一走，看能不能找到天分好的苗子。"

两人正聊得热乎，忽听有人大声说："虎子，你干什么？也想解这个斯诺克吗？"

众人转头去看，原来那个服务生虎子正站在球台旁，俯身持杆，瞄准母球，作势欲击。忽见众人目光都集中到自己身上，脸一红，不好意思地收起球杆。

战风云心中突然一动，回想起刚才在比赛的过程中，每次击球之前，这个当裁判的小伙子的目光总是准确无误地落在自己要选择的球上，而当自己做出斯诺克时，对手还在抓耳挠腮苦思破解方法，他的视线已经在正确走球线路上扫视一遍。看来，这个小伙子台球智商绝对不会低，只是不知道手下功夫如何。他忙鼓励说："小伙子，你打一杆试试。"

虎子眼中探询地看着张东方，见张东方点头，他便拿起球杆，瞄了瞄母球，运劲击出。只见母球稳稳前行，经两库反弹，准确的在黑、蓝两球狭小的缝隙中穿过，又经边库再次反弹，"啪"一声轻响，撞在了红球上。

所有人目瞪口呆，沉寂片刻后，众人轰然叫好。

这一杆，无论力度、角度，无不恰到好处，妙至毫巅。

名师高徒

战风云双目放光，惊喜万分。张东方也是喜出望外，他怀疑虎子是瞎猫逮了个死耗子，吩咐道："虎子，你把球摆回原位，再打一杆试试。"

战风云却道:"不必了,老张,咱们打了这么些年台球了,行家一伸手就知有没有,你觉得他刚才这一杆,可能是蒙的吗?呵呵,恭喜你啊,原来教了这么一个厉害的学生。"

张东方心中煞是奇怪,虎子平常木讷少语,也不见他跟人打台球,这一手是什么时候练出来的?他心中一动,道:"虎子,想不想跟战老师学习一局?"一来,他想看看虎子的水平到底如何,二来,反正无人是战风云对手,虎子一个服务生,即便输了也不丢人,要是侥幸赢了一局,嘿嘿,就把众人丢的面子找回来了。

战风云却摆手道:"现在太晚了,我有点累了,明天再打吧。"竟不肯迎战。

张东方听他话里意思,好像是不敢小觑虎子这个对手,心中暗乐,也不再坚持,对大家说:"好,今天就到这里,大家散了吧。"

众人陆续散去,张东方和战风云一起走出贵宾室,要送他回酒店休息。战风云却不急着走,说道:"这个虎子不简单,好像深藏不露啊。"

张东方说:"我也是很惊讶,我从来没教他打球,可能是我教别人的时候他在旁边伺候场子,跟着学了一些。他来台球厅有四五年了,我还真没见过他跟人比过球。"

战风云吃惊道:"四五年了?那他岂不是十四五岁就来了?他没上学?"

"好像是初中毕业就辍学了。是我的一个朋友介绍他过来的,说他从小喜欢打台球,因为残疾,做不了重活,让我给他个饭碗，挣点钱贴补家里。我见他挺可怜的，虽然腿有点残疾，但人老实听话，就留下他当了服务员，晚上在台球厅守夜。"

战风云道："是这样啊。这小伙子也怪不容易的。"

聊了一会儿，战风云见众人都走了，说："咱们回去，我想跟虎子打几杆，看看他的水平。"

张东方不解地问，"你刚才不是说太累了，今晚不比了吗？"

战风云一笑："我是不想让太多人知道他的真实水平。老弟，如果他水平确实很高，我想把他带到南城去，南城台球市场很大，绝对有他的用武之地。你放心，老哥不会白带他走的，将来有什么好处，我保证有你的一份。"

张东方当然同意。随后，两人回到贵宾室，邀虎子打球。

前三局，战风云胜，但虎子越打越好，在消除了刚开始时的紧张后，连赢两局，特别是第五局，竟然令人惊讶地打出一杆过百。

战风云见状，摆手道："不打了，不打了，再打下去，只怕我就要丢人了。"

张东方都看呆了：虎子的表现太神奇了，他击球技术娴熟，视野开阔，大局观强，即便和职业球手相比，也毫不逊色。要不是经验欠缺，战风云前三局不可能全赢。这小子，简直是一个台球天才。他忍不住问："虎子，你到底是怎么练出来的这一身本事？"

虎子怯怯地说：“老板，您别生气，晚上我在店里守夜，闲着没事，经常一个人打球玩。”

张东方半信半疑，“这也不可能呀，没人指点，你自己能练出来？”

虎子道：“其实，我以前就打过台球。我是从台球桌边长大的，小时候，我娘在街上摆了两张台球桌，赚点钱补贴家用，所以我从会走路起，就开始打球了。来到这里工作后，白天伺候别人打球的时候，我就跟着学，晚上再自个儿练一练。”

“原来你是打野球打出来的。”张东方又问，“我怎么从没看见你跟别人打球？”

虎子说：“这里面都是打'彩球'，我不愿意跟人赌钱，别人也就不愿意跟我打。”他顿了顿，接着说，"还有，我爹坚决反对我打台球，说再看到我跟人打球就把我的右腿砸断，我不想再惹他生气，所以也不想跟人打。"

张东方奇怪地问："你爹为什么这么反对？"

虎子张了张嘴，似有难言之隐，默然半晌，才说道："我就是因为打台球才荒废了学业，高中都没考上。我爹说，打台球是不务正业，是混子、二流子干的营生。"

听到这里，战风云插话说："台球打好了一样可以有出息啊。虎子，你想不想跟我去南方发展？凭你这身本领，绝对可以闯出一片天地的。"

虎子有些犹豫，刚要出言拒绝。战风云又说："虎子，我年纪比你大，在这一行当也算老人了，如果你不嫌弃，咱俩以后就是师徒关系，到南方后，你的一切都包在我身上，什么也不需要你操心，你只要专心打球就行了。"

张东方催促道："虎子，快答应吧，这可是千载难逢的好事。战老师是名师，你们这对名师高徒配合，一定前途无量。"

虎子迟疑着："这……我爹反对我打球，他……"

战风云打断他："我向你保证，只要你听我的，按照我给你的规划去做，你将来挣到的钱会是现在的十倍、二十倍，到时候，你爹不但不会怪你，还会为你骄傲。你在电视上看到丁俊晖没有？你很有可能就是下一个他。"

虎子的眼睛亮了，脸色潮红，显然，他被战风云勾画出的前景打动了。

终于，他下了决心，开口叫了声："师父。"

战风云大喜，拍着他的肩膀："虎子，你跟着师父，保证你很快就会出人头地、名利双收。"

初赛扬名

战风云说的没错，出头的机会很快就来了。

虎子随战风云来到南城一个月后，每年一届的南城台球锦标赛就开始了。

战风云对虎子详细介绍了这项赛事。这项锦标赛是南城台球界的传统赛事，已接连举办了八届，主要参赛选手来自南城的数十家台球俱乐部、台球厅，以及民间的台球爱好者。获得第一名的选手除了可以得到五万元奖金，还能受到广泛关注,有机会成为职业选手。战风云在前几届比赛中都铩羽而归,去年更是在小组赛就被淘汰,所以今年他找来虎子,期望他能在今年的锦标赛中为俱乐部争得荣誉。

虎子纳闷地问:"不过是一个城市举办的比赛,又不是全国比赛,怎么会有那么多高手,连师父您都……被淘汰?"

战风云道:"虽说不是全国比赛,但各俱乐部几乎网罗了全国各地的业余高手,有的俱乐部还花钱请来职业球手代表自己出战,那水平可不是一般的高。"

虎子不服气地道:"可师父你也当过职业球手啊。"

战风云呵呵笑道:"此一时非彼一时,当年的职业球手的水平跟现在的不可同日而语,那时候斯诺克运动刚进入中国,大家都是半路出家,水平都很差,我成为职业选手,不过是矬子里面拔将军。现在斯诺克运动经过这二十多年的发展,水平已经很高了,我这种水平根本不值一提。"

虎子不禁有些发怵,"要是有职业选手参赛,我肯定不是人家的对手。"

战风云说:"你放心,职业球手顾及自己的面子,一般不屑于参加这种比赛去跟非职业选手争冠。即便遇到职业选手,你也不必害怕。斯诺克这项运动,实力固然重要,但比赛的时候还要靠临场发挥还有运气。而且,你的实力也并不差,我对你有信心。"

虎子所见到的职业选手都是在电视屏幕上看到的,个个衣冠楚楚,优雅潇洒,技术超群。他想了想,说:"师父,你要是找个职业选手来跟我打一局就好了,我就能试出自己水平的高低了。"

"不行。"战风云摇摇头,"虎子,我不想让你现在就曝光。我想把你当成秘密武器使出来。你记不记得,在登州的时候我跟你比赛就故意躲开其他人,那就是怕消息传出,别人知道你的真实水平。"

虎子奇怪道:"为什么?"

战风云得意无比:"我要把你作为黑马推出,到时候你就可以一鸣惊人,一炮而红。你什么都不要管,一切由我来安排。"

这一个月中,虎子和战风云并没闲着。战风云对虎子进行了特训,尽自己所能帮虎子提高球技。虎子以前并没有经过专业训练,球技虽然精湛,但只是野路子,现在只需细加雕琢,即可大幅提高。另外,他欠缺最多的就是比赛经验,战风云就极尽师责,将自己的比赛经验与教训一股脑地全传授给虎子,毫不保留。

在生活上,他也尽心尽力地照顾虎子。短短一个月的朝夕相处,两人之间感情日深,情同父子。

比赛的日子很快来临了。

参加本次锦标赛的选手众多,比赛分为小组赛和淘汰赛,小组赛决出16强,然后进入淘汰赛阶段,选手们捉对厮杀,胜者晋级。为制造悬念,不让选手预先知道自己对手是谁,在淘汰赛阶段每轮比赛之前,都要进行抽签决定下一个对手是谁。

代表风云台球俱乐部出战的是战风云和新人赵虎子。

逆转人生

没有人知道赵虎子是谁，水平如何，即使问俱乐部的工作人员，也是茫然不知。第一场比赛，当观众看到虎子出场时，甚至爆发出一阵哄笑——这么一项优雅的绅士运动，他那一瘸一拐的形象显然跟优雅相去甚远。

但小组赛过后，赵虎子开始被人注意。他三战全胜，虽然过程比较曲折，胜得比较艰难，但顺利突围成功，并将一位在南城颇有名气的台球好手选手挤在淘汰赛门槛之外。

这天晚上，最后一场小组比赛打完，战风云从另一张球台过来，问虎子："怎么样？"

"赢了。"

"我知道你赢了，我是问过程。"

"按照你吩咐的，只赢了他两杆。"

战风云满意地点点头，他并不想过早暴露虎子的实力，每次比赛之前，都提醒他注意保存实力，领先很多时就要有所保留，这么做，是为了让接下来的对手轻敌。

两人一起往外走，一位观众兴奋地跑过来跟虎子握手，"小伙子，真不错，让我赢了一大笔，下一场我还押你身上。"

虎子一愣，不明所以，战风云忙伸手一拉他，"咱们走，不要理这种人。"

虎子不动："师父，是不是有人在赌球？"

战风云叹口气："没办法，南城距离香港、澳门很近，民间赌风很盛，不少人喜欢赌球，听说这次比赛每场都有人在押输赢。不过，大家下注的彩金并不多，无伤大雅，只是图个乐趣。本地风气使然，你也不必在意。"

虎子面色惨变："师父，这么说，我岂不是成了别人赌钱的工具？"

"你也不要这样想，此事不是咱们能够左右的，你只要专心打好球就行了。再说了，你自己又不参与赌球，问心无愧。"

虎子愣了半晌，也只能顺其自然了。不过，他又有些好奇："师父，我的赢球赔率是多少？"

战风云闻听，情不自禁地眉开眼笑："因为你名不见经传，你第一场比赛的赢球赔率很低，是一比五，第二场就提高了，一比三点五，刚才这一场，庄家又把赔率提高了，一比三。哈，那些把赌注压在你身上的人都赢钱了。虎子，从你的赢球赔率可以看出，你越来越受注意了。"

虎子不由得多看了师父一眼，心说，师父怎么对这些如数家珍呢？

复赛立威

接下来，比赛进入复赛阶段。复赛是淘汰赛，选手捉对厮杀。第一轮抽签，很巧，虎子抽到了在另一小组出现的战风云，师徒对决。

此时，虎子已被称为这次锦标赛的黑马，他的来历已被人所知，大家都知道他是战风云的弟子，来自登州，在此之前并无大赛经验，甚至很少打球。这场比赛成了本轮最引人注目的比赛。有庄家开出赔率：一比三点五，大多数人押战风云胜。一来因为战风云是成名球手，有实力；二来，师父终究是师父,肯定技高一筹。

上场之前,虎子有些为难,师父对自己恩重如山,要不要赢自己的师父呢?战风云看出他的顾虑,"虎子,这是比赛,你一定放开来打,使出全部本领,千万别手下留情。"

虎子仍是难下决心,"师父,我……我不想跟你打。"

战风云脸一沉,痛心地说:"虎子,你这是瞧不起师父,你就是拿出全部本事,也未必赢得了我。还有,这么多眼睛盯着,你若是放水,大家就会怀疑你参与赌球,你不想背上这个污点吧?咱们必须真打,才能问心无愧!"

师父的话如警钟鸣响,虎子悚然心惊,心中对师父的尊敬不由又增加了几分,他感激地说:"师父,我听你的。"

一番较量后,两人的比赛结束,虎子爆冷五比二击败战风云,进入八强。

八进四,虎子遇上了上届冠军"快球手"李杰。李杰球技出众,进攻凌厉,在南城拥有众多支持者,许多人断定虎子这匹黑马将到此位置,难以逾过李杰这一关,庄家给他开出的赢球赔率是一比四。但虎子越战越勇,他按照师父指点,以慢制快,用紧密的防守应对崇尚进攻的对手,最终以五比三战胜对手,再次爆冷。

自然,比赛场外,他也让那些将赌注押在他身上的人大赢了一把。

半决赛,虎子遇到了他不想现在碰到但又隐隐渴望碰到的对手——职业球手肖红军。肖红军是一家台球俱乐部重金请来的外援,在职业比赛中曾杀入八强,此次参赛,志在夺冠,事实也如他所愿,他一路过关斩将,横扫对手,进入四强。

随着比赛的进行,虎子的自信心越来越强,但对于职业球手,还是情不自禁地心存惧意,所以,他觉着,最理想的局面是自己在进入决赛以后再遇上肖红军,自己起码可以获得亚军,但抛去胜负因素,他心里又期待着与职业球手的较量,那样可以检验自己的水平到底有多高,差距有多大。

但是,他想不到的是,此时他已威震赛场,对手对他也越来越重视。跟他一样,肖红军也不想半决赛就跟这位本届比赛的黑马对阵。他看过这位跛脚选手的比赛,评价只一个字:高。比赛开始前,有记者问他:"你有没有信心战胜这匹黑马?"肖红军自信地一笑,反问记者一句话:"我是职业选手,有可能继续让他黑下去吗?"

虎子在旁听到,心中不由更是发怯。但战风云看出端倪,告诉虎子:肖红军不过是色厉内荏,他也很紧张。

虎子半信半疑:"不可能吧?"

战风云肯定地说:"绝对是。虎子,他这场比赛的压力绝对比你大,他作为职业选手,如果输了他人就丢大了。而你,却没有什么可输的,即便输了,输给职业选手也虽败犹荣。一旦你赢了,我敢保证,你下一个对手的水平绝对不如肖红军,那你就是冠军。"

虎子心想,是啊,自己怕什么呢?

这时候,战风云接了个电话,瞬间喜容满面,"虎子,你知道这场比赛的最新赔率是多少?一比二点五啊,你虽然略处劣势,但越来越多的人看好你。加油吧!"

虎子心中狐疑，师父怎么对赔率这么关心啊？

选手开始进场。虎子站起来，战风云拍了拍他的肩，"虎子，师父以你为荣。"

"我不会让你失望的。"

虎子深吸一口气，迈步进场。

比赛开始。虎子略显紧张，上手就连输两局，信心顿时大铩。但第三局，肖红军竟然犯了个低级错误，打红球未进，虎子抓住机会，一杆清台，扳回一局。

看台上，战风云向他竖起了大拇指，虎子信心顿增：原来，职业球手也是人不是神，只要是人，就总会犯错误的，我有机会。下一局，虎子再接再厉，又拿下一局。

接下来，比赛进入胶着状态，两人你赢一局我赢一局，至第十局，五比五平，进入决胜局。

虎子越打信心越强，而肖红军见拿不下虎子，越来越焦躁，汗水津津，最后，连持杆的手都不自觉地抖动了。

决胜局，虎子没有再给肖红军机会，顺利拿下。

决赛风云

决赛分为十五局，先赢八局者夺冠。

此时，连克强敌的虎子已经是南城台球爱好者的新偶像，尤其是他打败职业球手肖红军一战，更是为人所津津乐道。几乎所有人都相信，他会在决赛中轻松战胜对手，一黑到底。

与此对应,这一次,大多数赌客都把赌注押在了虎子身上。许多人懊悔没早早把赌注押在这匹黑马身上。想想吧,如果从第一场比赛就押虎子赢,一直押到半决赛的话,那赌资会翻多少番啊!可是,若非了解虎子的人,谁会有那种眼光,从一开始就看好虎子呢?

只有战风云最了解虎子。

决赛前,战风云显得有些心不在焉,等比赛开始后,他更是一反常态,表情显得异常紧张。

第一局,虎子气势如虹,很快拿下第一局。第二局,虎子率先开球,一杆击出后,身子一晃,突觉一阵眩晕,接着,腹中一阵翻江倒海,伴随着针扎一般的剧疼。虎子暗暗叫苦,看来是午饭吃了不洁食物。但比赛不能终止,他竭力忍住,咬牙坚持到此局结束,才冲向卫生间。此局当然是输了。

接下来,虎子饱受腹痛之苦,精力难以集中,失误连连,又连丢两局,大比分一比三落后。

随后是十五分钟的休息时间,虎子扔下球杆,就往卫生间跑。观众们见虎子发挥失常,都议论纷纷,有人开始冲他喊"假球"了。

从卫生间出来,虎子看到了师父。战风云关切地问:"虎子,你怎么了?"

"师父,不知怎么搞的,我腹泻。午饭咱俩一起吃的,你没事吧?"

战风云摇摇头,担忧地问虎子:"你能否坚持?实在不行就放弃比赛去医院吧。"

逆转人生

虎子咬牙说:"坚持倒没问题,只是……我怕输掉比赛。"

战风云说:"输了也没关系,你能走到这一步师父已经很满意了。"他叹口气,"这也是天意。虎子,这样吧,身体要紧,你速战速决,输赢就不要管了,尽快把比赛打完,咱们抓紧时间去医院治疗。"

虎子心中感激,师父一切都是在为自己着想,连冠军都看得不重要了,自己一定要为他争气,拿下比赛。

幸好,在第五局开始后,虎子的腹疼渐轻,他咬紧牙关,强令自己集中精神,专心打球。这一局,他一记漂亮的单杆过百,将总比分扳成二比三。

虎子看了一眼观众席上的师父,发现他脸色依然沉重,显然还是在为自己担心。他冲师父挥了挥手,示意自己已经没事了。

随后的三局,虎子再胜两局,至中场休息时,已追成四比四平。

虎子回到休息室,发现师父已经等在那儿。虎子忙说:"师父,您不用担心了,我肚子已经好多了,下半场绝对会拿下他。"

师父警惕地看看四周,突然压低声音:"虎子,这场比赛你不能赢!"

虎子吃了一惊,失声问:"为什么?"

战风云道:"你别管那么多,照我的话做就行了,师父不会害你,下半场你一定要输给他。"

虎子不敢相信地看着师父，"你……是想让我放水？"

战风云点点头，"咱们这次比赛的目的已经达到，你已经一战成名，那点冠军奖金根本不算什么，只要你按照我说的做……"他左右看了看，拿出一张银行卡，放到了虎子的手里，"这里面我已经存入二十万，只要你照办，就是你的了。"

虎子心中一动，明白了，""师父，你……你是不是赌球了？"

战风云微微一笑，默认了。

虎子的心凉了，没想到师父真的在赌球，他问："可是……你怎么不买我赢？一样可以赢钱啊。"

战风云洋洋自得地说："这场比赛大家都买你赢，我要是也买你赢才能赚多少钱？只有买你输才能大赚特赚啊，哈哈，师父精明吧？"

虎子像是掉进了冰窖里，从头到脚一片冰凉，他这才明白，原来，从一开始，自己就是战风云手里的一颗棋子，他用心良苦，精心设计了这一盘棋，让自己一步步按他的棋路走。为的就是将赌注压在自己身上，赢取大量不义之财。他这么照顾自己，自己还以为他真是爱才呢，原来是爱"财"。

虎子沉默了一会儿，终于恢复了平静，"师父，你一定赢了不少钱吧？"

战风云抑制不住心里的得意，"当然，从第一场比赛开始，我就押你胜……"他发现虎子脸色不好，忙道，"其实，不止我，还有你以前的师父张东方，他也把赌注押在你身上，有财大家发嘛。"

虎子心中又是一疼，他忽然想起一事，问道："对了，我腹泻也是你搞的鬼吧？如果成功的话，就可以省了这二十万是不是？"

战风云讪讪一笑，面露尴尬之色，"虎子，你要是嫌钱少，我会再加钱。"

虎子心中恨极，强压怒火道："当然，你赢了那么多钱，区区二十万就想打发我啊？"

战风云心里暗骂："没想到你这个跛子胃口还不小呢。"但脸上神色不变，道："你想要多少？"

"一百万，少一分也不干。"

战风云倒吸一口凉气，心说你小子也不怕撑死啊，但此时输赢都在对方身上，他也不敢拒绝，先答应再说，"行，咱们一言为定。"他伸出手，要与虎子击掌。

虎子却没有伸出手，目光冰冷如刀，道："战先生，我恐怕会让你失望了。"他伸出自己的右腿，问："我没跟你说过我这条腿是怎么断了的吧？"

战风云摇了摇头，心中升起一种不祥的预感。

虎子眼中露出痛苦之色，道："我这条腿就是因为跟人赌球被人家打断的。我从十岁开始就在街头跟人赌球了，刚开始是一元两元，后来是十元二十元，没钱我就偷家里的钱。十五岁那年，我不但把家里辛辛苦苦攒的为我妈做手术的钱偷光了，还倒欠一个街头混混三百块钱，就因为这三百块钱没及时还上，他找人把我这条腿打断了。伤好后，我无脸回家，这才去东方红台球厅打工。从那时起，我就发誓：

永不再赌！"

战风云脸上骤然变色："虎子，你别跟钱过不去，这些钱，你这辈子怕也赚不到啊。"

虎子说："可我不想赚这种钱！"说罢，他站起身，不再理他，大步走进了比赛场。

战风云气急败坏盯着他的背影，眼中渐渐露出凶光，低声骂道："臭跛子，你是敬酒不吃吃罚酒啊！"

他拿出手机，打了一个电话。

接下来四局，虎子毫不手软，以三比一拿下，总比分七比五。只要再胜一局，即可拿下比赛。

又到了休息时间。虎子来到卫生间，刚推开门，迎面从里面走出一个年轻人，热情地向他伸着手："啊，我的偶像！"

原来是位热情观众，虎子不好拒绝，伸手跟他相握，猛觉手心一阵剧疼，暗叫不好，缩回手一看，手心已被刀片横着划了一道长口子，血肉模糊。未等他反应过来，那人一肩膀撞开他，夺路而逃。

虎子回到比赛场内，观众见到他右手鲜血淋漓，一片惊叫。裁判问明情况，征得对手同意后，暂停比赛，让虎子前去医院包扎伤口。虎子退场时，一眼瞥观众席上得意洋洋的战风云，心知定是他为阻止自己比赛而出的阴招。

半个小时后，虎子重新回到了赛场。他的伤口缝了八针，右手缠上了厚厚的绷带，根本无法握拳，更不能握球杆了。

裁判们紧急商议后，宣布，根据比赛规则，在一方因故不能比赛的情况下，判对方获胜。

观众们一片哗然，眼见虎子胜利在望，却横生枝节，煮熟的鸭子又飞了，但比赛规则如此，谁也无可奈何，大家只有痛骂凶手，才能发泄心中怨气。

裁判走到虎子身边，问他是否放弃比赛。

虎子却摇摇头，说："开始最后一局吧。"在众人惊异的目光中，他左手握着球杆，一瘸一拐地走到球台前，右手平放在球台上做支架，稳稳地一杆击出，母球精确地击中红球，又返回开球端——一个完美的开球。

观众席上爆发出欢呼声，没想到，这匹黑马左手持球杆跟右手一样娴熟灵活。

战风云不敢相信自己的眼睛，他千算万算，却没有算出虎子还有这手左右开弓的绝招，他暗暗盼望这一杆只是蒙的，但等虎子再次上场，击出同样完美的一杆后，他的心立马坠进了冰窖，脱口吐出三个字："我完了！"

比赛结束。冠军属于虎子。

观众们都退场了，空荡荡的观众席上，只剩下战风云一个人。这个输得干干静静的赌徒狼狈不堪地瘫坐在那儿，已经无力站起。打死他都无法相信，自己精心策划、完美无缺的发财大计竟然功败垂成，会输得这么彻底。

虎子好不容易才从簇拥着他的记者和球迷当中挤出来，他来到战风云跟前，轻蔑地看着他，"战先生，你应该把我的两只手都毁掉的。"

战风云都要哭出来了，哀声问："我不明白，你左手的技术怎么也这么好？"

虎子微微一笑："练出来的啊。我在东方红台球厅的那几年，我不肯跟人打"彩球"，就没人愿意跟我打球，我就只好自己跟自己打。你知道自己跟自己怎么打吗？就是左手跟右手比……"

虎子丢下他，昂首走出了赛场。

大门口，本届大赛的裁判长陪同着一个人正在等他，那人递给虎子一张名片，微笑着对他说："如果你有兴趣成为职业选手的话，就给我打电话吧。"

虎子接过名片，看了一眼名片上面的名字，这是台球界一个令人敬畏和神往的名字，他的心顿时激动地狂跳起来……

家有贤妻

山根盗子

有一对小夫妻,女的叫范春梅,男的叫罗山根。两年前,他们告别二老,离开家乡,千里迢迢来到南方的一个大城市谋生。春梅在一户人家当保姆,山根则到一家装潢公司打工。

这天半夜,春梅突然接到山根电话。山根的声音有些发抖,显得紧张又兴奋地说:"那件事已经办好了,你把钱都带上,快出来,我在路边的电话亭等着你。"

春梅不敢怠慢,悄悄出门,一路小跑赶到那个电话亭,只见山根怀里抱着一个包裹。春梅一见那包裹的形状,心就怦怦狂跳起来,她一把抓住山根的胳膊:"你……你真的弄到了?"山根一脸紧张地看看左右无人,才小心地打开包裹,顿时,一张婴儿的小脸露了出来。春梅见孩子最多两个月大小，胖胖嘟嘟的，见了她，竟小嘴一咧，笑了。春梅心中狂喜，她小心翼翼地抱过孩子，然后伸出右手往小孩胯下一摸，顿时眉开眼笑，情不自禁地在小孩的脸上亲了一亲，泪水随之就流出来了："是个男孩，山根，这孩子真的是我们的了吗？"

山根说："当然了，以后他就是咱儿子了。"说着。他从兜里掏出一张火车票，塞到春梅手里，说，"车票我已经买好了，还有半个小时就发车了，你今晚就坐车赶回老家去。"

春梅一怔，狐疑地看着丈夫，问："这么急？山根，这孩子不会是你偷来的吧？"

山根说："当然不是了，孩子是人家送的，为了谢她，我把一年的工钱都给了她呢。"

春梅问："那你咋急着让我连夜走？"

山根解释说："是这样，虽说孩子已经归咱，可我是怕孩子的妈妈反悔，追来把孩子要回去。你不知道，刚才她把孩子递给我时，哭得泪人似的，不到万不得已，谁舍得把亲骨肉送人呀？"

春梅一听，觉得有道理，她低头看看怀里孩子可爱的笑脸，立刻同意马上回家。她见只有一张票，忙问："你不跟我一块回去？"山根说："你先回去，我过几天再回去，有个工程还没完工。"说完，拉着春梅急匆匆就往火车站赶。一路之上，他反复交代春梅：孩子的生日是六月初二，生下来是八斤二两……

逆转人生

到了车站,山根神情紧张,左顾右盼,直到春梅抱着孩子上了车,火车开走后,他才长长地吐了一口气,接着就急忙往回赶。当他刚走出候车室大门,就见一辆轿车"嘎"地在停车场停下,车上匆匆下来两个人,一个是他的老板刘富贵,另一个是老板的夫人徐丽丽。

罗山根一见两人,顿时吓得脸色发白,暗叫一声:不好,他们找来了。随即,他"噌"一下,闪身躲到了一根柱子后。

那个孩子,正是刘老板刚出生不久的儿子宝儿。一个小时前,山根趁夜深人静,潜入玫瑰花园徐丽丽的住所,神不知鬼不觉地将独自睡在婴儿房中的宝儿给偷了出来。

一个月前的一天,山根和几个工友,为了讨要拖欠近一年的工资,在老板办公室里软磨硬泡。刘老板是个黑心老板,拖欠工人工资可是他发家致富的绝招之一。工人要钱,他都推说没钱,软硬不吃,并且还摆出一副死猪不怕开水烫的无赖相:"一分钱少不了你们的,等资金周转开了就发钱。现在要钱没有,你们赶快回去干活,谁不愿干,马上滚蛋,一分钱工资都别想得到!"

山根他们正气得不知如何是好时,一个年轻漂亮的少妇抱着一个婴儿走进来,见了刘老板,就腻声腻气地说:"老公,你儿子想你了,我带他来看看你。"这女人正是徐丽丽。

旁边的罗山根闻听心中忽然一动,一个念头冒了出来:你欠我的工钱,哼,我要你的儿子抵债,让他做我的儿子!

这个念头一经萌生,令山根兴奋得几乎要蹦起来。原来，山根和春梅结婚五年，春梅的肚子却依然一马平川。他们偷偷到城里医院做了检查，医生说毛病出在春梅身上，她是先天性生不出孩子，小两口都傻了眼。春梅绝望地偷偷大哭了一场。不过，妻子不育，山根并未在意，他爱妻子，爱妻子的善良、贤惠、明理。后来，山根想了个主意：小两口先到外地去，想办法收养个孩子，回来后就说是他们自己生的。所以，这次两口子背井离乡，来到了南方，主要目的是带个孩子回去。

现在，见到刘老板的儿子，罗山根心想："既然你不仁，就别怪我不义了。"山根动了邪念，接下来开始行动，偷偷跟踪徐丽丽几次，摸清了她家的位置，想好了行动方案。在等待机会的同时，他也提前在春梅的耳边吹风，骗她说，有个未婚妈妈，想把刚生下的孩子送人。

听到这个消息，春梅激动地哭了，这几年，她想孩子都快想疯了。现在听到有机会弄到孩子，她比山根还要着急，天天催他："你快去跟人家联系，花多少钱都行，千万别被别人把孩子抢去了。"

经过了近一个月的酝酿、准备，今天，山根终于等到了机会，顺利地把孩子偷了出来。

失言招灾

罗山根不和妻子一起回老家，是他事先盘算好的，他觉得为了摆脱嫌疑，绝不能在老板的儿子丢之后，自己马上回去。

　　他提心吊胆地过了几天，本以为刘老板一定会去报案，大张旗鼓地寻找儿子，也许会闹个天翻地覆满城风雨，不料，几天下来，却风平浪静。刘老板每天照常上班下班，情绪平静，倒是徐丽丽哭哭啼啼地来闹过几次，催刘老板赶快想法找儿子。每次，刘老板都不急不躁，像打发来要钱的民工似的，对徐丽丽说，你别着急，正找着呢，中国这么大，你以为找个人容易吗？这话，连山根都听出老板纯是在应付徐丽丽。

　　有一次，徐丽丽当着大家的面跟刘老板大吵起来。山根留心细听。只听徐丽丽说："姓刘的，你玩的花招别以为我不知道，一定是你把我儿子偷走了，你到底把他弄到哪里去了？"刘老板说："你少冤枉我，你没把我的儿子看好，我还没找你算账呢。"徐丽丽"哼"一声："姓刘的，别以为儿子没了你就能把我甩了，告诉你，没门！"

　　原来徐丽丽并不是老板的正牌夫人，是他的"二奶"。她是瞒着刘老板，偷偷怀上了他的孩子，生下来后，就不甘心再当"二奶"，大肆向他逼婚，要求扶正。刘老板被她搞烦了，要不是碍于孩子，早就一脚把她给蹬了。现在儿子丢了，徐丽丽借以要挟的武器没了，这正合了刘老板的心意，他哪会用心去找？而且家中老婆已经给他生了儿子，这孩子可有可无，丢了就丢了吧。

　　山根明白原由之后，暗暗好笑，没想到自己偷了老板的儿子，倒替他解了围。

十多天后,山根见平安无事,就推说家中有事,辞了工,兴高采烈地踏上归程。

他一进家门,就见家里正在热热闹闹地摆宴请客。原来,山根的爹娘见媳妇抱回了大胖孙子,喜从天降,开心得合不拢嘴。他们决定等山根回家,好好庆贺一番,等了十多天,见儿子还不回来,实在是等不及了,就欢欢喜喜地先庆贺起来。到山根到家为止,已经热闹了三天。

亲友们见了山根,就围上来向他道贺,七嘴八舌地夸奖他为罗家增光。见这情形,他知道事情没有露馅。他应付了几句,说去看儿子,抽身钻进了里屋。

他见春梅坐在炕上,正满脸慈爱地举着奶瓶给孩子喂奶。两人对视一眼,立刻从对方眼神里明白:平安无事。山根凑上去,摸摸小家伙的脸,喜滋滋地道:"别说,小家伙还真有点像你呢。"春梅摇晃着孩子,道:"宝儿,我的儿子,你爸爸回来了,快叫爸爸呀。"

那孩子蹬着小腿,嘴里咿咿呀呀地叫着,乐得山根差点趴下,心头说不出有多欢乐、幸福!儿子,这是我的儿子,将来要叫我爸爸的!

这时候,山根娘端了一碗猪蹄汤走进来。山根得意地问:"娘,你对你孙子还满意吧?"

娘笑得合不拢嘴,"满意、满意。"说着,她瞄了一眼媳妇的胸脯,说:"就是春梅没有奶水,让俺大孙子受委屈了。也怪了,这些天,天天熬猪蹄汤给她喝,可就是催不下奶。"

逆转人生

山根心说：能催下奶才怪呢，嘴里却说："娘，现在人家城里的小孩子都是喝牛奶，不吃母乳的。"

接下来的日子，不用说，这一家人脸上都挂着舒心的笑，家里充满了欢声笑语。只有山根，在幸福之余，心里不免有些忐忑不安，他想打电话给那边的工友，探探刘老板他们现在的动静，可又怕弄巧成拙，引起对方怀疑，惹火烧身。

随着风平浪静的日子一天天过去，就在山根那颗紧张的心渐渐松弛下来的当口，一个绰号"阿色"的工友打来了电话。

阿色是南方人，为人精明刁钻，而且特别好色，手头有俩钱就憋不住往发廊里钻，就为这，三十出头，还是光棍一条。他这次给山根打电话，也是被逼无奈：这小子去找小姐，被警察抓了个现行，关进了派出所，不交够罚款就不放他出来。阿色父母双亡，没有亲人，他就病急乱投医，掏出身上的电话本，挨个求救。他先打给刘老板，不但没弄到一个子儿，还被骂了个狗血喷头。打给其他工友，大家跟他一样都是穷光蛋，工资都在老板那里压着，谁也帮不了他。山根虽然已回老家了，可名字还在电话本上，阿色不管三七二十一，就把电话打过来求救。

接电话的是山根娘，听说是找儿子的，老人家刚有了孙子，忍不住要向人炫耀一番："你别着急呀，我去喊他，他在给儿子洗尿布呢。"

阿色乍一听，心里头像被针扎似的疼了一下，心里叹道：唉，自己跟山根是同龄人，人家都有孩子了，自己却连个老婆都没有，只能到发廊里寻快活，落到现在这个下场，人家在幸福地洗尿布，自己却在凄凉地蹲大狱。一阵感叹之后，他脑子突然灵光一闪：不对呀，不久前我见过，没看出怀孕呀，这小子刚回去半个多月，咋就把孩子养出来了？

他正在疑惑，听到电话那头"噔噔噔"传来一阵脚步响，山根抓起电话，问："谁呀？"

阿色耍了个心眼，先不说自己是谁，粗着嗓门，变腔变调地问道："山根，听说你小子当爸爸了，恭喜呀，孩子几个月了？"

山根以为是本地的哪个朋友来向自己道贺，随口答道："快两个月了，是我们在南方生的。你是哪位呀？"

阿色立即变回声，问："怪了，南方？这事我怎么不知道？"

山根听着这声音挺熟悉，心里咯噔一下子，暗叫不好："你到底是谁？""是我，阿色。"

山根顿时呆了，心里懊悔不迭，恨不得抽自己几个大嘴巴，愣了片刻，才问："是阿色老哥呀，你找我有事吗？"

"有、有、有。"阿色一时顾不得去想山根怎么突然就有了孩子，求救道，"山根兄弟，我现在被关在派出所里，你能不能弄两个钱把我赎出去？"他三言两语把自己的事情讲了一遍，完了说："山根，求你了，帮帮我吧。"

山根心说，别说我没钱，就是有钱也不会拿出来去打水漂呀，立刻道："阿色，不是我不帮你，我也没钱。你还是找找别人吧。"

逆转人生

其实，两人远隔千里，阿色本就没抱多大希望，他只是想应付一下旁边那个不断催他交钱的警察，听山根这么说，就大声说："那就算了，山根，我恭喜你有了儿子。"

山根听了这话，却惊得打了个哆嗦，后背冒出了冷汗，心中寻思：阿色这么说，会不会是知道了一些什么？他不会是在威胁我吧？想到这里，慌忙道："阿色老哥，你等等……这样吧，你别着急，我尽量想办法给你凑点钱。"

阿色喜出望外，眼珠一转，立刻有了主意，手捂话筒压低声说道："山根，你真够意思，哥们忘不了你。"接着又大声说，"没钱就算了，我只好在里面多待些日子了。"他后面这句话，是说给身边那个警察听的，他才不想交罚款呢，在派出所里有吃有住，多住些日子也无妨。

过了几天，警察们见阿色实在交不起罚款，像条没有主人的狗，也不见有人来管他，实在拿他没办法，只好狠狠教育了他一顿，放了。

阿色回到公司后，果然发现一张汇款单躺在那里等着他，整整两千元，汇款人没留地址。工友们羡慕得要命："阿色，你小子交了啥好运了？是哪个款爷大把大把地寄钞票给你呀？""你小子是不是勾搭上个富婆啥的啦？"……

阿色反复看着这张汇款单，兴奋得小眼睛里闪闪发光：哈哈，说的不错，看来，这次我阿色是要交好运了。

从上次与山根通了电话后，阿色在派出所里，就仔细研究山根的事情了。他从山根突然辞职，突然有了儿子，联想到刘老板儿子的失踪。而这两件事一经联系在一起，结论不言而喻。而且，阿色隐约还记起来，在老板儿子失踪的那天夜里，山根好像离开过宿舍。好家伙，这小子一定是偷孩子去了！

在猜测到是山根干的这件事后，阿色首先想到的，就是去找徐丽丽领赏。原来，儿子失踪后，徐丽丽失去了借以要挟刘老板的资本，很快就被玩腻了的刘老板打入冷宫，不久后，又被一脚踹了。这样一来，徐丽丽图谋已久的富贵荣华霎时成了镜中月、水中花，她不甘心落得如此下场，决心找回孩子跟刘老板算账，怎么也得让他给自己母子俩掏点抚养费、精神损失费啥的，搞好了，分他一半家产也不是不可能。于是，徐丽丽便到处散发儿子的照片，并悬赏两万块钱寻找儿子。

不过，阿色在见到了这张汇款单后，就转了念头，不急于打徐丽丽那两万块赏金的主意了，因为他推断出，山根之所以这么痛快地掏钱，一定是竭力想封自己的口。他想，从罗山根这里，说不定能得到更多的好处。

于是，阿色把两千块钱提出来后，先出去好好享受了一番，然后，买了一张火车票，踏上了自己的发财之路。

阿色敲诈

山根把钱给阿色寄出去以后，便陷入了深深的恐惧之中。但他仍存幻想：一方面，他抱着侥幸心理，盼望阿色不会起疑心；另一方面，他希望阿色即使知道了真相，也会讲义气，或者看在这两千块钱的份上，能够守口如瓶。

他整天提心吊胆，坐卧不安。因为怕儿子得而复失，这天晚上，两口子在逗弄儿子玩时，他抱着儿子，定定地望着孩子那讨人喜欢的小脸，眼神露出难分难舍的凄凉。

春梅见他唉声叹气，问道："儿子都有了，你还叹什么气？"

山根哪里敢说出实话，只得支吾道："……终究不是咱们亲生的，春梅，你说，孩子的亲娘要是后悔了，会不会跑来跟咱们把孩子要回去？"

春梅一听，脸色大变，像是孩子的亲娘已经来到了面前，她一把把孩子紧紧搂在怀里，坚决地说："她后悔也没用！我跟你说山根，现在谁也甭想要走我的儿子，除非我死了！"说着她两道目光定格在孩子的小脸上，握着孩子的手，嘴里喃喃说道，"儿子，你快说，说你永远不会离开妈妈呀！"

山根看着爱子情深的妻子，心如刀绞。他肠子都要悔青了：你小子真是笨呀，接电话时咋那么不小心呢？

几天后，当罗山根正处在恐惧懊丧、不知如何是好时，阿色这个不速之客，大摇大摆地登门拜访来了。

当山根听到敲门声，打开门，看到是阿色时，心立刻就往下一沉。他本能地想关上门，好让春梅抱着孩子先去避一避，可是，阿色比他更快，已经一步跨进院子里。

山根只得佯装惊喜，亲热地拉住他的手："阿色老哥，大老远的，你怎么会来呀？"

阿色嘻嘻一笑说:"怎么?不欢迎吗?我是来还你钱的,还有,顺便来恭贺你喜得贵子呀。"

春梅以前见过阿色一两次,这时,听他话说得很动听,就喜滋滋地抱着孩子走过来,让他细看。

徐丽丽发的寻人广告上有孩子的相片,阿色已看过多遍,孩子的模样已深深印在他的脑子里,此时他只看了孩子一眼,心里就有数了。当即也斜着眼,夸道:"山根兄弟,你好福气呀,不光儿子长得白白胖胖,媳妇也这么漂亮,都生孩子了,还跟大姑娘一样水灵。"他色眯眯地咽了口唾沫,"瞧这腰,这腿,谁能看出来生过孩子呀?"

春梅见他说话轻浮,顿时脸色一变,就要发作。山根见状,赶紧把她推进里屋。进屋后,春梅生气地说:"这人来干什么?再胡说八道我就把他撵出去。"

山根压低声音:"我也不知道,不过,为了孩子,咱们先别得罪他。"

春梅白了他一眼说:"你怕什么?儿子又不是咱偷的抢的,是咱收养的。"

"是、是,"山根自然不敢承认孩子是自己偷来的,也是急中生智,他说:"可咱儿子就是这个人给咱们联系的,说不定,这次就是孩子的亲妈让他来找咱的,可不敢得罪呀。"

春梅一听,吓得眼泪都出来了。她抱紧儿子,哆哆嗦嗦地问:"他、他、他……他不会是要把孩子要回去吧?山根,你千万别答应他,无论如何,也不能答应呀。"

逆转人生

山根说:"你放心好了,谁也甭想把咱们儿子带走。"

他安抚好妻子,重新走出来,赔着笑脸为阿色递烟倒水。阿色咂巴着一张雷公嘴,道:"山根兄弟,你艳福不浅呀。可惜你老哥我到现在还是光棍一条,你不能饱汉不知饿汉饥,可要帮老哥一把呀。"

山根见他阴阳怪气,话里有话,知道来者不善,就单刀直入说:"阿色,你想说什么你就直说吧,别绕弯子。"

阿色一竖大拇指:"好,痛快!那我也打开天窗说亮话吧。我看你这么幸福,老婆孩子都有了,我也动了心,我的意思是想让你赞助几个钱,让我回去也成个家,生儿育女。"

山根明白了,他是想要钱,就问:"多少?"

阿色竖起巴掌,叉开五指晃了晃。

"五千?"山根想了想,便试探着说,"阿色老哥,我确实应该帮你,可我也没有什么钱,前几天寄给你的那两千块还是借的呢。这样吧,刘老板那儿还压了我万把块钱的工资,如果你能要出来,就都归你了,也不用你还。"

阿色哈哈一声怪笑,说:"山根,你打发叫花子呀?我告诉你,我要五万块!"

山根心里叫苦不迭,道:"阿色老哥,别跟我开玩笑,你看我连老婆孩子一块加上,能值五万块吗?"

阿色突然收起笑容,道:"值,太值了!"他手往里屋一指,问,"你知道徐丽丽为找儿子,悬赏多少钱吗?"

山根一听,脑子轰的一声,像被铁锤狠狠敲了一下,立刻软下来,求道:"阿色老哥,求求你,你小点声,春梅还

227

不知道孩子是我偷来的呢。"

阿色恍然大悟:"怪不得你老婆敢不理我,原来她不知道呀。我还以为你们是夫妻大盗呢。山根,你说这事咋办吧?"

事到如今,山根没有别的办法,他进去跟春梅打了一声招呼后,领着阿色来到村头的一家小饭店,要了酒菜,边吃边说。他把自己偷孩子的原因和经过从头至尾简单说了一遍,为了博取阿色的同情,他连春梅不能生育的事也说了。说到伤心处,他抹抹眼泪,唏嘘道:"……阿色老哥,你说说,咱们卖死卖活给刘老板干,他却总是找理由拖着不给工钱,你说,这口气咱们能白白咽下吗……阿色老哥,姓刘的太可恨了,那么大岁数,还包'二奶',你年纪轻轻却连个对象都没有;他已经有儿子了,还让小老婆再生一个,我却一个没有,你说,这公平吗?应不应该偷他一个……"

阿色边听边不断点头,道:"对,不能轻饶了那杂种,换了是我,也会这么干的。"

山根一听,心中暗喜,忙给阿色满上酒:"老哥,既然这样,你帮兄弟个忙,把这事捂严实,我这辈子忘不了你的大恩大德。"

阿色一拍大腿,说:"我就是想帮你,才来找你的,换了别人,我早去领赏金了。山根兄弟,你总不能让我白跑一趟吧?"

山根说:"可我确实拿不出五万块钱,你落落价。"

阿色摇头道:"这个价格很公道,我算个账你听听。"

他拨拉着手指头说，"徐丽丽悬赏两万，警察那边肯定也有奖金，加起来怎么也有三万吧？"

山根连忙说："那就三万，行不行？"

"除了这三万，还有两万呢。山根，你想没想过，偷人家孩子，可是大罪呀，我要是去告发你，最起码要判你七年八载的。我现在只要你出两万块钱，就买你七八年的自由，够便宜吧？"

山根不由悚然心惊，之前他只想到阿色的到来可能使自己失去儿子，没想到这事还能让自己失去自由。问题严重了。他愣了半天，问："那我现在把孩子给他们送回去行不行？"

"笑话，罪已经犯了，覆水难收，现在送回去也晚了。"阿色说，"账我还没替你算完呢，要是你去坐牢，不光孩子没了，老婆只怕也要卷着铺盖走了，这么个如花似玉的老婆，此后也不知要便宜哪个王八蛋了，想起来，唉……"他往嘴里扔进一颗花生米，装腔作势摇着头，连连叹息，"买这么一个老婆，怎么也得上万元吧？这又是一万。我只要你五万，不多吧？"

仗着酒劲，他看了看山根，突然笑道："山根，打个商量，如果你能让春梅陪我几晚，我就再便宜一万，你看怎么样？"

一听此话，山根不由怒从心头起，恶向胆边生，他的拳头已经紧紧攥起，真想跳起来，挥拳砸他个脑袋开花。但他竭力按捺住怒火，眼中凶光一闪，说："阿色老哥，你还真能开玩笑，好，五万就五万，我答应你。"

阿色大喜:"好,痛快!我拿到钱,就马上走人,从此往后,你们一家三口安安稳稳过幸福日子吧。老婆孩子热炕头,多令人羡慕呀!"

山根拿过酒瓶,给阿色添满酒:"你羡慕啥?钱到手后,你回去也娶一个就是了嘛。来,干了这杯,祝你找个称心如意的媳妇。"

阿色已有七分醉意,他可是做梦都想娶媳妇,闻听此言,乐不可支,举起杯来,一饮而尽。

山根殷勤地为他又满上酒,问:"阿色老哥,还有没有别人知道这事?"

阿色说:"你放心吧,我一个人都没告诉,连我到你这里来,也没有一个人知道。"

山根听了这话,眼中又一次闪过令人恐惧的凶光,他举起了酒杯:"别人真的不知道?那太好了,我谢谢你为我保守秘密。来,再干一杯。"

此时,桌子上已躺了两个空酒瓶。两人一个是得意忘形,一个是暗藏杀机,接下来,你来我往的,一直喝到了半夜,直到两人都趴到了桌子上。

不过,两人一个是真醉,一个却是假装的。

杀人灭口

山根见阿色已经醉得不省人事,便扶起他,连拖带抱,摇摇晃晃地出了小饭店。

逆转人生

此时已近深夜,天空灰蒙蒙的,路上黑黢黢的。山根站在村头,朝前后左右看了看,空无一人,但他没向自己家的方向走,而是掉转身,架着阿色出了村,走进了村西的树林里。

被逼入绝境的罗山根,决意要杀人灭口。

刚才,他答应了阿色的条件,那只是说说而已,心里清楚:自己家里别说五万元,就是想凑个一两万也难于上青天。何况,以他对阿色的了解,这次他抓住了自己的把柄,决不会就此罢休,等这五万元花完,一准还会找上门来敲诈,恐怕自己这辈子也甭想摆脱他的掌控。要想彻底摆脱阿色纠缠,只有让他彻底消失!

俗话说,酒能壮胆。凭山根的为人,如是没喝酒,借他几个胆,也断然不敢有杀人的念头,但此时,在走投无路之下,经酒精一催,便顿起杀心。当他听阿色说没有别人知道他的行踪时,山根的杀心就定下了。

山根拖着阿色来到树林深处,已累得气喘吁吁,他手一松,阿色像一摊烂泥一样滑到地上。山根连累带紧张,已是一身虚汗,冷风一吹,不由打了个冷战,脑子里略微清醒了几分。他没急于动手,而是坐在一个树墩上,从兜里摸出一支烟点上,边抽边把行动过程、细节再仔细合计了一遍。他知道,杀人这事可跟上次偷孩子不一样,稍有疏忽,只怕自己脖子上的这颗脑袋就保不住了。

山根坐了一会,想来想去,觉得除了灭口,别无选择。于是他下了决心,扔掉烟蒂,站起身来,冲地上的阿色说:"对不起了,阿色,要怪就只能怪你自己,你心太黑了!不

231

过,你放心,每年清明,我都会给你烧纸的。"

他将阿色拖到一棵树下,试了试他的鼻息,看样子一时半会儿不会醒来。他决定先回家拿把铁锹,再回到这儿挖个坑,将他埋掉。

山根抄小路悄悄返回到村里,他怕惊动春梅,到家后也不敢开门,翻墙进入院子里。他见屋里还亮着灯,就蹑手蹑脚地走到窗下听了听,没声音,春梅大概已经睡了。他赶紧摸了把铁锹,又翻墙而出。

他从原路返回树林,选了一块隐蔽的地方,脱下外衣,奋力挖了起来。大约一个小时后,终于挖了一个足有两米多深的坑。他擦擦汗,跳出坑来,来到附近的大树下,想把阿色拖过去活埋掉。不料,他低头一看,树下空无一人——阿色竟然不见了!

山根大吃一惊,以为自己记错了地方,忙到周围的几棵树下去找,也没有。山根身上急出了冷汗,他扩大范围在附近仔仔细细找了一遍,还是不见阿色的踪影。

"难道阿色酒醒后自己跑了?或者,是被什么野兽拖走了?"山根傻了,只好匆匆把挖好的深坑重新填上,返回家中。

山根进屋,见春梅还没有睡觉,呆呆地坐在炕沿上,两眼红肿,好像刚刚哭过。她见山根进来,便问:"怎么才回来?那个人呢?"

山根支支吾吾地道:"我也不知道,喝完酒我们就分手了,大概是回去了吧。"

春梅双眼怔怔地看了他半晌,突然问道:"山根,你告诉我,这孩子真的是他妈妈自愿送给你的吗?"

山根避开妻子的目光,强笑道:"当然,我骗你干吗?"

泪水从春梅眼里涌出来,"啪嗒、啪嗒"一颗颗落下,她抽泣着说:"山根,到现在了你还不跟我说实话?那人是来要孩子的是不是?这个孩子我不要了,你去还给他吧。"

山根吃了一惊,说:"我们好不容易才有了儿子,你不是说宁死也不愿意跟儿子分开吗?"

"现在我改变主意了。"春梅一字一顿地说,"我不愿意看到你为了一个孩子丧尽天良,变得毫无人性。"

山根忙说:"你胡说些什么?我怎么丧尽天良、怎么毫无人性了?"

春梅说:"山根,你自己做的事情你自己知道。我知道你也舍不得孩子,可是该是我们的就是我们的,不是我们的也不能强求,你自以为做得天衣无缝,可人在做天在看呀。"

山根装糊涂说:"你,你吃错药了吧?胡说八道个啥呀?"

"世上没有不透风的墙,即使侥幸现在没有人知道,可是以后我们会心安吗?难道一辈子我们要在担惊受怕中度过吗?"

山根强作镇静,笑道:"你到底是什么意思呀?"

春梅见他执迷不悟,黯然地说:"你自己到西厢房看看吧。"

山根赶紧来到厢房,刚推开门,一股酒气扑鼻而来。他开灯一看,不由呆了:床上躺着一个人,不是别人,正是阿色。

他忙问春梅:"他怎么会在这里?是你把他弄回来的?"

"你不是要杀他吗?"春梅看着山根,冷冷地说,"如果你不想要咱们这个家,你就动手吧,我绝不拦你。"

"我……"

阿色正是被春梅救回来的。

前半夜,春梅见山根迟迟未归,等儿子睡下后,就起身到小饭店去找。没等她走到饭店门口,正好看见山根扶着阿色从里面出来,不过,他们没有回家,却背道而驰,向村外走去。春梅心中奇怪:这么晚了,山根要带着人家往哪里去?于是,她便偷偷跟在后面,一直跟到了树林中。在林中,春梅偷听了山根对阿色说的那番话,这才知道,山根竟然起了杀心。她隐约猜测到:这人一定是来要孩子的,山根不想把孩子还给人家,就想杀掉这人。当时,春梅手脚都吓麻了,她实在不敢相信,为了孩子,山根竟敢杀人!后来,趁山根回村拿铁锹,她便背上阿色,从大路返回了家。

见事已败露,山根"扑通"跪下,道:"春梅,我都是为了咱这个家。我不想杀他,可是现在不杀不行呀。"接下来,他就原原本本,将自己如何偷孩子、阿色又如何敲诈自己的事说了。说完,他痛哭流涕地道:"现在我也后悔了,可是,如果不杀他灭口,不但我们的儿子要失去,我也要去蹲监狱呀!"

春梅听完,感到心惊肉跳。她原以为山根只是不想把儿子还给人家，没想到里面这么严重复杂。她怔了半响，恨铁不成钢地埋怨道："山根，你这是在一错再错呀。这么大的事，你咋不和我商量呢？刚才要不是我跟着你，只怕现在你已成了杀人犯，后悔也晚了！"

山根痛苦地抱住脑袋："我不跟你商量，是不想连累你，出了事我好一人担着。春梅，你说现在怎么办呢？"

春梅一时也没了主意，不过，她知道，现在万万不能一错再错了，否则，真的就到了万劫不复的地步了。

春梅爱怜地看着熟睡中的孩子那甜美的小脸，目光久久不舍得移开。半响后，她叹口气，对山根说："你快去把你爹妈叫过来，事到如今，咱也不能再瞒着他们了。"

这个晚上，他们家的灯彻夜未熄，一家人围在一起，商量了一夜。第二天一早，天刚蒙蒙亮，春梅便抱着孩子，跟山根一起，登上了进城的第一趟班车。

山根的爹娘一直将他们送到村口，看着远去的汽车，老泪纵横。特别是山根娘，更感到揪心扒骨般的疼，她不住地问老伴："他爹，咱真的非得把孩子送回去吗？"

山根爹长叹一声说："你是想要儿子还是想要孙子？想要孙子的话，只怕咱们的儿子就没了！"

还子得子

徐丽丽暂时仍住在玫瑰花园的那栋别墅里。

被刘富贵无情地抛弃后，徐丽丽一直暗自庆幸：幸亏当初趁热乎时逼他为自己买了这所别墅，到如今才不至于一无所有。

然而，前几天，一个自称是此房房主的人来通知她交房租，徐丽丽这才知道，锁在抽屉里面的那张房主栏里写着徐丽丽的房产证，竟然是一张废纸，这所别墅根本不是刘富贵为她买的。

房主走后，徐丽丽扑到床上绝望地大哭一场。她恨刘富贵，把他的祖宗十八代都骂了个遍，她咬牙发誓："姓刘的，姑奶奶不会这么放过你的。"

可是，自己一个弱女子，对方有钱有势，凭什么跟他斗呀？现在，她只能把希望寄托在自己失踪的儿子身上，只要儿子能找回来，她就能以此说明两人之间有事实婚姻的依据，即使不能让他身败名裂，也可以通过法院向他索取赔偿。

可是，儿子失踪都快一个月了，依然杳无音讯。

这天晚上，徐丽丽孤零零地躺在床上，想到自己的悲惨遭遇，不由自怨自艾，以泪洗面，久久难以入眠。

凌晨时分，她正处于迷迷糊糊状态，突然，隔壁房间传来"砰"的一声响。徐丽丽被惊醒了，她侧耳细听，似乎听到有人在轻轻走动。有贼！徐丽丽顿时吓得缩在被窝里，不敢出声。

十几分钟过去了，贼似乎仍待在隔壁房间，徐丽丽想，隔壁是婴儿房，没什么好偷的呀。更奇怪的是，过了一会儿，隐隐传来女人的抽泣声。徐丽丽想，难道不是贼？这么一想，她壮起胆子，悄悄下床，摸到门边，轻轻打开了门。

然后,她一步跨过去,猛地撞开隔壁房门,伸手打开了灯。

只见一男一女两张惊恐万分的脸暴露在灯光下。那女的脸上,满是泪水。在他们身前的婴儿床上,一个胖胖的婴儿正在香甜地睡着。

徐丽丽心中狂喜,她顾不得别的,扑到婴儿床前,仔细一看,一点不错,正是她失踪的儿子宝儿。

她抬头看着这两个吓得面色煞白的"贼",问道:"是你们把孩子送回来的?"

两人哆哆嗦嗦地点点头。

这两人,正是山根和春梅。那天晚上,一家人商量到天快亮时,才拿定主意:赶在阿色之前,把孩子原封不动地悄悄送回去,以求得孩子父母的谅解,甚至不予追究。两人让爹娘想法稳住阿色,他们抱着孩子火速赶往南方。等他们赶到别墅附近,已经是第二天半夜了。等到屋里的灯熄后,山根便熟门熟路地抱着孩子从窗户爬了进去。春梅一时对孩子情感难舍,也跟着爬了进来。就在两人围着孩子看了又看,抱了又抱,舍不得离开时,却被徐丽丽撞了个正着。

春梅见无法脱身,赶紧一拉山根,扑通跪下,泪汪汪地说:"大姐,我们错了,不该一时糊涂偷你的孩子……不过,您的孩子连根头发丝都没少,我们一点没亏待他,你看他长得多胖、多可爱呀。"

徐丽丽这才明白:原来是这两人把儿子偷走的。但她感到奇怪的是,他们偷了又为什么要送回来?不过,她见儿子毫发无损地回来,已是喜出望外,又见两人可怜巴巴,看上去也不像是恶人，就道："那你们必须跟我说清楚，为什么要偷我的孩子，又为什么要送回来？"

事到如今，山根和春梅哪里还敢隐瞒？于是流着泪，从春梅不育被迫离开家乡开始，到刘老板不给工钱、山根起了邪念，直到阿色上门敲诈，一五一十地和盘托出。

徐丽丽听完，心中百感交集。俗话说，可恨之人必有可怜之处，自己可怜，这一对夫妻比自己更可怜呀。她心里便有几分原谅了他们。当她听到此事与刘富贵有关时，气愤道："原来姓刘的是罪魁祸首，他要是不扣你们的工资，这事也不会发生。"

山根赶紧说："是呀，是呀，若不是因为咽不下这口气，就是给我两个胆子我也不敢偷你的孩子呀。"

徐丽丽想了一下，说："想让我不再追究你们，你们得答应我一个条件。"

两人对看一眼，异口同声地说："什么条件？只要我们能做到，一定答应你。"

徐丽丽说："其实我也是为你们好。只要你去联合你们的工友，去告那姓刘的，要回你们该得的工资，让他名声扫地，这事我就不再追究，而且我立即去公安局撤案。"

山根跟春梅岂有不答应之理。山根的一颗心终于彻底放下了，想想自己所作所为，若不是春梅，自己此时只怕已铸成大错，悔也来不及了。

此时，山根方真正体会到那句俗话：家有贤妻，不遭横事。

再说阿色，酒醒后又被山根爹娘好酒好菜招待了两天，

逆转人生

他见山根两口子出门借钱还没回来,这才如梦初醒。等他心急火燎地赶了回来,却为时已晚,当他找到徐丽丽时,孩子已经在人家的怀里抱着了。阿色气急败坏,叫嚣着要去公安局告发山根。徐丽丽警告他:"我已经撤了案,你去告发的话,小心山根他们反告你敲诈勒索,到时候你也得蹲大牢。"

阿色懊悔不迭,只得打落牙齿和血咽,眼睁睁看着这个发财的机会,跟自己擦肩而过……

没有了孩子,山根和春梅也不想回老家了。他们打电话跟爹娘报了平安后,留在了南方,夫妻双双在一家工厂里打工。对于这对苦难夫妻来说,他们的梦想,依旧是想拥有一个孩子。

他们也一直关注着徐丽丽向刘老板讨要抚养费一案的情况。几个月来,此案在城里搞得沸沸扬扬,起初,刘富贵拒不承认孩子是他的私生子,还信口雌黄地说:"一个妓女,抱着孩子找到你的门上,你认吗?"但是,随后法院经鉴定,判定刘富贵是孩子的生身之父,刘富贵这才不得不承认了。后来,法院判令刘富贵必须承担孩子的抚养费等相关费用,而对徐丽丽的其他赔偿要求,却未予支持。

这场官司历时半年之久,弄得徐丽丽身心俱疲,特别是心灵,受到的创伤更是难以弥补。刘富贵损失的只是一点钱,而她丢掉的,是一个女人的名声、尊严,甚至还有未来。这些日子里,她成了城里的名人,走到哪里,都有人在背后指指点点,说三道四。

时间过得很快,春梅和山根留在南方,转眼又快半年了。

这天傍晚，他们下班后，一前一后回到住处。山根刚走到门口，突然听到先进屋的春梅发出一声惊叫："山根——"

山根大惊，慌忙一头冲进屋里，只见春梅木雕泥塑般立在那儿，两眼目不转睛地盯着床头。山根顺着她的目光看去，心头陡然一震：孩子！那里躺着一个可爱的孩子！

春梅转回头来，泪水已夺眶而出，她喜极而泣，不敢相信地问："山根、山根，我不是在做梦吧？我们的宝儿……真的又回来了？"

他们发现，桌子上放着一张纸条，拿起一看，只见上面写着："春梅、山根，我马上就要离开这里，离开这个让我伤心的地方了，我要到一个没人认识我的地方，忘记了这里的一切，开始全新的生活。我知道你们是一对好人，孩子就托付给你们了，你们就把他当成自己亲生的孩子吧，刘富贵给的抚养费我会按月寄给你们的。我对不起孩子，麻烦你们永远不要告诉他我的事情，那会成为他的耻辱，拜托了……"

春梅喜泪纵横，她颤抖着双手，轻轻抱起儿子，而后，将脸紧紧地贴在孩子的小脸上，深情地呼唤着："宝儿，宝儿，我的宝儿！"

窗外，一个面容憔悴的女人听着从里面传出的呼唤声，两行泪水顺着脸颊滚滚落下。而后，她背起了简单的行囊，一步一回头地慢慢走开了……

逆转人生

开弓没有回头箭

夺妻之恨

俗话说,杀父之仇,夺妻之恨,不共戴天。对一个男人来说,这夺妻之恨关系到做人的颜面和尊严,不能不报。

这些日子,刘德民心中就充满着这种仇恨,要不是为了年迈的父母和年幼的儿子,他早就跟夺妻的仇人赵伟强拼命了。

说到赵伟强,跟刘德民原本是不错的朋友,两年前,刘德民离家南下打工前,还郑重其事地请赵伟强来家里喝了一顿酒,拜托他照应一下自己的老婆、孩子。没想到,赵伟强还真是"不负所托",竟然照应到心上去了。两年后,当刘德民从南方打工回来,老婆秀芹就跟他提出了离婚。

刘德民不恨老婆,毕竟自己一去就是两年,对家里的事情一概不闻不问。他恨的是赵伟强,觉得自己若是此仇不报,一辈子都抬不起头来做人。刘德民原本是个把面子看得比命都重的人，恨到极处，他就起了杀心：你让我没脸做人，我就让你没命做人。大不了就是一命换一命，你赵伟强是运输专业户，家里有钱、有楼、有车，日子比我刘德民强多了，你的命肯定比我的要值钱。

但刘德民转念又一想：不行，自己死了，儿子小宝怎么办？当初，跟秀芹离婚的时候，自己坚持把十岁的儿子留在了身边。要是自己死了，谁来照顾儿子呢？指望秀芹？

所以，在报仇之前，刘德民必须安排好儿子的生活，了无牵挂了，才能跟仇人一同去死。

刘德民决定忍辱负重。在村里抬不起头来，他干脆一咬牙，带着儿子去了城里，边打工，边寻找报仇的机会。刘德民日思夜想的，除了报仇，就是怎么才能攒下一大笔钱留给儿子呢？他想到自己早晚要死，就跑去保险公司，想买一份伤亡保险，只要自己一死，儿子就可以得到一大笔钱。

去了以后，刘德民问保险公司的职员："是不是只要我死了就有保险金？"对方皱了下眉头，说："投保人自杀或者因为投保人故意犯罪引起的死亡，我们是不会赔偿的，比如说你杀了人，被判了死刑，我们是不可能赔偿的。"刘德民一听，扭头就走。

不过，接下来发生的一件事，让刘德民走投无路，他不能再等下去了。俗话说，福无双至、祸不单行。这天，儿子小宝在学校里突然晕倒，送到医院一检查，竟然患的是尿毒症，需要换肾。真是晴天霹雳呀！

这种病很麻烦，既需要肾源，又需要大笔的治疗费。肾源么,刘德民开始还以为,自己肚子里就有两个肾,都摘给儿子他也情愿。可医院一检查,配型失败,只能眼巴巴地等待适合的肾源。另一个问题就是钱,刘德民这些年虽然也攒了一点钱,但哪里经得起这样折腾啊,儿子住院不到十天,就花光了。接下来,医院催费的单子一张接一张,刘德民几乎绝望了。

这天,刘德民托一个病友帮忙照顾一下小宝,自己搭车返回老家,准备把自己的房子卖掉。在村口下车后,刘德民一眼看到路边的老槐树上贴着大红喜字,他问一个乡亲:"是谁结婚啊?"那乡亲笑嘻嘻地大声道:"呀,是德民呀,怎么,他们没请你来喝酒啊?"

旁边几个闲人哄堂大笑。刘德民疑惑地问:"到底是谁啊?"

"哈,是你媳妇结婚啊!德民,你也算是她亲戚,快去看看热闹吧。"说罢,又是一阵哄笑。

刘德民顿时觉得全身热血上涌,心里暗骂道:"我这里都快愁死了,你们却在舒舒服服办好事!我过不清闲,你们也别想舒服了!"他"噌、噌、噌"大步跑到父母家,从案板上抓起一把菜刀,瞪着血红的双眼,杀气腾腾地就往外走。

老爹见势不好,冲上去拼命抱住他,老泪纵横地喊道:"德民啊,忍一忍吧,你不为自己想,不为我跟你娘想,也得想想小宝呀,小宝这会儿还在医院躺着等你救命呢。"

一听说儿子,刘德民全身的血液凝固了,手一软,菜刀"当啷"一声掉在地上。随即,他抱住脑袋,蹲在地上绝望地嚎啕大哭。

这时，外面传来震耳欲聋的鞭炮声，接着是热烈欢快的唢呐声，在村子上空久久盘旋。刘德民捂住耳朵，但那声音还是一个劲儿地往他心里钻，如同一支支利箭，将他的心刺得鲜血淋漓……

誓报此仇

第二天一早，刘德民怀里揣着卖房子得来的两万块钱，来到村口等客车。也是冤家路窄，等了一会儿，客车没到，却等来了赵伟强的车子。刘德民老远就看到，那车头上贴着簇新的红喜字，秀芹坐在副驾驶座上，身上的衣服更是红得刺眼。刘德民急忙转过身去，背对他们。不料，车驶到近前，却停下了。赵伟强开门下车，冲他招呼道："德民，听说你回来了，昨天本想去看你，因为太忙也没顾上。"

刘德民目光如刀，冷冷地说："要看我的笑话是不是？赵伟强，我告诉你，咱俩谁输谁赢还不一定呢！"

赵伟强尴尬地笑了笑，说："德民，我确实是对不起你！不过感情这种事情谁也没法控制，事到如今，只能怪你和秀芹没有缘分吧。"

这小子做出这样的事情来，竟然还理直气壮，满口理由！刘德民气得热血上头，眼中燃起熊熊怒火，他紧咬牙关，不再说话，心里反复提醒自己不要冲动。不想，那赵伟强还不识趣，又问："你这是要回城吗？来，上车吧。"

打死刘德民也不会上仇人的汽车，他嘴里蹦出一个字：

逆转人生

"滚!"坐在车里的秀芹生气了,她瞟了刘德民一眼,对赵伟强说:"伟强,甭理他,我们走!"

刘德民听在耳里,心中火起。离婚的时候,秀芹要儿子,说她可以给小宝更舒适的生活。当时,刘德民放出话来:"小宝永远不用你管,我们就是穷得要饭也不会要到你的门上。"

此时,见秀芹逍遥自在的样子,刘德民一冲动,就忘了自己说过的话,沉着脸走到另一侧车门前,说:"秀芹,你知不知道小宝住院了?"

秀芹面带嘲讽地说:"你不是说小宝不用我管吗?怎么,后悔了?"

刘德民喉头一噎,后面的话就说不出来了。赵伟强忙过来打圆场,说:"德民,小宝的事,你也别太着急……"

秀芹打断他的话,道:"伟强,用不着跟他废话!咱们还要去桃花岛旅游呢,赶快上车。"赵伟强只好对刘德民道了声抱歉,然后上了车。

透过车窗,刘德民看到秀芹亲昵地在赵伟强耳边低声说了一句什么,说罢,还轻蔑地望了自己一眼,两人突然一起大笑了起来,然后汽车发动,绝尘而去。

刘德民妒火中烧,气得浑身发抖,他猛地回转身,一拳敲在旁边的树干上,心里呐喊一声:"我要报仇!"坐车返程的途中,刘德民的心里渐渐想好了一个计划。

回城后,刘德民没有立刻去医院,而是去了保险公司,花五千块为自己买了一份大额意外伤亡保险。上面规定,自己如果在保险期内意外身亡，小宝将可以得到三十万元保险金。

签字的时候，刘德民激动得手不住颤抖，那感觉就像在生死簿上画押，工作人员不由起了疑心，郑重地再次向他强调拒赔条款。刘德民签好字，说："放心，我是决不会自杀的，更不会犯罪。"

从保险公司出来，刘德民又到一家手机店买了张新的电话卡。回到住处，刘德民仔细地将保险单据夹在儿子的课本里，然后打开抽屉，从底层找出了一张纸条。纸条上写着几个手机号码，这些号码都是他决意报仇后，到处搜集来的，内容都是：专业报仇、提供杀手。

刘德民换上新的手机卡，又犹豫了半天，终于下定了决心，按下了第一个号码，电话却没打通，再按第二个，还是不通，打到第三个，终于通了。刘德民稳住心神，与对方互相试探一番后，确认对方正是自己想找的人，于是说："我想请你帮我杀两个人。"

对方一口答应，报出了个价格，刘德民本来就没打算付钱，也不讨价还价，只说要服务到位，钱不是问题。对方很高兴，说："你放心，我们很专业，我有个外号，叫做'杀手王'，保证干净利索，而且决不会连累到你。"

接下来，杀手王给了一个地址和一个新的电话号码，让刘德民将要杀之人的照片等资料发快递过去，并把五万预付款打到指定账号上。刘德民哪里有五万元啊？便说："我对你们的信誉还不太了解，最多预付一万块钱，剩下的事成后一次付清。你看行不行？"

杀手王沉吟了一下，说："谅你也不敢耍我，不过，一万块钱连行动的经费都不够，最少三万。"最后两人各让一步，以两万元成交。

随后，刘德民找出两张照片，一张是赵伟强的，另一张是自己和秀芹的合影，他在合影照片背后写上了两句话，发快递寄了出去。

然后，刘德民打电话告诉杀手王，第一个目标是单人照上的那个人，此人这几天会跟合影照片上的女人一起去桃花岛旅游。干掉此人后，第二个目标的有关情况，就写在合影照片的背面。

杀手王说："没问题，只要你的预付款一到账，我就立刻安排动手，你抓紧时间汇钱吧！"

刘德民花了整整两天时间，四处求爷爷告奶奶，奔波筹钱。这期间，杀手王打电话催了他不下十次。终于，到第三天的早晨，刘德民把钱汇到了对方的账上。杀手王打电话确认收到，让刘德民静待佳音。

刘德民不放心地问："你们不会是骗钱的吧？"

杀手王笑道："放心，我们信誉至上，拿人钱财替人消灾，盗亦有道。"

大出意外

刘德民来到医院，还没跟儿子说上几句话，就被护士叫到了主治医生的办公室。王主任生气地说："你这几天不露面，我们都以为你把儿子抛下不管了呢！"刘德民慌忙哀求："王主任，请再宽限几天，千万不能停药，我一定会弄到钱的。"

王主任笑道："我们不会停药的，因为住院费已经交得足足的。"刘德民诧异道："我没有交钱啊。"

王主任告诉他，昨天上午，有人来为小宝交了一笔住院押金。刘德民狐疑万分，自己没有什么有钱的亲戚朋友啊，会是谁呢？

接着，王主任又说："还有一个天大的喜讯，小宝可能很快就能做移植手术了。"刘德民又惊又喜，一把抓住王主任的胳膊："是不是有肾源了？"

王主任说："前天上午，有一男一女来医院找到我，主动要求为小宝做配型检查。我问他们是谁，那女的说，她是小宝的母亲。"

刘德民既感意外，又很高兴，心想：秀芹毕竟是小宝的妈妈，哪能见死不救呢？他问道："那配型结果出来了没有？"

王主任说："结果还没有最后出来，不过就目前已知的情况看，小宝母亲除了身体较弱，不太适合移植外，其他各方面还比较乐观。你放心，二选一，一定没问题的。"

刘德民一怔："什么二选一？"

王主任说："那个跟小宝母亲一起来的男人也做了检查，他要求把自己的肾移植给小宝。对了，这人是谁啊？"

刘德民心中大为震动：那男人肯定是赵伟强了，想来，住院费也是他们交的。秀芹救儿子是天经地义，但他万万没想到，跟儿子毫无血缘关系的赵伟强不但出钱，还愿意捐肾！

刘德民又转念一想：或许，赵伟强是因为抢了自己的老婆，良心发现，想以此来向自己赎罪。如果是这样，自己该不该原谅他呢？一时之间，刘德民心乱如麻，矛盾、感激、嫉妒、懊悔……诸般滋味一齐涌上他的心头。

刘德民心事重重地回到病房，同室的病友交给他一封信，说是昨天那个男人托他转交的。刘德民打开信，果然是赵伟强写的：

"德民，本想跟你当面谈一次，但你一直不给我机会。我知道你心里恨我，毕竟，夺妻之恨，对任何一个有血性的男人来说，都是奇耻大辱。十年前，我也有过跟你一样的感受，也被人抢走了最心爱的人……"

看到这里，刘德民感到很奇怪：你连婚都没有结，怎么会知道夺妻之恨的滋味？他接着往下看："……你知道我为什么一直没有结婚吗？因为，秀芹本应该是我的妻子。你也许不知道，她在跟你结婚之前，我们已经秘密交往了两年，可是因为当时我家里穷，她父母一直不同意我们的婚事，后来你就插进来追求秀芹，迫于父母的压力，秀芹选择嫁给了你。那时候，我恨你入骨，曾对天发誓：一定要把秀芹再夺回来。所以，这些年我拼命奋斗，可是，光靠我自己努力还不行，是你给了我机会，你为了赚钱扔下秀芹，一走就是两年，我这才重新拥有了秀芹，也报了你当年的夺妻之恨……"

看到这里，刘德民目瞪口呆，他万万没想到事情是这样的，原来对赵伟强来说，自己同样是有夺妻之恨的仇人，他是为了报仇，才夺走了秀芹。怪不得自己一直感觉秀芹跟自己貌合神离，原来，她心中一直搁着赵伟强。

信上又写道："……我说这些，不是希望你能原谅我，只是想让你知道我追求秀芹的真实原因。

当我们知道小宝得病的事情后，秀芹很着急，她执意要自己捐肾给小宝。我本来不同意，你也知道，秀芹的身体很虚弱，我可以出钱供小宝治病，但不能冒着失去秀芹的危险让她去捐肾。但秀芹却打定了主意，为了不连累我，她甚至提出了跟我分手。现在，我想明白了，爱一个人，就应该为她做任何事。小宝是秀芹的儿子，那也就是我的儿子，只要我的肾适合移植给小宝，我愿意代替秀芹捐一颗肾。今天，我们已经在医院做了检查，结果等几天才能出来，等我们旅行回来，就可以做手术了。

我们本来计划年底再办喜事，但如果做移植手术的话，后果难料，所以我才提议马上结婚，趁现在我和秀芹都是完整的人，多享受几天。还有，不要为手术费的事情着急，我会想办法的。我相信，我们一定会渡这个难关。"

刘德民看完信，呆呆地坐在那里，眼窝里酸酸的，想放声大哭一场，心里对赵伟强的恨，不知不觉间消了一大半。

就在这时，王主任夹着病历兴冲冲地推门进来，说："刘德民，你儿子有救了！"刘德民大喜，激动地问："王主任，是不是有结果了？"

王主任点点头："是啊！"他翻开病历，"两份检查结果都出来了,配型成功,赵伟强和秀芹的肾都可以移植给小宝,但考虑到秀芹的体质较弱,我们决定选用赵伟强。"

"选他?"刘德民一呆,突然想起了一件事,不由脸色剧变,"霍"地跳起来,失声道,"坏了!"

王主任吃了一惊:"怎么了?"刘德民冷汗如雨,说:"王主任,麻烦您照顾一下小宝,我有点急事。"说完,就冲出了病房。

刘德民跑到一个空旷地带,掏出手机,急不可耐地拨通一个号码:"杀手王,生意马上取消。"

杀手王说:"你开什么玩笑?开弓没有回头箭!现在箭已离弦,杀手我都派出去了,现在说不定已经动手了。"

拯救仇人

刘德民闻听,全身的血液顿时凝固了,他颤声说:"求你了,快通知他,千万不能动手!那两万块钱订金我一分不要,还不行吗?"

杀手王不情愿地说:"那我试试看吧,你等我的电话。"

刘德民攥着手机,焦急地在原地走来走去,感觉到每一分钟都像一年那么漫长。终于,手机响了,刘德民颤抖着按下接听键。

杀手王说:"没办法,联系不上,下家把活儿转包出去了,据他说,他雇了当地一个急需用钱的混混儿。"

刘德民几乎要哭了,哀求道:"那你赶快再跟混混儿联系啊。"

"怎么联系？那混混儿穷得叮当响，连手机都没有。不好意思，这笔生意只能继续了，你把余款准备好。"

刘德民傻了眼，对着手机大吼道："什么余款？我跟你说，生意取消，没有余款！"

杀手王一声冷笑："嘿嘿，我劝你还是冷静点儿，想清楚后果。要知道，干我们这一行，都是亡命之徒，得罪了我们，你就准备后事吧。告诉你，我们要查到你很容易，你就是躲到老鼠洞里，我们也能把你抠出来。"

刘德民绝望地吼道："不用费事了！我跟你说实话吧，我根本没有钱付给你，我雇你们除掉的第二个目标就是我自己，那张合影上的男人就是我，你们快来杀我吧！"

杀手王大吃一惊："花钱雇杀手来杀自己？你是不是有病啊？"

原来，刘德民要杀的第二个目标，正是他本人。他本来的计划是这样的：一，请杀手杀掉赵伟强，以报夺妻之恨；二，杀了自己，那自己应该算是意外死亡，儿子就可以得到一笔保险赔偿金，就有钱来做手术换肾了。这是他在走投无路时，想出的一条一箭双雕的妙计。

可他没想到的是，赵伟强竟愿意出钱出肾来救小宝，小宝的治疗已不是问题，自己也没有必要为了得到赔偿金去死了。在看过赵伟强的那封信后，刘德民更是深受触动，感激之情已经远远大过了夺妻之恨，况且，此时只有赵伟强能救小宝，杀了他，小宝也没救了。

逆转人生

开弓没有回头箭,现在后悔已经来不及了。怎么办?赵伟强已经处在危险之中,必须尽快通知他。

刘德民一路狂奔,赶回住处,翻出以前的手机卡,查找赵伟强的手机号码,可赵伟强的手机号早被自己删掉了。他想到赵伟强在医院查体时可能留下了手机号,就掉转头奔回医院。还好,终于找到了赵伟强的手机号码。

刘德民立刻拨打电话。电话通了,可是响了半天,却没有人接。听着手机里传来的音乐声,刘德民心急如焚地盼着:快接啊,快接电话啊!时间一秒一秒地过去,刘德民像是掉进了冰窖里,浑身上下,一片冰凉:难道,他、他已经遇险了?

就在绝望之时,手机里传来了应声:"喂,哪一位?"

刘德民一听是秀芹。电话里声音很嘈杂,像是在人多的地方。刘德民急切地问:"赵伟强呢?他没出什么事吧?快让他接电话。"

秀芹听出了刘德民的声音,恼怒地斥道:"呸!刘德民,你什么意思?告诉你,你诅咒也没有用,我们活得好好的。他正在海里游泳,没空理你。"

听说赵伟强还活着,刘德民长舒了一口气,竟然喜极而泣,哽咽着说:"太好了,活着就好!"

秀芹听出了异常,忙问:"刘德民,你到底是什么意思?"

刘德民当然不敢说自己雇人追杀赵伟强,他斟酌了一下,说:"没别的意思,出门在外,你们小心一点,保重身体。"

秀芹冷冷地说:"还是你自己保重吧。莫名其妙!"

刘德民一呆,觉得秀芹一定是以为自己不怀好意,忙说:"秀芹,你先别挂电话,你听我说,你们现在很危险,赶快离开桃花岛。"

秀芹笑道:"危险?你不在,我们就没有危险!刘德民,我跟伟强已经结婚了,你就别胡思乱想了,忘了我吧。还有,我们想静静地在这里待几天,你少来骚扰我们!"

刘德民急出了一头大汗,几乎是在哀求:"秀芹,求你相信我,你们现在真的非常危险!"

秀芹没有回答,电话里却出来一阵惊呼声,有人在喊:"快看,有人溺水了!"接着,隐约听到有人在叫救命,秀芹惊慌地喊了一声"伟强",手机就关了。

刘德民的心倏地往下沉去,重新坠入冰窖之中,心说:一定是杀手对赵伟强下手了!他赶紧重拨电话,一遍接一遍地拨,却再也没有人接听。

刘德民六神无主地呆立片刻,突然冲出医院大门,撒腿向汽车站奔去。他心里只有一个念头——马上赶到桃花岛,去救赵伟强!一分一秒不能耽误!

刘德民冲上了马路,双脚如飞。此时,他的眼里已经没有汽车、行人、红绿灯,一时间马路上喇叭声大作,刹车声不绝于耳,惊险场面接连上演。

最危险的十字路口都没有出事,但当刘德民经过一个小胡同口时,一辆小货车早不出来晚不出来,恰好在刘德民经过时,从胡同里拐了出来,与他撞个正着,只听"嘭"一声响，刘德民被撞得飞了起来，在空中划过一道弧线后，砰然落地。在落地的一瞬间，他心中忽然想到了一件事：自己是第二个目标。

刘德民躺在地上，挣扎着抬起头，想看杀手一眼，但他看到的只是一片红色，那是他自己头上流下的血！

小岛惊魂

再说秀芹不愿再搭理刘德民，刚想关掉电话，远处突然传来喧哗声，有人在喊："有人溺水了！"

她循声看去，只见海面上有人在挣扎着，正是刚才赵伟强所在的位置。秀芹吓得大声呼喊："伟强——"边喊边起身向那边奔去。奔近一看，只见伟强完好无损地正向岸边游来，这才放下心来。

赵伟强上了岸，来到秀芹跟前，心有余悸地说："刚才真是危险，我旁边有个人溺水喊救命，我过去救他，他却死死抱着我不肯撒手，差点把我也拖下去，幸亏后来他松了手，我才把他带到了浅水区。"

秀芹听了心中一凛，联想到刘德民刚才的那个电话，不由生出一种不祥的感觉，急忙问道："伟强，你救的那个人哪里去了？他会不会是故意的？"

赵伟强笑道："当然不是了，溺水的人都是这样，为了活命，别说抓着人了，就是抓着一根稻草也不肯撒手。"

秀芹越想越后怕，她怕影响赵伟强的情绪，不想让他知道刘德民打过骚扰电话,只是说:"伟强,刘德民这个人小肚鸡肠,他心里一定恨死你了,你以后要防着他点。"

"德民?"赵伟强满不在乎地说,"怕什么?他总不至于雇杀手来杀我吧?"

一听这话,秀芹不由得打了个寒颤,担忧地说:"伟强,我怕他不肯善罢甘休,咱们还是小心一点为好。好了,我有点冷,咱们回酒店吧。"

赵伟强还想去潜会儿水,说:"难得出来一次,你就让我玩个痛快吧。现在不去潜水,以后只怕就没机会了。"

秀芹脸色马上变了,急忙伸手去捂伟强的嘴:"不许你说不吉利的话!以后我们年年都要出来玩。"

赵伟强见她如此紧张,有些好笑:"你到底害怕什么呀?我的意思是说,等我捐肾以后,只怕……潜水就有些难度了。"

秀芹柔声说:"伟强,潜水太危险,还是算了吧。要不,你陪我到处走走。"

赵伟强不再坚持。接下来,两人手挽着手,在岛上信步闲逛。桃花岛风光旖旎,景观众多,除了沙滩、碧海,还有奇洞、悬崖、险峰。两人不知不觉走到一道险峻峭壁之下,正抬头仰望崖壁上的雕刻,突然,山上"哗啦啦"一阵响,一堆碎石滚落下来,其中一块足球大小的石块挟带着风声,"啪"地砸在赵伟强的身旁。

"上面有人!"秀芹抬头看去,隐约看到山顶有个人影一闪,吓得她花容失色,一边拉着赵伟强,一边颤声说,

"咱们快走吧。"

赵伟强也惊惧不已:"这上面险峻陡峭,谁没事会爬上去呢?"

秀芹拉着赵伟强一路小跑,回到酒店房间,仍然惊魂未定。她蜷缩在沙发上,想到刚才的险情,禁不住全身瑟瑟发抖,那块石头若是再近一米,肯定会砸在赵伟强身上,后果不堪设想。

赵伟强安慰道:"没事,可能只是一个意外。"

秀芹摇着头,泪流满面道:"一定是刘德民,一定是他让人干的!"

赵伟强惊得睁大双眼:"不可能吧?他会做这种事?"

此时秀芹也不再隐瞒,便将刘德民打电话来的事情一五一十说了,然后说:"肯定是他,不然的话,他不会专门打电话来威胁我们要保重身体。自从我跟他离婚后,他从没主动和咱们打过招呼,你不觉得他突然打这种电话很奇怪吗?"

赵伟强挠挠头,说:"如果真是他,他为什么要提醒我们呀?好了,秀芹,别胡思乱想了,没事的。"

秀芹仍是难以释怀,求道:"伟强,求你了,今天咱们就待在房间里,哪里都不去,好不好?"

赵伟强答应着,轻轻揽住秀芹,柔声劝慰安抚。不过,他的心里,也对刘德民那个不期而至的电话感到有些疑惑。过了一会儿,他走到卫生间,给刘德民拨了个电话,那边却传来回复说:"您拨的用户已关机。"赵伟强当然不会知道,刘德民被撞之后,他的手机已经摔坏了。

到了夜半时分，一阵急促的敲门声将两人从睡梦中惊醒。秀芹恐惧地缩在赵伟强的怀里，全身颤抖："别、别开门，一定是杀手！"

赵伟强镇定一下，问："是谁？"

"开门！我们是警察！"

赵伟强忙打开门，门口站着两个警察，出示证件后，其中一个问："你叫赵伟强吗？"

赵伟强点点头，问："什么事？"

警察说："我们得到信息，可能有杀手在追杀你们，我们是奉命来保护你们的。不过具体情况我们也不清楚，有什么问题，明天你们返回后再问吧。"

赵伟强跟秀芹对看一眼，呆了。

甘愿领罪

迷迷糊糊之中，刘德民听到一片嘈杂的声音，有人在说："这人还有气，赶快送医院吧！"还有人说："交警来了，大家让开。"

听到"警察"两个字，刘德民精神一振，提起一口气，张嘴喊道："快、快……快去桃花岛救赵伟强，有杀手要杀他。"

这个交警刚才看到刘德民在路上疯跑，此时又听他胡言乱语，以为他神经有问题，问："你没糊涂吧？什么杀手？哪来的杀手？"

逆转人生

刘德民用尽全身力气，一把抓住交警的手，说："撞我的人就是杀手，另外还有杀手在追杀赵伟强……快，快去桃花岛救人，晚了就、就……"话没说完，就又晕了过去。

交警见他说得郑重其事，当下不敢怠慢，先打急救电话叫救护车，然后又打了110报警。

一桩普通的交通事故就转变成了谋杀案。警方先控制住肇事司机，而后打电话联系桃花岛警方，让他们协助寻找一个名叫赵伟强的游客，并予以保护。

被关的肇事司机大呼冤枉，说："这人我根本不认识，干吗要杀他？这人胡言乱语，肯定有妄想症。"

经医院全力抢救，当晚，刘德民终于苏醒过来。幸亏没有什么严重的内伤，他的命侥幸保住了。醒来后，刘德民先问警察："赵伟强怎么样？他没事吧？"

警察说："我们已经找到了他了，并安排专人保护，明天他就可以赶回来。"

刘德民长舒一口气，如释重负地喃喃说道："老天保佑，真是太好了！"

警察问："到底是怎么回事？你怎么知道有杀手要杀他？"

刘德民也不隐瞒，向警察如实交代了自己为报仇雇凶杀人、后又反悔的经过。警方根据他提供的线索，几经周折，将杀手王捉拿归案。

当天下午，在桃花岛警方的护送下，赵伟强和秀芹安全返回。在听说了事情的来龙去脉之后，两人又怕又恨，骂刘德民不是人。可是等他们看到躺在病床上体无完肤的刘德民后，想到他毕竟幡然醒悟，舍命补救，心也就软了，原谅了他。

那个一直关在拘留所里的肇事司机，直到杀手王及其同伙被缉拿归案，他才洗清了故意杀人的嫌疑。

其实，哪里有什么杀手？据杀手王交代，他和同伙不过是一伙骗子，根本不会去杀人，只是利用有些人急于找人报复仇家的心理，想方设法引对方上钩，然后一步一步引入圈套，骗取巨额钱财。因为委托杀人的行为本身就是犯罪，所以委托人即使发现上当受骗也不敢报警。在杀手王的计划中，收到定金只是第一步，第二步是安排人去接近委托人所委托的目标，实际上只拉弓不放箭，只是制造暗杀的假象，表演给委托人看，然后借口暗杀没有成功，再向委托人索要追加经费，此时委托人为达到目的，只有乖乖掏钱就范。就这样，一环扣一环，直到委托人最后发现有诈，主动要求停止生意，这时候，杀手王就以报警相威胁，要委托人出一大笔封口费，才能终结生意。

这个伎俩他们屡试不爽，不料这一次遇到刘德民，还没开始行动，就突然反悔说要结束生意。好不容易等来一条大鱼，杀手王自然不能让他轻易脱钩，所以当刘德民打电话要求取消生意后，杀手王就借口无法联系上杀手，依然按原定计划行动，因为只要下一步有了杀人的行动，就造成了既成事实，刘德民只能听任他们敲诈勒索。

赵伟强跟秀芹在桃花岛山崖下遭遇的凶险，正是他们制造的杀人假象。至于刘德民所遇车祸,只是一个意外。据办案的警察讲,刘德民还算是幸运,找的不是真正的杀手,没有铸成大错,不然的话,就是神仙下凡,也救不了他了。

不久后,小宝顺利地进行了换肾手术,康复出院后,刘德民主动提出,让小宝以后跟秀芹生活。

因为刘德民买保险意在骗保,他受伤后,保险公司拒绝了他的意外伤害赔偿要求。但后来警方查明,车祸纯属意外,并非预谋而为,符合意外伤害险的赔偿条件,经协调,保险公司仍给予了他一定的保险赔偿金。刘德民将这笔钱又付给了保险公司,全部用于为小宝、赵伟强和秀芹购买保险,也算是为自己的行为赎罪吧。

虽然没有造成严重后果,但毕竟涉嫌买凶杀人,伤愈后,刘德民被依法拘留,等候判决……

社会万花筒之中国好故事系列丛书

不义之财

大喜之日,来了不速之客

青城小吃街上,有家小饭店,店主刘东升是从农村来城的小老板。这天是农历八月初八,是个好日子,刘东升选了这个好日子,为儿子办喜事。

喜宴办在盛隆大酒店,酒店大厅很大,除他家之外,另外还有一对新人在此摆设婚宴,而且巧的是,两家都姓刘。为了怕来宾搞混,两家一东一西,在大厅两侧设了来宾接待处,桌面上摆了写着新郎、新娘姓名的牌子,来宾进门即可一目了然。

中午时分,客人们陆续到达。大厅内顿时熙熙攘攘,热闹无比。刘东升喜容满面,与儿子刘大伟、儿媳婷婷一起迎接前来的亲朋好友。

刘东升是十年前举家来青城的,亲戚朋友不是很多。刚

逆转人生

过十二点，客人已基本到齐，只剩下两个客人还未到。刘东升见时间不早了，就让新郎、新娘先进去，自己在大厅接待处恭候。

这时候，只见一个年轻人手里攥着一个红包，快步走进酒店。刘东升见不认识，以为是另一家的客人，就没迎上前去。那年轻人站定，左右看了一下两张桌子上的牌子，然后径直向另一家的桌子走去，但过去跟那边的迎宾员交谈几句后，又转身朝刘东升走过来。

刘东升觉得奇怪：自己根本不认识此人，若是大伟和婷婷的朋友，他应该看到牌子上新人的名字呀，怎么会走错地方？但他这么想着，还是迎上去问："小伙子，你是大伟的朋友吧？"

年轻人看着他，问："您是……"刘东升回答说："我是大伟的父亲。"年轻人"哦"了一声，又问："您叫刘东升吧？"被一个年轻人直呼姓名，刘东升心里有些不痛快，但还是点点头问："你是……"

年轻人似乎松了口气，将手中的红包递到刘东升手里，说："这就对了，这是有人托我送过来的，说要交给新郎的父亲，名字就叫刘东升。"

刘东升心想：看来是自己的某位朋友不能亲临啊，他连忙热情相邀道："来的都是客，小伙子，你也进去一块儿喝杯喜酒吧。"年轻人却摆手谢绝，告辞走了。

刘东升翻看一下红包，见封皮上只写了一个"安"字，心中觉得纳闷：自己没有姓安的朋友啊。又见红包很薄，应

263

该没多少礼金,他就撕开红包,却见里面只有一张纸条,打开一看,不由胆战心惊,只见上面写了一句话:"我在交通宾馆406房间恭候,速来见我,否则的话,小心你们的喜事变成丧事。"署名是安宁。

刘东升倒吸一口凉气,心想:安宁是谁啊?怎么没有印象呢?这个"安"姓在本地也很少见,刘东升翻来覆去看着纸条,冥思苦想了半天,脑中突然一闪念,猛地记起一个人,一想到此人,刘东升顿时脸色白了,双腿禁不住发抖,嘴里喃喃自语:"是他,难道是他找上门来了?"他掐指一算,叹了口气,道,"十五年了,该来的终究要来了。"

自己要不要去见对方?刘东升犹豫了半晌,然后走进宴会厅,在老伴耳边说:"我有点急事,要离开一下,你们先开席吧。"说罢,他也顾不得跟众宾客打招呼,就匆匆离开酒店。

新娘婷婷望着刘东升的背影,问身边的新郎:"大伟,爸怎么脸色那么难看?是不是出什么事了?"

"没有啊,婷婷。怎么还不上菜啊?我饿了。"新郎大伟边说边用筷子有节奏地敲着桌子。这刘大伟长得挺帅,就是小时候生过一场重病,影响了智商,有时候行为有点出格。今天,他穿新衣戴新帽当了新郎官,那个高兴劲就甭提啦!他跑前跑后跟着忙了一上午,此刻咧着大嘴,不住地问:"怎么还不上菜呢?我饿了……"

婆婆过来,安慰婷婷道:"你爸有点急事要处理,咱们不等他了,马上开席吧。"大伟一听,开心得欢呼起来:

逆转人生

"哦,开席喽——"婷婷看了大伟一眼,眉头微皱,显得有些心神不宁,似乎怀了什么心事。

再说刘东升,半小时后,他心事重重地走进了交通宾馆,来到406房间门口站了片刻,按响门铃。

门开了,屋里站着一位年轻漂亮的姑娘,她面带微笑道:"你是刘东升叔叔吧?请进。"

刘东升很感意外地问:"你是……"姑娘说:"我叫安宁。"

刘东升原是壮着胆子,鼓足勇气来此的,深怕对方对自己不利,而此刻见到是位姑娘,不由得暗暗松了口气。他走进屋里,神态慈祥地问:"姑娘,我不认识你啊,你找我有事吗?"

姑娘微微一笑:"可你认识我爸爸啊,我爸爸叫安达明,你不会忘了吧?"

"安达明?"刘东升脑子一转,知道对方有备而来,难以抵赖,就装着冥思苦想的样子想了一会儿,猛地一拍大腿,说,"我想起来了,原来你是安老师的女儿啊,你爸爸现在好吗?"

姑娘说:"我爸爸已经去世了。他临终前让我来找你,说他请你给他保存了一样东西,有这回事吗?"

"什么东西?"刘东升又装着诧异的样子回忆,"没有啊,他没交什么东西让我保存啊?你是不是找错人了?"

姑娘一听,脸顿时沉下来,说:"刘叔,你再仔细想想,我提醒你一下,是一个箱子!"

265

没等刘东升回答,门突然被人推开了,进来一个满脸横肉、身材魁梧的大汉,他往刘东升身边一站,手里把玩着一把闪着寒光的刀子,斜眼看着刘东升。

刘东升心里一惊,脸上却还装作无辜的样子,说:"我、我确实记不得了。"

姑娘冷冷一笑,对大汉说:"二豹,大叔岁数大了,记性差了,可能一时记不得了,你让他待在这里好好回忆回忆。对了,今天是大叔儿子的大喜日子,他那宝贝儿子脑子有点问题,现在大叔不在他身边,我怕他应付不过来,你就做做好事,带上几个兄弟去酒店帮他一下吧。"

那个叫二豹的大汉扫了刘东升一眼,说:"行,我一定好好照顾他!对了,还有新娘子,我也会好好照顾的!"说罢,转身就要走。

刘东升一听吓了一跳,他偷偷一瞧门外,见有不少人,如果这么多人到婚礼现场一闹,不但好好的婚礼要被搅黄,说不定还会伤害到儿子、儿媳。他想自己老了无所谓了,可儿子却是刘家的希望所在啊!不能有任何闪失!这么一想,他忙说道:"慢……再让我好好想想。"说着敲着脑壳,一副焦急的样子,一会儿开口道:"我想起来了,是有这回事,你爸曾经让我保管一个箱子。"

姑娘听了,转怒为喜,甜甜一笑道:"我想把箱子拿回去,你看行吗?"

刘东升忙说:"当然行,不过,箱子现在不在我身边,在农村老家放着呢,我也很久没回去了,不知道现在还在不在。"

逆转人生

姑娘又一次冷下脸来:"你少跟我要花样,实话告诉你,刘家庄我们已经去过了,没找到那个箱子。"

刘东升说:"我藏在隐蔽的地方,你们当然找不到。"姑娘盯着刘东升的眼睛,在判断此话的真假。

刘东升躲开她的目光,说:"当时,你爸爸说里面只是装了些衣服、书之类的东西,不值钱,不过他一直嘱咐我要好好保管,我怕带在身边给弄丢了,所以进城之前,我把它藏在了老家一个绝密的地方……"

姑娘说:"好吧,刘叔,我相信你。听我爸说,你们俩是好朋友,你能不能把当时我爸托你保管箱子的经过跟我说一说?"

刘东升道:"当然能,不过,事情过去这么多年,我人老了,忘性大,得让我先好好回忆回忆。"

将来,会有人来找你取箱子

说起来,刘东升认识安达明纯属偶然。

十五年前,刘东升远离家乡,在山东沿海一个偏僻小岛上的扇贝养殖场打工。在他的工友中,有一个叫安达明的,此人平时沉默寡言,除了干活,就是坐在海边冲着大陆的方向发呆。两人同住一间宿舍,又在一个劳动小组,每天驾着一条小船在海面上劳作,朝夕相处,时间一长,两人就有了交情。刘东升渐渐发现,安达明虽然话语很少,但说话文绉绉的,显得很有学问,根本不像那些没读过几天书的大老粗。而且，白天不管多累，晚上临睡前，安达明总会捧着一本砖头厚的书看一会儿，还写读书笔记。他那手漂亮的字，刘东升以前只在字帖上才看到过。刘东升觉着这个人跟自己完全是不一样的读书人，怎么会到这兔子都不拉屎的地方干这种苦活累活呢？

那年的中秋节，不管远近，工友们都回家过节了，只有安达明一个人主动留在岛上值班。刘东升过完节回来，走进宿舍，就见到安达明正对着一张照片发呆，那是一张一家三口的合影。安达明听到动静，一转头，刘东升就看到他满脸的泪水。

当天晚上，两人一起喝了瓶烧酒，临睡前，刘东升见安达明又捧起那本《法律大辞典》，便忍不住问："老安，别怪我多话，你是不是跑到这儿躲什么？"

安达明一听，手陡然一抖，书掉到了地上，他赶忙强作镇静，捡起书，笑道："没有啊，你怎么会这样想呢？"

刘东升说："老安，你就别瞒我了。我敢肯定，你以前肯定不是出苦力的人，没干过重活儿，对吧？"安达明不由自主地点点头。

"还有，你从不跟外面的人联系，可你经常看着照片发呆，照片上的是老婆孩子吧，为什么不跟她们联系呢？"

安达明眼神闪烁，说："其实……我是跟老婆吵了架才跑出来的……躲在这儿不想见她。"

"那你天天研究法律书干什么？你看你床底下那堆书，全是法律类的，难道你想考律师啊？"

逆转人生

安达明对刘东升的唠叨有些生气了,不由脱口而出:"不行吗?"说着,他眼睛扫了刘东升一眼,凶光一闪。

刘东升不由一颤,后悔自己多嘴,忙道:"老安,你别多虑,我可不是出卖朋友的人。对了,我得提醒你一句,以后你尽量不要跟别人一起睡觉,你经常说梦话。"

安达明一听脸色大变,惊恐地连声问:"我是不是在梦里说什么了?我都说了什么?"

刘东升说:"乱七八糟什么都有,有一次你大喊,'坦白也是死,不坦白也是死,我决不坦白。'还有一次,你哭着喊,'宁宁我对不起你',宁宁是你老婆吧?"

安达明摇摇头,说:"是我女儿……原来,你早就知道了。"他深深地吐了一口气说,"好吧,既然你都知道了,我也就不瞒你了,我确实是一个逃犯。"

"你犯了什么罪?"

安达明沉默半晌,道:"我伤了人,是我老婆。我是一名老师,我老婆嫌我窝囊,背叛了我,我一怒之下就用硫酸毁了她的容,现在警察到处在找我,我只好躲到这儿来,想等风头一过再回去。刘哥,求你为我保密,我不想回去坐牢。"

刘东升见对方不拿自己当外人,连这种事都告诉自己,当即很仗义地拍着胸脯表示:"你放心,我就是做梦都不会说出来,要是告诉别人,我、我就不得好死,出门被车撞死!"

自那以后,两人交情就更深了。三个月后,安达明突然决定要回省城探探风声,临走前,他把一个大旅行箱托刘东升保管,并说:"我要是没回来,你也不要丢掉,将来我会安排人来找你取箱子。"说着,随手撕开一个琥珀烟的烟盒,让刘东升在上面写下自己的名字和地址,又说,"将来如果有人拿着这烟盒来找你,你就把箱子交给他。"

刘东升提提箱子,很沉,上面还上了锁,便好奇地问:"这箱子很重要吗?"

安达明说:"都是些衣服和书,还有我的笔记,对你来说没有用,对我却非常重要。"

刘东升表示:"好,你放心,我一定给你保管好,箱在我在,箱亡我亡。"

安达明笑道:"没那么严重。"接着,他从兜里拿出一个厚厚的信封,放到刘东升手里,"刘哥,这是一万块钱,算是你替我保管这个箱子的报酬。我若是不回来,你也不要再在这里干下去了,还是回家吧,用这点钱做点小买卖,也能养活自己。"

刘东升接过钱,心想:原来他是个这么有钱的人啊!

安达明离开后,就再也没有回来。两个月后,刘东升辞了工,提着那个沉甸甸的箱子,返回了家乡。

刘东升把经过对姑娘说完,突然想起那张烟盒纸,便问:"对了,你说你是安老师的女儿,有什么凭证?"他问了这话,心想:你如果拿不出来,我就有理由不还箱子了。

可是姑娘当即打开包,取出一张发黄的纸:"这个你应该认识吧?"刘东升一见正是当年自己写下的那张烟盒纸,顿时哑口无言。

姑娘一笑,问:"那个箱子,你打开过没有?"

刘东升立即赌咒发誓："绝对没有，不是我的东西，怎么能随便打开？我不会干那种对不起朋友的事情。"

姑娘点点头，说："最好如此。好了，咱们这就出发，到你老家去取箱子吧。"

这时，刘东升眼珠一转，央求道："姑娘，我儿子今天办喜事，要不，过两天再去取怎么样？"

姑娘道："现在什么事情都没有去取箱子重要。刘叔，如果完好无损地拿到箱子，我可以付给你一笔保管费，五万块钱怎么样？"

刘东升立即面露惊喜，说："姑娘，箱子里到底装了什么？这么值钱！"

姑娘说："也没什么，因为是我爸爸的遗物，所以对我来说，什么都是无价之宝。"

刘东升心急火燎，苦思脱身之策。他心知肚明，今天拿不出箱子，对方绝对不会轻易放过自己，但一时又脱身不了，看来只能走一步算一步了。于是他说："那好吧，我带你们去，但咱说定了，那五万块保管费你不能赖账噢！"

姑娘说："当然算数，不过若是箱子不在了，或者你动过箱子里的东西，后果你自己清楚。"

打定主意，宁死也不交钱

一个小时后，姑娘、二豹和刘东升坐上了去刘东升老家的长途客车。

刘东升的老家在青城二百公里之外的山区。一路之上，刘东升搜肠刮肚，寻找摆脱两人的办法，可就是想不出一个管用的主意。眼看着老家越来越近，刘东升的心更加忐忑不安了。他在想，到时候真相暴露，还不知对方会用什么手段来对付自己呢。

原来，那个箱子早已经不在了！

当年，安明达一去不回，刘东升就带着箱子和那一万块钱回到老家。那时候，一万块钱是笔大钱，刘东升将钱存进银行，不舍得花，也没拿出来做买卖。没想到，第二年，儿子突然生了场大病，为了治病，那一万块钱花得一个子儿也不剩，家里又陷入了困境。

刘东升又想出去打工，可他老婆却盯上了那只箱子，说咱守着一座金山不去挖，还等着饿死不成？开始刘东升不明白，说咱哪里有金山啊？老婆就从地窖里拖出那只箱子来，说："这就是金山，那人肯花一万块钱让你保管，里面的东西还不知要值多少万呢。"

刘东升一听，吃惊道："这箱子可动不得，我答应人家要好好保管的。再说，里面就是些衣服和书，不值钱。"老婆"哼"了一声说："这鬼话你也信？是衣服和书的话，干吗要上锁！东升，都这么长时间了，那人也不来拿箱子，我看八成是他来不了了。"

刘东升连连摇摇头："反正不能动，不然将来人家找来没法交代。"老婆说："咱也就打开看看里面装的是什么嘛，没事的。"

逆转人生

其实，刘东升对里面装着啥也好奇，不过，他是个老实人，恪守着做人的准则，因此不同意开箱子。老婆无奈，说："那你也不能出去打工，你得守着这箱子，一步也不能离开。"

刘东升说："开玩笑，让我一个大男人专门在家看管着破箱子？"老婆说："要是里面全是宝贝，丢了你赔得起吗？所以说，咱应该打开箱子看看。里面要真是些破书烂报，你就出去打工；要全是宝贝，你就得在家替人家继续看管，丢了少了的，咱可赔不起。"

刘东升想想也是这个道理，犹豫了半天，一咬牙，说："好，那就看看，不过，咱先说好了，不管里面是什么，咱都不要动。"

老婆答应了。两人就开始鼓捣着开锁，可那是个密码锁，两人从下午一直折腾到半夜，也没能打开锁，不由大眼瞪小眼，瞅着箱子，一筹莫展。老婆想了想，站起身说："我去找把剪刀，把箱子撬开算了。"

刘东升忙阻拦道："我看还是算了吧，到时候人家看到箱子拆过，咱脸面上就不好看了。"

老婆却不管不顾，找来把刀，在箱子底座"噌噌"下了刀，撬开一条缝，里面的东西露了出来。两人一看，对视一眼，两颗心同时怦怦猛跳，里面竟然是方方正正的一捆百元大钞。

老婆激动之下，又猛砍几刀，箱子"啪啦"破开了，里面的东西完全暴露在两人眼皮底下。原来，箱子里面并没有书，而是五捆百元大钞，一捆足足有十万元。另外，还有几件衣服，其中一件衣服里面包着几张纸。刘东升两口子拿着纸研究了一阵子，觉得这些纸好像是几份股权证。当时，两人还不知道这股权证的价值，就把它扔到一边，一门心思全在那堆钱上。

也不知过了多久，刘东升听到老婆在问："当家的，咋办？"刘东升声音地颤抖地反问："你说呢？"

老婆说："这么多钱，咱一辈子……不，几辈子都赚不到啊。这些钱要是咱的，咱就是躺着什么也不干，这辈子都够了。"

刘东升抬头看看老婆，见老婆的眼睛像兔子的眼睛一样，通红通红的。他知道，此时自己的眼睛肯定也是通红通红的，面对这么一大堆钱，谁能不红眼呢？这个老实巴交的农民，巨款当前，一瞬间，把什么做人的原则，什么道德法律，全抛到九霄云外去了。刘东升咬着牙，问老婆："你说怎么办？"

"当然是留下，傻瓜才还给人家呢。"

"可要是人家来找怎么办？这么多钱，他早晚会来找的。"刘东升有些担心。老婆说："咱躲得远远的，有这么多钱，哪里不能住啊？咱到城里买套房子，他到哪里找去？"

刘东升摇摇头："想找一定能找得到的，这么多钱，到时候他肯定饶不了咱们。"老婆突然眼睛一亮："这人这么长时间不来找你，会不会出了什么事？说不定现在已经死了。"

刘东升听了，眼睛也一亮，说："对啊。这样，老婆，这笔钱先别动,明天我到省城去找他,看能不能找得到。"

第二天,刘东升就去了省城。他按照安达明留的地址找到那所中学,却查无此人。显然,安达明留的是假单位、假地址,想来,安达明这个名字也可能是假的。刘东升心中不禁懊悔,自己当初也留一个假地址就好了,那对方就永远找不到自己了。

找不到安达明,刘东升就给自己找了个理由:反正我已经找过你,要还箱子给你,但是找不到你的人,那就莫怪我要动那口箱子了。

刘东升回家后,在一个早晨,一家人不告而别,不知所踪。

直到过了四五年,刘东升一个人回到老家,乡亲们才知道他家在城里买了房子。刘东升向乡亲们打听有没有外地人来找过他,听说没有后,他这几年始终悬着的心才稍微落下了一些。又过了五年,还是没人来找他要箱子,他一颗悬着心总算落到了实处,他深信,都十多年过去了,对方不会再来找自己。

没想到,就在儿子结婚的大喜日子,却祸从天降,对方找上门来了!

坐在车上,刘东升转动脑子想主意。他觉得,现在只有两条路可以走:一是豁出去,宁死不交钱;二是认个错,把东西还给人家。

不过,现在想还也不可能全还上了,那些股权证倒还在,可是那五十万早已折腾得差不多了。进城之后,他家买了房子，开了小饭店，这几年小饭店的生意不太好，也没赚到什么钱。还有，为了给儿子娶媳妇，更是花了不少钱。因为他这个半傻儿子，哪个姑娘肯嫁给他，幸亏遇上了婷婷这个贪财打工妹。婷婷是外地人，一年前来到小饭店打工，刘东升第一眼就看中了这个姑娘，有意撮合她和儿子。他心里清楚，婷婷决不会看上自己的傻儿子，但有钱能使鬼推磨，结果或许会不同。于是，刘东升不惜血本，用钱引诱这个小姑娘，他对婷婷暗示，只要她愿意嫁给儿子，就把家里的房子，还有二十万存款都转到他们小夫妻名下。婷婷果然见钱眼开，立刻同意跟大伟结婚。

刘东升心里明白，婷婷是冲着那二十万来的，但他管不了那么多了，他想只要能给刘家传宗接代，花再多的钱也在所不惜。现在，如果没了那二十万，只怕婷婷立马就要跟儿子离婚，刘家就没指望了。所以，刘东升打定主意，决不能把剩下的钱交出去！

怎么办呢？刘东升想来想去，突然起了杀心，心想安达明既然死了，自己只要将眼前两人除掉，从此自己一家人就可以无忧无虑地过日子，哪怕自己赔上这条老命，也值了。

刘东升瞄了一眼坐在身旁的姑娘和二豹，暗暗打定了主意：豁出去了，宁死也不交钱！

经过鹰嘴岩，刘东升起了杀心

三人坐车到达离刘家庄不远的镇上，下车后，本应住宿

逆转人生

一宿,第二天早晨再去刘家庄,但刘东升此时已心怀杀人念头,不想拖延时间而节外生枝,便提议连夜赶到村里。对方也很心急,自然同意。于是,三个人买了手电筒,步行十多里山路,连夜来到刘家庄。

三人进村后,走进了刘东升的老屋,只见屋里被翻得乱七八糟,一片狼藉。刘东升见了不但不急,反而暗自高兴,他故作吃惊地大叫道:"坏了,进来小偷了,箱子一定被偷走了。"

二豹抬腿踢了他一脚,骂道:"少玩花样,这是前几天老子来翻的,快说,你把箱子藏在哪儿?"刘东升说:"我怕被人偷走,藏在地窖里了。"

"地窖在哪里?快去拿来。"

刘东升用手电筒照照地窖的门,说:"你们看,地窖门也被人打开了,箱子肯定不在了。"

二豹一把揪住刘东升:"老东西,还敢耍刁?你别以为我们不知道,你肯定把箱子里的钱拿走了,五十万啊,你给我老老实实交出来,否则的话,你今天别想活着出去!"

姑娘喝住二豹:"二豹,别动粗,先松开他。"她用手电筒照着刘东升的脸说,"刘叔,我希望你主动把箱子里的钱还给我们,否则,你就是侵吞别人财物,我们要是报案的话,你肯定要去坐牢的。"

刘东升耍赖道:"你有什么证据证明我保管了你们的箱子?"

姑娘一笑,慢慢地从随身的包里取出一支录音笔,说:

"在宾馆的时候,我把我们的对话都录下来了,是你自己承认当年我爸将箱子托你保管的,你想抵赖也抵赖不了。你自己说吧,是想私了呢,还是想坐牢?"

刘东升这才如梦初醒,原来对方让自己叙述当年经过是为了取证据,他懊恼得在心里暗骂自己愚笨,苦着脸问:"怎么私了?"

姑娘说:"私了很简单,箱子里有五十万,我可以给你十万,你只要把其余四十万还给我,我就不追究此事。"

刘东升说:"那五十万我都花光了,要不……"二豹一听钱花光了,就急了眼,没容刘东升把话说完,一把揪住他怒吼:"少给我装蒜,你要是凑不够四十万,我拧下你的脑袋。"

刘东升叫道:"你就是打死我也拿不出四十万啊。"姑娘说:"那好吧,你就等着坐牢吧。我要提醒你,即便是坐牢,法院也要判你赔偿我们的钱。"

刘东升硬着头皮,道:"要钱没有,要命一条,你看着办吧。"姑娘说:"你这条破命我还不稀罕呢,没钱你还有房子啊,我已经找人评估过了,现在你那房子也值三十多万,差不多够了。"

刘东升一听急了:"你们不能动我的房子,那是我留给儿子的。"刘东升很明白,没了房子,一家在城里就没有了立足之地,儿媳肯定留不住,这个家也就散了。这么一想,他软下来,说:"咱们再商量一下,我手头真的没有那么多钱,求你们宽限几天,我想办法凑钱给你们,好不好?"

逆转人生

姑娘跟二豹对看一眼,略一沉吟,道:"好吧,我再相信你一次,谅你也玩不出什么花样来。我给你一周的时间,时间一到,我就把证据交到公安局,你就等着坐牢吧。"

于是三人就连夜往镇上赶。在经过陡峭险峻的鹰嘴崖时,刘东升就起了杀心,他盘算着先把二豹推下悬崖,剩下一个姑娘就好对付了。不料,对方似乎早有了戒心,凡是经过危险地,两人就一前一后跟他拉开距离,刘东升根本找不到下手的机会。

看完信,在自己脸上抽了一巴掌

第二天中午,刘东升才回到家。老伴一见,焦急地问:"到底出了什么事?你昨天到哪里去了?"

刘东升阴沉着脸说出大事了,他让老婆把儿子、儿媳叫来,当着一家人的面,刘东升就把当年的事情简单说了一遍,最后说:"现在人家找上门来了,你们说该怎么办?"

他当然不指望儿子能说出什么主意,所以眼睛一直看着儿媳婷婷。婷婷却阴沉着脸,一言不发。但从她的表情看,此事完全出乎她的意料,她跟大伟结婚是冲着钱来的,没想到刘家的钱来路不正,是一笔不义之财,她似乎觉得是受骗上当了,眼下没当场翻脸就不错了。

刘东升知道儿媳心里的小九九,只得说:"婷婷,你别担心,我一人做事一人当,我想好了,钱我不会还给他们的,大不了我去坐牢。"婷婷听了,终于开口道:"可你就是去坐牢，他们也会逼着我们还钱的。"

刘东升说："不怕，我昨天就想好了主意。""什么主意？"婷婷问。

刘东升停顿了一下，仿佛下定了决心似的，说："我马上就把房子和存款全部转到你的名下。"

老伴一听，悄悄拽了拽他的衣服。刘东升知道老婆是担心儿媳靠不住，就对她解释说："现在只能这样了，转到你名下肯定不行，儿子呢，也不行，父债子还，那些人还是会逼他还钱的。现在，只有婷婷最安全，她是外姓旁人，没有义务替我还钱，谁都拿她没有办法。这样一来，咱们的家产就保住了。"

婷婷一听，脸上立刻多云转晴道："爸，这主意好是好，可是你……我不忍心看你去坐牢啊。"

虽然不知道儿媳的话是真是假，刘东升听了，心中还是稍稍感到一丝暖意。他语重心长地说："我老了，只要你能好好跟大伟过日子，替我们刘家传宗接代，我就是去坐一辈子大牢，也心甘情愿。"

婷婷沉默了一会儿，突然想起了什么，问道："爸，你说那箱子里还有几张股权证？能不能拿给我看看？"

刘东升马上明白了她的意思，说："对了，这几张股权证也交给你保管。"说罢，他起身走进卧室，一会儿出来，手里就多了几张纸。他把纸交给婷婷，说："也不知道这几张纸值不值钱，因为怕暴露，我以前一直也没敢找人问。"

婷婷在接股权证的时候，竟然激动得手有些颤抖，眼睛放光。刘东升见了，奇怪地问："婷婷，这些东西有用吗？"婷婷却淡淡地说了一句："没什么用。"说着，随手将股权证装进了口袋里。

接下来，刘东升当天就到房管部门办理了房屋产权变更手续，然后又去银行，把存款全部转到了婷婷的名下。一切办妥以后，他就主动去交通宾馆找那姑娘和二豹，他要告诉他们自己现在已一无所有，如何处置，全随他们了。

然而，当刘东升赶到宾馆，却得知406房间的客人早已退房走人了。刘东升大感疑惑：奇怪，难道他们不追究自己了？再一想，反正是福不是祸，是祸躲不过，等着吧。他又匆匆回到自家的小饭店，见只有老伴和儿子在，就问："婷婷呢？"

老伴说："回家有点事，对了，她临走时留了点东西说让你看看，像是封信。"老伴说罢，从抽屉里拿出个信封递给刘东升，"你看看是什么玩意儿？"

刘东升满腹疑惑地嘟囔道："这孩子，什么话不能当面说，还搞这一套？"他撕开信封，先是掏出一个发黄的"琥珀"烟盒纸，上面还歪歪扭扭写着"刘东升"三个字。老伴识字不多，但刘东升三个字还是认识的，她问："这不是你写的吗？"

刘东升一看，先是惊异，接着困惑，继而感到了恐惧，觉得后脊背阵阵发凉——这张纸前几天他还见过，分明是在那个叫安宁的姑娘手里，现在怎么会到了婷婷这儿呢？

信封里还有一封信，刘东升双手颤抖着打开，只见信上写道:"刘老板,现在你一定想知道我是谁吧。其实,我才是安达明的女儿安宁。两年前,我按照爸爸当年的嘱咐,到刘家庄去找你,从你邻居口中得知你突然发了财搬到城里去了,就猜到你肯定打开了那个箱子。我知道,你是不会轻易把吃到嘴的肉吐出来的,不得已只好出此下策,设法当了你的儿媳,伺机夺回我家的东西。好在你那宝贝儿子好对付,我没有什么损失。现在,物归原主,钱和股权证我就带走了。对了,我不妨告诉你,其实我的主要目的就是拿回股权证,现在它们的价值说出来,打死你你都想不到。还有,提醒你一下,不要报警,报警对你没什么好处……"

看到这里,刘东升跳起来,冲老伴大喊:"快,快,赶快回家!"老伴不明白,"咋了,纸上写了什么?"

"婷婷跑了!快回家看能不能堵着她!"

老两口一前一后,屁股着火似的奔回了家。但已经晚了,婷婷已经带着自己的行李走了。刘东升两眼一黑,一屁股坐在地上,哀嚎道:"完了!这回全完了!"

老伴也傻了眼,忙问:"信上都写了啥呀?"

刘东升掏出信,继续看信:"前些天找你的那对男女,都是我的朋友。以我这一年来对你的了解,知道你为了儿子什么事都肯做,所以,我才选了和你儿子结婚那天让他们来逼你还钱。一切不出我所料,你宁愿坐牢,也要把一切都留给你的儿子。你的做法,我很感动,你是一个伟大的父亲,但你又是一个卑鄙的小人,擅自动用了我爸托你保管的财物,发了一笔不义之财。我本来还想惩罚你们的,考虑到现在已经完璧归赵,念在你对我不错,就不再追究了。以后,你们只要用心经营小饭店,一家三口生活应该没有问题,至于房子,你们就先住着,只要不想走,我决不会赶你们走的。安宁。"

刘东升看完信,狠狠地抽了自己一巴掌,而后颓然地瘫在沙发上,老泪纵横。

回想这十几年,就如同做了一场梦,自己一个穷光蛋,靠一笔不义之财,从乡下搬到城里,从贫穷到富有,没想到转了一圈,如今自己又成了穷光蛋,不该属于自己的东西,终归又失去了。

几天后,刘东升转让了小饭店,带着老婆、儿子,重新回到了老家。

走之前,刘东升在收拾"儿媳"房间的时候,在一个箱子底下,发现了几张旧报纸,平日他对书报没有兴趣,但一瞥之间,报纸上的一张照片吸引了他。这是一张十五年前的报纸,照片上一个人戴着手铐,旁边还有简单的文字介绍:畏罪潜逃的贪官安建设落入法网,必将受到法律的严惩。

这个人,赫然就是安达明。原来,他的真名叫安建设。

刘东升急忙翻看另外几张旧报纸,无一例外,上面都是有关安建设的有关信息,其中有一条是:昨日,贪官安建设被执行死刑。

多年来,困扰在刘东升心中的疑团终于解开了。他想:怪不得当年安达明没回来取箱子,原来他是个潜逃的贪官,那次他回到省城就失去了自由,不久后又伏法毙命。那箱子里的五十万元和股权证显然都是赃款赃物,他不敢带在身边,这才冒险让自己给他保管。而且他也没打算亲自回来取,而是预先计划把这笔赃款留给自己的女儿,他让女儿等个十年八年,再神不知鬼不觉地来取走箱子,拿回这笔不义之财。于是,在十五年后,就有了安宁的这条苦肉计,她略施手段,就迫使自己主动地把一切都交还到了她的手里。

同时,刘东升也明白了,为什么安宁在信中不许自己报警,因为这一笔钱,对刘东升来说,是不义之财,对她安宁来说,何尝不是呢?

刘东升左思右想,最后下了决心:"这笔不义之财,我得不到,你们也别想得到!"于是,他抓起电话,伸手按了三个号码:110……